그놈은 ♥
애정결핍증

그놈은 ♥
애정결핍증

〈 야 . 내 . 꺼 . 자 . 까 . 이 . 야 . 기 〉

징검다리

1 동거?

"시은아, 엄마가 내려와서 밥 먹으래. ^-^"

"응, 오빠 알았어. ^^"

착하기도 한 울 작은오빠!!〉_〈 문제가 있다면 -_-;; 울 가족 이외엔 참으로나 싸가지가 없는 거지만 엄마 말로는 -_-;; 그나마 가족에게 친절한 걸로 감사한다더군.

그러면서 아빠의 과거를 이야기해 주는데 나는 할말을 잃어버렸다.

내 이름 김시은_

나이 방년 꽃다운 18세!!

히힛 _ 내가 생각해도 졸라 꽃미남인 *-_-* 오빠 두 명과 엄마, 아빠 이렇게 함께 살고 있다. 근데 왜 난 미녀가 아닌지….
= _=

또 갑자기 우울해지는군!

아빠가 그러는데 나는 아빠를 안 닮고 엄마를 닮아서 그렇단다.
ㅠ0ㅠ 솔직히 나도 그렇게 생각한다. -_-

나의 사랑이자 나의 분신인 컴퓨터의 스위치를 내린 후 밥을 먹기 위해 아래층으로 통통거리며 내려갔다.

"딸~〉_〈 언능 먹어."

딸인 내가 봐도 너무나도 푼수끼가 넘치는 우리 마미 _♡

어째서 울 아빠는 엄마랑 결혼을 했을까. 가끔가다 울 아빠의 눈 상태가 참으로 의심스러울 따름이야. -0-

네모난 식탁에 모두들 둘러앉아 열심히 밥 먹기에 집중하고 있는데 _

"흠흠… 애들아 아빠가 할말이 있는데….”

"우걱우걱 쩝쩝~~ 아빠 말해.”

"= _=^ 시은아 입안에 있는 건 넘기고 대답을 해도 했으면 좋겠구나.”

"-_-;; 응, 미안.”

"이번에 지운이 아저씨네랑 모두들 한집에 살기로 했으니 그렇게들 알아.”

……

-_-;;

이게 무슨 귀신 씨나락 까먹는 소리래??

"그게 무슨 말이야? 지운이 아저씨네랑 우리랑 같이 산다니??"

혁이 오빠가 아빠에게 의아하다는 듯 물었다.

"이번에 지운이 아저씨랑 주희 아줌마 아예 한국으로 들어온다는구나.

원래 니들 태어나기 전부터 언젠가 때가 되면 모두 같이 한번 살아보자고 했었고. 마침 다 정리하고 들어온다니 이참에 그럴려고. 그러니 그런 줄 알아. >_< 좋겠지? 좋겠지?"

혁이 오빠는 분명 아빠한테 물었지만 엄마가 아주아주 친절하게 대답을 해주었다. -_-

지운이 아저씨랑 주희 아줌마라면 아저씨는 아빠의 후배고 아줌마는 푼수때기 울 엄마씨의 비에푸가 아니더냐. =_= 그리고 정반대의 성격인 졸라 착한 민이와 지지리도 싸가지 없는 빈이 새끼 두 명의 남자 일란성 쌍둥이가 있는 가족. -0-^

내가 초등학교 들어갈 때까지 쭈욱 한국에서 살다가 아저씨가 캐나다 연구소로 발령이 나면서 모두들 캐나다로 갔었다.

그런데 아주 들어오다니. -0- 것도 이젠 우리 모두 함께 살기 위해. -0- -0- -0-

오우~ 제길!!!

지운이 아저씨는 잘생겨서 좋고 ㅜ_ㅜ 주희 아줌마는 성격 시원시원해서 맘에 들고 민이 녀석 아저씨 닮아 잘생긴데다 *-_-* 착하기까지 해서 같이 살게 된 거 굳이 싫지는 않다만… 단 한 가지 걸리는 사실!!!

어렸을 적부터 나만 보면 매우 구리구리한 표정을 지었던 그 가족 중 별종중의 별종 -0- 빈이 자식이 있다는 사실이다!!

"아빠 그럼 집은?? 우리 식구만 해도 다섯에 그 집 식구 네 명, 아홉의 대식구가 대체 어디서 살아??"

내가 이런저런 걱정을 하는 사이 현이 오빠가 아주 좋은 질문을 했다.

오빠 아주 좋은 질문이야!!

"집?? 집은 벌써 준비 해 뒀어. 체리 아줌마 알지?? 체리가 인테리어까지 싹 다 해준 우리들이 살 집이 있어. 여보, 근데 걔 혹시 집 전체를 나이트로 꾸며놓은 거 아닐까? -0-"

현이 오빠도 -_-;; 혁이 오빠와 마찬가지로 아빠에게 물었지만 이번에도 역시 대답은 푼수때기 우리 마미가 아주 친절하게 해주셨다.

-_- 체리 아줌마가 벌써 인테리어를 했다고 말이다.

엄마에게 익히 들어서 알지만 고딩 시절부터 나이트를 무진장 사랑했다는 체리 아줌마(물론 지금도), 나도 정말 체리 아줌마가 온 집을 나이트 분위기로 만들어 놓은 건 아닌지 심히 걱정되는 바이다. -_-;;

2 눈은 어따 뒀냐?

벌써 이삿날이다. -0- (작가 맘대로 시간 넘김)

그쪽 식구들은 귀국 하자마자 우리가 이사갈 집으로 바로 온다고들 하던데 아홉 명이 살 집이라 그런지 확실히 크긴 엄청 크구나. -0-

원래 우리 식구만 살던 집도 작은 편은 아니었는데 이 집은 그 집에 비하면 새발의 피같다. -_-;;

근데 누구 돈으로 지었을까? =_=

절대 울 아빠 돈 들었을까봐 그러는 건 아니다. -_-+ 아 _ 글쎄 진짜라니까??

집안 구석구석 대충 둘러보니(이미 대충이 아니었음. -_-) 1층에 거실, 부엌, 방 4개 그리고 2층에 또 거실, 방 3개가 있고 맨 윗층에 옥탑방처럼 아담한 방이 하나 더 있었다. >_<

정말 고맙게도 체리 아줌마는 집을 나이트로 만들어 놓지는 않은 듯하다. ㅜ_ㅜ

2층에서 제일 햇볕이 잘 드는 방으로 골라 대충 짐 정리를 하기 시작했다.

그리고 보니 아저씨네 식구가 좀 늦는군. -_-ㅋㅋ

한참 짐 정리에 열을 올리고 있는데 _

"시은아 아무래도 아저씨네가 길을 잘못 찾는 거 같애. 큰길 앞에 아저씨가 너 알아보고 찾아오도록 좀 나가서 서있어."

9

"아~ 싫어. 나 아직 정리 덜 끝냈단 말이야. 오빠들 시켜."

"−_−^ 니가 못생겨서 튀니까 갔다와."

못생겨서 튀든 잘생겨서 튀든 어쨌든 튀는 건 마찬가지 아닌 가? −_−^^

쳇~!

그리고 마미 자신의 얼굴도 좀 생각하시지!! 내가 누구를 닮아 서 이런 건데!!! =ㅁ=

서러움에 ㅜ_ㅜ 쓰라린 눈물을 삼키며 집에서 빠져나와 큰길가 로 향하는 나 _

아 _ 내 인생도 참으로나 처량하구나. 친엄마에게서 까지 못생 겼단 소리를 듣고 살아가야 하다니 엉엉~~ ㅠ^ㅠ

나는 분명 주워온 애 일거야. ㅠ0ㅠ 아니면 엄마만 다른 게 아 닐까? −0−

쳇 _! 궁시렁 궁시렁

야속한 엄마를 마른오징어 안주 마냥 팍팍 씹어주며 길을 걷는 데 _

퍽!!!

매우나 둔탁한 소리가 나버린 듯하다.

쿠당!!!

아으~~~ 아퍼. ㅜ_ㅜ

무언가에 부딪혀서 자빠져 버렸다.

젠장! 왜 이렇게 오늘은 되는 게 없어!!! −_−++

"아 씨발 뭐야. ㅡ_ㅡ^"

ㅡ..,ㅡ:; 뭐… 뭐래니??

땅바닥에 내팽개쳐진 상태에서 고개를 슬쩍 들었는데 아무래도 사람의 다리가 보이는 게 나는 사람과 부딪혀서 넘어진 모양이다.

쳇 _ 그나저나 암만 부딪혀서 기분이 나빠도 그렇지 사람이 넘어졌는데 좀 일으켜 주기라도 하지…. 하여튼 어느 집 자식인지는 모르겠다만 부모가 불쌍하네, 정말!! ㅡ_ㅡ^

혼자 낑낑대며 겨우겨우 일어서 그대로 씨발이라고 말한 내 앞에 싸가지에 밥 비벼먹을 만한 넘에게 무서워서 연신 고개를 아래로 처박았다 올렸다하며 사과를 했다. ㅡ_ㅡ;

그랬다. ㅡ_ㅡ 나는 비굴했던 것이다. 하지만 내 앞의 비러머글 놈은 날 세차게 야리더니 그냥 지나가 버렸다. ㅡ0ㅡ

저런 써글놈 +ㅁ+!! 지옥에나 떨어져라!!!

근데 나 슬쩍 봤는데 무쟈게 잘생겼더라. ㅠ▽ㅠ

험험… ㅡ_ㅡ;; 울 오빠들만큼이나 잘생긴 애 본 거는 처음이야. >_<!!

헌데 그럼 뭐해? ㅡ_ㅡ^ 저리도 싸가지라곤 눈꼽 만치도 없는 것을….

흥이다!!

흥분을 가라앉히고 다시 길을 가는데 자꾸만 행복하고 평안했던 나의 18년 인생이 뿌리부터 송두리째 흔들려오는 드르븐 예감이 물밀듯이 밀려오는 이유가 뭘까??

온 몸이 오싹해지면서 밀려오는 더러운 예감을 떨쳐버리며 큰 길가로 돌진하였다.

하지만 –_– 벌써 한 시간째 아저씨의 차는 커녕 번호판 딱지조차도 보일 생각을 안 하는구나!! –0–

에씨!! 나도 모르겠다. 집으로… 가야지.

하지만 나도 오늘 이사왔기에 –_–;; 길을 확실하게 모른다!!

나는 분명 똑바로 왔던 길을 향해 걸었건만 도대체 여기가 어디라니. ㅠ0ㅠ

울며 불며 엄마를 부르짖으며 길을 헤매던 나는 2시간 후 폐인이 되어서 가까스로 집안에 들어갈 수가 있었다.

이리도 반가울 수가 있단 말이냐. ㅠ0ㅠ 엉엉~~

감동에 복받친 나 _ 이제 엄마에게 잘 하리라!! 라는 생각과 함께 문을 활짝 열어제쳤다.

"이년아!! 도대체 어디를 갔다 오는 거야!!"

순식간에 –_– 잠시나마 엄마에게 잘 해야겠다는 생각을 한 내 머리통을 증오하는 순간이었다고 하겠다.

"ㅜ_ㅜ… 그… 게….”

"시끄러. –_–++ 넌 일단 나중에 봐. 아저씨 아줌마 오셨으니까 인사나 해!! 하여튼 저건 누굴 닮아서 궁시렁 궁시렁~~.”

ㅠ_ㅠ 끝까지 내가 자신을 닮았다고 인정하지 않는 저 야비한 아줌마를 뒤로한 채 정신을 가다듬고 보니 나의 초특급 폐인, 굳

이 설명하자면 하도 울어서 ㅡ_ㅡ;; 금붕어 눈이 된 데다가 이곳저곳 헤집고 다녀서 옷은 =_= 거지꼴이었다.

　그런 모습을 =_=;; 지운이 아저씨와 주희 아줌마 ㅡ_ㅡ 그리고 민이 녀석까지 어이없이 바라보고 있었다. ㅠ0ㅠ

　"안녕하세요, 아줌마 아저씨… 오랜만이에요. ㅠ_ㅠ"

　"^^;; 으응. 그래… 시은이 오랜만인데… 꼴이….'

　"ㅜ_ㅜ 그게… 그럴 사정이….'

　어이없어 하는 아줌마 아저씨에게 뭐라 설명해야 할지 몰라 버벅거리고 있는데 또다시 _

　"시은아 오랜만이다? ^-^"

　얼굴도 잘생고 성격도 졸라 퍼팩트한 민이 녀석이 나에게 인사를 건넸다. ㅠ0ㅠ

13

　"^-^;; 으응…. 오랜만이야. 잘 지냈지?? 캐나다 역시 좋지??"

　"*^-^* 아냐~ 한국이 더 좋지. 시은이 많이 이뻐졌다?"

　아무리 입에 발린 인사라지만 그래도 나 지금 기분 좋아 좋아!! ㅠ0ㅠ

　그나저나 민아, 너는 그동안 더욱더 -0- 광채가 나게 변했구나. 그런데 나는 재회부터 요모양 요꼴이라니!!

　이것은 분명 ㅡ_ㅡ+++ 아까 그 싸가지 밥 비벼먹을 만한 녀석과 마주쳤었기 때문이야. +0+

　또 그 싸가지 개 만땅이었던 녀석 생각하니 ㅡ_ㅡ++ 이 가족들의 별종 빈이 새끼가 생각이 나는군.

근데 왜 그 녀석은 안 보이지? –_–^

"민아 _ 근데 니 동생 –_–+ 은? ^-^;;"

"아~ 빈이?? ^-^ 빈이… 몰랐어?? 빈이 우리랑 같이 안 살았었어. 빈이는 따로 일본에 있었어. 바로 온다고 했는데… 이상하네. 올 때가 한참 지났는데…."

하여튼 국제적으로 노는구만. –_–++ 지 놈이 뭐가 그렇게 잘 났다고 한국에 캐나다에 일본까지?

쳇 _!

"뭐… 오겠지. ^-^ 그나저나 짐 정리는 했어??"

"아니, 아직. ^-^"

"그럼 내가 도와줄까??"

"괜찮겠어?? 아직 너도 제대로 못했을 텐데…."

"괜찮아. 도와줄게. ^-^"

그래도 민이에게 좋은 아이라는 이미지를 심어주고 싶은 나였다. –_– 뭐 _ 그다지 노력 안 해도 민이는 무조건 좋은 쪽으로 받아 들이겠지만. ㅠ_ㅠ

일단 빈이 새끼랑 사이가 별로 좋지 않은 이상 민이 놈이라도 내 편을 만들어야 할 것이 아니더냐. –0–

내가 생각해도 안 어울리지만 그래도 웃음꽃을 띄우며 〉_〈 2층 방으로 안내하며 올라가려는 찰나!!!

대문이 벌컥 열리더니 내가 집을 들어올 때와 같이 비스무리한 모습과는 정 반대인 뽀대가 **빤딱빤딱** 나는 모습을 한 어느 남정네가 들어왔다!!!

　근데 －_－; 어디서 많이 본 얼굴 _

　호… 혹시 －O－ 아까 그 싸가지에 밥 비벼먹을 만한 새끼???

3　메쉬 메리골드

　"빈이 늦었네? ^-^ 빨리 들어와."

　빈이~ 빈이~ 빈이 _

　메아리치듯 반복되는 빈이~ 빈이~빈이 _

　설마 －O－ 설마 －O－ ㅜOㅜ!!

　오~~ 노~~ 이건 말도 안 돼!!

　아닐 거야. ㅜOㅜ 내가 잘못 들은 거야. ㅜOㅜ

　"씨발, 동네가 왜 이렇게 복잡해~! 민이 너는 빨리 왔다? 아씹
짜증나. 근데 그 옆에 메주는 뭐냐?"

　아… 암담하다. 참담하다.

　신은 어찌하여 나에게 이런 고통을 주시는지 _

　그나저나 11년의 세월은 역시 너무 길었나보다.

　빈이 새끼의 모습은 －O－ 내가 못 알아볼 정도로 변해 버린데다
어찌 저리도 어린시절보다 한층 더 업그레이드 된 싸가지 만땅 싸
이코 놈으로 다시 태어난 건지…. ㅜOㅜ

　우오오오오오오~~ 나 이 집에서 살기 싫어~~

빈이 새끼가 나보고 메주라고 말한 충격에서 헤어 나오고 있지
못할 때쯤 아줌마, 아저씨 & 엄마 아빠는 빈이의 목소리를 들었는
지 나와서 빈이를 맞았다.

"늦었네? 으이구~ 이 녀석 너 또 길 못 찾았지?" 〈-주희 아줌마

"빈이 오랜만이구나. 〉_〈 그동안 더 멋있어졌네?" 〈-푼수때기 울
엄마

"피곤 할텐데 먼저 씻어라." 〈- 언제나 간단 명료 울 아빠 =_=

"아들~ ^-^ 늦었네? 우선 밥부터 먹을래?" 〈- 지운이 아저씨

하지만 이런 환영사에도 저 싸가지 없는 비러머글 빈이 새끼는
-_-^

16

"씨발 -_-+ 집 찾는다고 고생했잖아."

단 한마디로 일축시켰다. -_-

역시 정말 대단한 놈이 아닐 수가 없었다. -_-

그 말 한마디 뱉어놓고 지멋대로 2층으로 올라가버리는 녀석 _

헐 -_-;;…

어찌 그리 성격 좋은 지운이 아저씨와 주희 아줌마에게서 저런
놈이 나왔을까나?

하긴 _ 엄마 말로는 주희 아줌마의 청춘시절이 정상적인 거는
아니었다고 했었지만 -_- 그래도 저건 너무하잖아!!

먼저 올라가 버린 빈이 새끼를 따라 민이와 함께 *^^* 나도 2층
으로 향했다.

내 짐들도 완전 정리된 게 아니지만 그래도 일단 제쳐놓고 +_+

민이와 함께 웃고 떠들며 즐겁게 짐 정리를 시작!!

아하하하하 _ 역시 이런 게 행복의 참맛인 거야. >_<

몸은 힘들지만 나는 즐거워 _ 룰루랄라 _♬

시간가는 줄도 모르고 즐겁게 짐 정리를 한 나 _

우와 _ 이제 책장정리만 하면 되는구나. 그나저나 무슨 책들이 이렇게나 많은 거지??

역시 우리 민이는 성격도 좋고 _ 머리도 좋고 _ 얼굴까지 잘생긴 엘리트로 성장하였구나. ㅜㅇㅜ

어떤 녀석이랑은 차원이 달라 차원이 _!!!

"시은아, ^-^ 이제 내가 하면 되니까 넌 가서 쉬어~ 힘들잖아."

자상하기도 하여라. 어찌하여 쌍둥이가 이리도 다를 수가 있단 말이냐. -0- 정말 귀신의 장난인 거야. 그렇지 않고서야 어디…?
-_-

"^-^;; 그래, 그럼 나 이만 가볼게."

"참!! 미안한데… 염치없지만 부탁 하나만 해도 돼? ^^"

너의 부탁이라면 언제든지 오케이란다. >_<

"뭔데??"

"저기… ^-^;; 우리동생 빈이… 도 좀… 도와주면 안 될까?"

=_=… 민아, 정말 조금 염치없는 부탁이구나. -_- 많이 들어주고 싶지 않다는 느낌이 드는 부탁이야. -0-

하지만 날 향해 생글생글 웃는 민이를 안 된다는 잔인한 말로 실망시키고 싶지 않다. -0-ㅋ (엄마 닮아 꽃미남한테 약한 근성 -_-)

"그래…. T^T"

"고마워. ^-^* 나중에 내가 한턱낼게!"

뭐 그 정도로 한턱까지~~

난 그저 너의 그 미소 한방이면 된단다. ㅎㅎㅎ _

일단 내키지만 않다만 그래도 민이 부탁이기에 정말 가까이 하고싶지 않은 빈이 새끼 방으로 발걸음을 돌렸다.

노크 따위는 생략해 버리고 -_- 문을 벌컥 열고 들어섰는데 아무것도 정리되지 않은 채 짐 가방 그대로 그 모습 간직한 채 침대에 널부러져 있는 빈이 새끼가 보였다.

저넘은 도대체 무슨 생각을 하고 살아가는 건지…. =_=

그런데 갑자기 왜 이불도 덮지 않은 채 자고 있는 빈이 놈이 측은해 보이고 불쌍해 보일까?

아으~~~ 비러머글 나의 모성본능!!!

빈이 녀석이 깨지 않게 하기 위해 살짝 다가가 이불을 덮어주는데 지금 내가 느끼는 사실 단 한 가지 _

내 손목을 그녀석이 확 낚아채 잡았다는 것이다!!

"뭐… 뭐… 니? -0-"

"메주! 너 나 덮칠려고 했었지?"

-_-

뭐라고 말을 해야할까. 도대체 이 아이는 무슨 생각을 가지고 살아가는 걸까.

ㅠ_ㅠ 정말 싫다!!

"아니… 거든?? 그나저나 이 손목 좀 놔줄래?"

하지만 더욱 더 나의 가녀린(퍽퍽!!) 미안. ㅠ_ㅠ 굵은 손목을 잡은 손에 힘을 주는 빈이 _

아프… 다. ㅜ0ㅜ

"정말 아니야. ㅠ_ㅠ 아프다니까!!! 놓아 달라고!!"

울상을 짓자 그제서야 놓아주며 _

"너… 혹시…."

하는 녀석 _

설마 낮에 나랑 부딪쳤던 게 기억이 난 건가?? 하지만 그런 나의 예상과는 달리 _

"너… 할 일 없지?"

라며 묻는 빈이 녀석.

왜 나를 기억 못 하는 것이야!! 내가 그리도 존재감 없는 인간이었나? ㅠ0ㅠ

이런 니미럴 젠장!!

"_;; 그래. 할 일 없어."

그렇다고 나는 또 쓸데없이 거기에 대한 대답을 하고 있었다.

윽!! ㅠ_ㅠ

이어지는 빈이 녀석의 말 _

"그럼 저기 꽃들 보이지? 물 좀 줘라."

헐…

잠깐!!

꽃에 물을 주라는 건 ─_─;; 빈이 새끼는 현재 꽃을 키우고 있다는 것이잖아??

저런 싸갈탱이 녀석이 ─0─ 꽃을 키우다니 도대체 저 녀석의 뇌구조는 어떻게 생겼길래. ─0─

그리고 내가 아무리 할 일이 없어도 왜 니녀석 꽃의 물을 줘야 하는 거냐. ㅇㅁㅇ

"싫어. ─_─^^ 내가 왜 니놈 꽃에 물을 줘??!!"

"ㅡ_ㅡ++++ 싫다고?? 진짜 싫어?? 정말 싫어??"

그렇게 눈을 부라리면서 나를 향해 소리치면 내 마음이 어떠하겠니. ─_─

20

무섭구나 _ 애야. ─0─

"아니야. 사실은 나 꽃에 물주는 거 디게디게 좋아해. ㅜ_ㅜ"

방금 전 나의 깡다구 국보급은 어디로 가버린 걸까. 엉엉 _

니미럴!! 우리 오빠들은 협박 같은데 잘 안 쪼는데 나는 도대체 왜 이런 거야!!

흑 _ 아빠 ─0─ 나는 아빠가 원망스러워요. 왜 엄마랑 결혼해서는 엄마 성격을 모조리 닮은 나 같은 딸을 태어나게 만든 건가요. ㅠㅇㅠ

"그래? 그래 좋아한다고 했지? ^^ 그러니까 당. 장. 저 꽃에서 물 좀 주렴."

사악한 웃음을 띄우며 ㅠ_ㅠ 지놈 방 창가에 올려져있는 작은 화분을 가리키며 말하는 빈이 _

작은 화분에 있는 꽃 _ 자세히 보니 -_-;; 쳇~! 꽤 정성스레 키운 것 같군.

아주아주 이쁜 꽃인데? ^-^ 잎도 파릇파릇 생생하고 꽤 많은 정성을 들이면서 키운 것 같았다.

다만 무슨 꽃인지를 모르겠구나. -0- 아주아주 특이한 꽃 같다는 생각을 갖게 할 뿐!

분무기에 물을 넣고는 화분에 물을 주다가 (<-결국 물 주고 있음. ㅋ) 너무너무 궁금해서 빈이 녀석한테 물었다.

"근데 이 꽃 무슨 꽃이야?"

"메주! 넌 그것도 모르냐? -_-+"

메주… 메주… 메주…. -_-++

저게 자꾸 말끝마다 메주메주 하는데 누구는 메주로 태어나고 싶어서 메주로 태어난 줄 아냐!!

ㅠ0ㅠ 진짜 뭐 저런 게 다 있어!!

"-_-+ 자꾸 메주메주 하는데 넌 얼마나 잘났다고 메주메주 하니?"

"훗~! ㅋㅋ 그래서 기분 나쁘냐? 솔직히 얼굴로 따지자면 너보다 내가 훨~~ 씬 낫지 않냐? 객관적으로 너 나만큼 완벽하게 생긴 애 본적 있냐?"

움마움마!! ㅍ0ㅍ

쟤 싸이코에 싸가지 만땅에 왕자병까지 있었나봐. ㅠ0ㅠ

주희 아줌마가 너무너무 불쌍해~ ㅠ0ㅠ

더 이상 그 녀석과 말할 가치조차 잃어버린 나 _

"=_=;; 그래, 너 너무 잘났지. 그나저나 정말 이 꽃 이름은 뭐니??"

"메주, 넌 어릴 때나 지금이나 머리 나빠서 말해줘도 몰라. 그래도 말해줄게. 그 꽃 이름 메쉬 메리골드야."

―.,―;;

어릴 때나 지금이나 머리가 나쁘다니!!

인정하기 싫지만 정말 말해줘도 모르겠다는 게 녀석의 말을 증명하는 것만 같아 더욱더 마음이 아프다. ㅠ_ㅠ

쳇 _ 메시고 지랄이고 그게 뭐야? 무슨 메시가 금을 차지한 거래??

"-_-;;… 으응~ 그렇구나."

"들어본 것 같은 표정 짓지마. -_-+ 전혀 몰랐던 거 알고 있어."

미안하구나!! 아는 척 해서. 젠장할~~ !~!!!!

나를 무식한 눈이라고 갈구던 빈이 녀석은 갑자기 참으로 의외로 -_-;; 꽃 이름을 말해주고선 이 꽃의 꽃말에 대해 아주 자세히 -_-;; 거기에 부담스럽게 눈까지 반짝거리며 똑바로 안 들으면 나를 죽일 것 같은 표정으로 -0- 말을 잇기 시작했다.

"그 꽃 꽃말은 반드시 오고야 말 행복이야. 반드시 오고야 말 행복. 그래서 난 그 꽃을 키워."

씁쓰레한 듯 웃으면서 메쉬인지 골드인지 지랄인가 하는 꽃말

에 대해 말해주는 빈이 녀석 _

　꽃말이 반드시 오고야 말 행복이라서 꽃을 키운다니…. ㅡ_ㅡ;

　도대체 그게 무슨 말이야.

　하여튼 미스터리 한 놈 같으니라고…. ㅡ_ㅡ 빈이 놈은 참 미스터리 한 놈으로 성장했구나. =_=

　그놈의 메쉬공드인가 지랄에게 물을 다 주고선 내 방으로 돌아왔다.

　민이 짐 정리와 빈이 녀석 꽃에 물 준다고 막상 내 짐들은 제대로 정리도 못한 나!! ㅠ_ㅠ

　아~~ 또 이걸 언제 다 한다니!!!

　죽어라 짐만 정리하다가 새벽 4시가 되어서야 겨우 눈을 붙일 수가 있었다.

　"밥 먹으라니까!!"

　울 아줌씨의 소음으로 12시가 훌쩍 지나버린 오후 3시 (지나도 한참 지났음. ㅡ_ㅡ)가 되어서야 눈을 뜰 수 있었다.

　대충 세수만 한 채 부시시한 머리 질끈 묶고 부엌으로 내려갔다.

　"시은이 이제 일어났니? 얼른 밥부터 먹으렴."

　나를 기쁘게 반겨주는 지운이 아저씨 _ 아저씨 너무 좋아요. +0+

　"예, ^0^ 아저씨 좋은 아침(?) 아니 오후네요. ^^;;"

"^^;; 후후… 그래."

아~~ 역시 민이는 아저씨를 닮아서 그리도 잘생기고 착했던 게야. 므흫흫 *)0〈*

"메주 일어났냐?"

하여튼 꼭 분위기 깨는 녀석. –_–++

"오냐. –_–;;"

"아들~ 일어났어? ^–^"

지운이 아저씨의 다정한 인사에도 저리도 무뚝뚝하고 싸가지 없이 행동하는 빈이 시키. –_–^^

도대체 누구 자식일까?… =_=

혹시 우리 아빠 자식 아냐? –0– 그럼 주희 아줌마랑… 울 아빠랑?

아니야 아니야. (––;)(––)(––;)(––)

김시은 정신차려. 너 도대체 무슨 생각을 하는 거니. 그럴 리가 없잖아. ㅇㅁㅇ

그나저나 모두들 이미 아침, 점심 다 먹었고 방금 전에 일어난 저녀석과 나 단둘이 밥을 먹어야 하는 건가? ㅜ_ㅜ 말도 안 돼 ~

빈이 녀석과 마주보고 식탁에 앉기는 앉았는데 _ 오우~ 씨댕 밥이 목구멍에서 도로 올라올 것 같애.

근데 저 신기한 놈 밥을 먹으면서 콜라를 먹고 있다.

물 대신 콜라를 먹다니… –0–;; 오우~ 쏠려 쏠려 쏠려 쏠려 엉 엉!!

24

저게 과연 정상적이란 말인가? 생각하면 할수록 주희 아줌마가 너무 불쌍해!!! 어쩌다가 저리도 비정상적인 인간을 낳으신 거야!!!

"메주, 뭘 그렇게 쳐다봐? -_-^ 왜?? 너도 콜라 줄까?"

"하하하~~ -0- 아냐."

씨뱅할 -_-

하마터면 잘못 걸려서 나까지 물대신 콜라를 먹는 지옥을 맛 볼 뻔했군.

생각만으로도 끔찍스러워!! ㅠ0ㅠ

행여나 =_= 빈이 새끼가 억지로라도 콜라 먹일까봐 두려움에 떨면서 밥을 목구멍으로 간신히 넘기고 있는데 갑자기 엄마, 아빠, 아줌마, 아저씨 모두들 우르르 주방으로 들어온다. 그러더니 허옇고 두툼한 봉투를 식탁에 놓더군. -_-

뭐지…?

"뭐… 야?"

"웅, ^-^ 돈이야."

=_= 왜 갑자기 돈을 주고 그래?

얼른 봉투를 열어 보았다.

-0- -0- -0- 돈… 엄청나게 많다!! 분명 뭔가가 있는 게야. 두렵다. 두렵다.

"-_- 뭐… 뭐야?"

"웅, ^0^ 우리 내일 모두들 싸이판으로 여행 가. >_< 멋있지? 그

래서 돈 주는 거야."

─.,─; 시방 여행을 간다고라고라고라잉?? 요 돈봉투 딸랑 하나 주고??

"─_−+++ 미쳤어??"

"─_−;; 너 돈 모자라서 그런 거 알아. 혹시라도 모자라면 이 통장 줄테니까 여기서 빼 써. 그럼 이제 됐지?"

진작 그럴 것이지. 근데 언제 오려고 통장까지 주는 거지? −_−

"─_− 언제… 올 거야?"

"몰라."

=_=… 그럼 그렇지!!!

근데 −0− 모두들 이렇게 여행 가버리면 오빠들이랑 민이랑 저 빈이 새끼랑 ㅠ0ㅠ 만 집에 있어야 한다는 건가??

아아아아아!!

내가 혼자 고통에 몸부림치는 사이 엄마, 아빠, 아저씨는 나가 버리고 ㅜ_ㅜ 아줌마 혼자 남아선 _

"시은아 ^−^ 미안한데 하나만 더 부탁해도 돼?"

ㅠ_ㅠ 빈이 녀석에 관한 것만 아니면 되요.

"말씀하세요."

"내일부터는 우리 민이랑 빈이도 학교 가야하는데 ^−^ 전학수속은 다 해두었으니까 니가 좀 데리고 가줄래? 너랑 같은 학교로 해뒀는데…."

ㅠ0ㅠ ~~ 지옥이다. 고통스러워!!

"저기… ㅡ_ㅡ;; 그건 오빠한테 부탁을 해도…."

"현이는 고3이잖아. ^_^ 그런 거 신경쓰게 하고싶지 않아서."

"아~ 씨발 내가 애야? 나도 혼자서 갈 수 있어. 민이 새끼나 메주랑 가라고 해!"

ㅡ_ㅡ;;

하여튼 지 엄마한테도 싸가지 없는 새끼 _ 게다가 지네 형보고 새끼가 뭐야~ 새끼가. ㅡ_ㅡ

쯔쯔 _

그리고 임마!! 나도 너랑은 절!! 대 가기 싫어. -0-

"ㅡ_ㅡ++ 시끄러. 너 내일부터 매일매일 시은이랑 학교 안가면 니 통장에만 돈 안 넣어 줄줄 알어!!!"

아줌마 왜 이렇게 제 마음을 몰라주세요. ㅠ0ㅠ

"알았어. ㅡ_ㅡ 쳇~!"

흐흑 _

결국 주희 아줌마에 의해서 나는 민이, 빈이 두 명의 쌍둥이를 데리고 매일매일 등교해야 하는 지경에 이르고 말았다. ㅜ_ㅜ

아침에 일어나니 벌써 모두들 여행 떠나고 집은 황량했다.

혁이 오빠는 ㅡ_ㅡ;; 어제 뭘 했는지 집에 아예 들어오지도 않았고 나는 도우미 아줌마가 차려주신 밥을 먹고선 민이와 나랑 가기 싫다고 투덜거리는 빈이 새끼를 데리고서 학교로 향했다.

아~~ 이 난관을 어찌 헤쳐나가야 할꼬!!

학교 가는 길 -_-

길을 걸을 때마다 기집애들이 자꾸만 나를 꼴아 보는 게 영~ 거슬린다. -_-^

"시은아 ^-^ 근데 너희 학교 좋아?"

상큼하게도 묻는 민이. >_<

"글쎄 ^-^ 나도 잘 모르겠는데… 일단 잼있는 건 확실해. 그래도 캐나다 보다 잼있을 지는 모르겠네~ 거기는 자유롭잖아. ^^"

"아니야. ^-^ 캐나다도 지역마다 달라. 정말 기대된다."

아… ㅠ_ㅠ 진짜 기대에 부푼 듯한 저 민이의 표정 _ 깨물어주고 싶구나. 으흐흐흐흐!!

"쳇~! 기대되긴 뭐가 기대 돼? -_-++ 메주가 다니는 학교가 거기서 거기지!!"

오!! 하나님 저 녀석이 저는 정말정말 싫어요!!

"-_-+ 그래, 내가 다니는 학교는 거기서 거기야."

"참!! 메주 너 학교에서 행여라도 나 아는 척 하지마. 재수 없으니까."

-0-!!! 뭐 저런 게 다 있어!! 아는 척 하라고 빌어도 절!! 대 인해!!

"그럴 일 없으니까 걱. 정. 마. 흥!!"

어느새 학교에 도착하고 재섭는 빈이 새끼랑 -_-+ 민이의 ^-^ 반 배정을 위해서 교무실로 보내고 나는 우리 반으로 힘든 등교길을 마치고 무사히 들어왔다.

내가 반으로 들어가자마자 나를 반기는 나의 절친한 친구이자 나의 술버릇 상대인 〉_〈 나단이 _

"시은아~~~ 〉0〈 왔어??"

※참고로 나단이는 남자다. =_=

"으응. -_-;; 아침부터 그렇게 반겨주니 웬지 부담스럽구나."

"에이~ 〉_〈 우리 시은이 왜 그래??"

"-_-ㅗ"

"알았어. =_= 그만할게."

29

나단이는 -_-;; 정말 좋은 친구다. 내가 술만 마셨다하면 버릇처럼 전화하는 녀석 _

나는 이상한 인간인 줄 알았는데 알고 보니 유전이더군. -_-^

나단이 아빠인 범기 아저씨가 울 엄마의 친구인데 우리 엄마도 술만 마시면 그렇다고 한다.

아~~~ 주 예전부터. -_-

한번은 이런 일도 있었다.

그 날은 내가 술에 꼴았던 어느 날 _

어김없이 나단이에게 전화를 걸어서 꼬장을 부리고 있는데 _

"으히히히 나단아~~~*^^* 있자항~ 내가 고래서… 이… 래써 꼬동?? 근데… 말야."

들려오는 시끄러운 소리. ㅡ_ㅡ

"으응, 그래 은서야. 응, 그랬어? 그래그래. 괜찮어."

ㅇ_ㅇ? 은서? 은서는 우리 아줌씨의 이름인데…. =_=

"나단아 ㅡ_ㅡ;; 근데 이게 무슨 소리야?"

"응, =_= 울 아빠 통화하는 소리."

범기 아저씨가 ㅡ_ㅡ;; 왜 울 엄마 이름 부르면서 통화해??

"근데 왜 니네 아빠가 울 엄마 이름을 부르면서 통화를 하신 대니??"

"응. =_= 지금 니네 엄마가 술 먹고 전화하셨어. 나도 몰랐는데 ㅡ_ㅡ;; 너처럼 니네 엄마도 예전부터 항상 술만 마시면 울 아빠한 테 전화해서 꼬장 부리셨었나봐."

ㅡ.,ㅡ;; 쪽팔린다.

다시 또 들려오는 소리 _

"여보 왜 이렇게 단체로 시끄러워~~"

"응, 미안. 엄마 지금 시은이가 또 취해서 전화 왔네."

"뭐?? 아니 시은이는 대체…."

"여보 미안해. 지금 은서가 취해서 전화 와서 그래."

"은서 언니 또… 휴~ 그래요. 통화들 하세요."

ㅡ_ㅡ 불쌍한 지영이 아줌마_

울 엄마 후배라서 쪽도 못쓰고 꼬랑지 내리는 아줌마 _

죄송해요. ㅠ0ㅠ

그런 일이 있었다는 거지.

"그나저나 이사 간 새집은 좋아?? ^0^"

내가 회상에 빠져있던 사이 나단이는 내게 새집에 대해 물어보았다.

물론 좋지. ㅜ_ㅜ 그 녀석만 없다면!!

"좋지. -_ㅠ"

"그래? 담에 나도 구경갈래. ^-^"

"그… 그러렴. -_-;;"

이래저래 나단이랑 수다를 떨고 나니까 어느새 조례를 하러 담탱이가 들어왔는데 _

ㅇㅁㅇ ㅇㅁㅇ 럴수럴수 이럴수!!!

담탱이를 따라 빈이 새끼가 들어왔다. 저 새끼 우리 반이 되어버린 건가??

나의 사랑 민이는 어쩌고!!

흐흑… 이런 일이 ㅜ0ㅜ!!

벌써부터 =_= 우리 반 기집애들 꺅꺅대고 오만 지랄 염병을 다 하고 있다.

"엄머~~~)_〈 어떡해. 현이 오빠만큼 잘생긴 사람이야."

"웅. 〉_〈 졸업한 혁이 오빠 뺨친다."

모두들 우리 오빠들. =_=

31

참고로 말하자면 우리 오빠들은 앞에서도 말했듯이 밖에 나오면 싸가지가 없다. ––ㅋ

물론 학교가 예외는 아니다.

그렇지만 그런 싸가지에도 불구하고 잘생긴 얼굴로 모든 것을 카바했던 우리 오빠들!!!

지금 거기에 대응하는 왕싸가지에 –– 게다가 미스터리까지 곱배기로 더한 빈이 새끼가 나타난 것이었다.

지들 딴에는 충격일 수밖에. ––;;

"진… 짜 잘생겼네. –_ㅠ 이제 현이 오빠마저 졸업하면 무슨 낙으로 학교 다닐까 했는데 하늘이 우리를 구제해 주신 거야!!!"

흥 –_–+ 구제??

지랄염병이라고 말해주고 싶구나.

"아 _ 씨발 거기 몽당연필 같은 것들 다 아가리 안 닥쳐??"

담탱이가 있는 앞에서 것도 전학 온 첫날부터 저러는 인간 _ 정말 저 인간의 머리통에는 뭐가 들어 있는 걸까!! ㅠ0ㅠ

"선생님 나 저 메주 옆에 앉아도 되죠?"

나를 가리키며 –0– 내 쪽으로 점점 다가오는 빈이 시키. –0–

오지마!! ㅠ0ㅠ

니가 학교에서 아는 척 하면 죽인다며~~ 그러면서 왜 나한테 오는 거야!! 나는 짝도 있다고!!

선생님 애 좀 말려줘요!! ㅜ_ㅜ

하지만 =_= 담탱이는 이미 그 녀석에게 쫄은 듯 아무런 말도 못하고 있었다.

빈이 시키, 결국 내 자리까지 도착하더니 내 짝꿍보고 하는 말이 _

"야! 비켜. -_-+"

단 한마디에 내 짝꿍은 비켰다!!

어떡해. 앞으로의 학교생활이 너무너무 걱정스러워!!

정말 빨리도 비켜버린 내 짝꿍 ㅠ_ㅠ 너무너무 원망스럽다!! 엉엉 _

흑 _ 벌써부터 여기저기서 쑥덕대고 난리가 나부렀네~

"-_-+ 아는 척 하지 말라며?"

"내 맘이야."

저런 개싸이코 같은 놈을 보았나.

"-_- 짜증나. 왜 여기 앉는 거야!!"

"시끄러. -_-+ 나 같이 잘난 넘이 니 옆에 앉아주는 것도 고맙게 생각해."

=_= 하나님 나는 어떡해야 하나요?? 저런 왕자병에는 약도 없다던데…. 엉엉. ㅜ_ㅜ

"-_-;; 그… 그래. 하…."

"-_-^ 그럼 나 이제 잘 테니까 깨우지마."

그러더니 빈이 새끼는 고대로 자빠져 잤다. -_-;;

도대체 얘는 전학 첫날부터 어디서 이런 개깡이 나오는 걸까? =_= 그래도 어쩐지 이 녀석이 조금 부럽긴 하다.

이런저런 생각을 하다가 나도 깜빡 잠이 들었는데 깨어보니 점심시간이더군. ㅡㅡ

아직도 옆에서 퍼질러 자는 빈이 녀석 _

배도 안 고픈가? ㅡㅡ

쳇~! 하는 짓 봐선 쫄쫄 굶게 그냥 냅둬 버리고 싶지만 그래도 미운 놈 떡 하나 더 준다고 _

"야!! 이빈!! 일어나~~ 벌써 점심시간이란 말야!!"

아무리 소리를 질러도 좀처럼 일어날 생각을 안 한다.

니미럴!! =ㅁ=

"밥 안 먹을 거야?? 일어나라니까!!"

하도 안 일어나서 빈이 놈의 등을 찰싹찰싹 터치를 해주고 있는데 웬 돼지 년이 나에게 오더니 _

"너 왜 자꾸 우리 빈이 때려!!"

ㅇㅁㅇ 어버버버 이게 무슨 일이니. 웬 우리 빈이??

한참 내가 사태파악 못하고 있는데 _

"그래!! 너 자꾸 우리 빈이한테 찝적 대지마. 빈이는 우리 모두의 것이란 말이야!!!"

하면서 돼지 년 뒤의 여러 잡년들이 떼거지로 몰려와서는 나에게 소리쳤다.

참~! 기가 차서 _

"뭐?? 푸하하하하하하 우리 모두의 것? 니들이 뭔데 그래? 푸하하."

졸라 학교선 깡다구 쎈 나 _

왜?? 우리 오빠들이 이 학교는 다 잡았으니까. -_-

미안해 _ 사실대로 말하면 울 엄마 닮아서 그래. 울 엄마는 내가 학교에서 사고치고 오면 아빠 닮아서 그렇다고 하지만 나는 보았다.

어느 날 우연히 엄마의 앨범을 보다가 체리 아줌마, 주희 아줌마 외 등등 여러 아줌마들과 울 엄마가 찍은 사진을. ㅜ_ㅜ

담배를 꼬라문 채 『칠공주 졸업 기념』이란 현수막을 들고 찍은 사진을. -0-

어쨌든 사설은 잠깐 접어두고. —.,—

내가 소리를 쳤는데 저 돼지 년 파들이 하는 말이 _

"우리?? 우리는 빈이 팬클럽이야!! ㅇㅁㅇ"

이런다. =_= 참 _ 할말을 잃어버렸다.

전학 온 첫날, 것도 당사자인 빈이 자식은 여태껏 잠만 잤는데 고새 팬클럽이 생겨??

35

푸하하하하 -0-

지나가던 똥개가 가다말고 박수 칠 일이네~

근데 감히 저것들이 어따대고 소리를 지르긴 질러?? -_-++ 이것들이 미쳤나.

어라?? 그리고 보니 저 돼지 년 뒤에 빼쪽이 같이 생긴 년은 현이 오빠 팬클럽 총무인가 지랄인가 아냐??

저것이 감히 우리 오빠를 배신 땡기고 고새 이 미운 빈이 녀석 팬클럽을 만들어?? ㅡ_ㅡ++++

"야!! 거기 너!!"

"ㅡ_ㅡ 나??"

"아니 돼지 너 말고 그 뒤!!"

"나… 나?? 왜. ㅡ_ㅡ;"

흥!! 찔리긴 하나보지?

"그래 너!! 너 오늘 아침까지만 해도 울 현이 오빠 팬클럽 총무 였던 애 아냐?? 맞지??"

"ㅡ0ㅡ;;;"

미친년 ㅡ_ㅡ 놀라는 척 하긴 _

"씹알 니가 그러고선 여태껏 총무네 뭐네 설치고 다녔냐?? 앙??? 써글."

저 못생긴 빼쪽이 같은 논이 울 오빠를 배신했다는 사실에 잠시 흥분하여 ㅡ_ㅡ 고운 내 입 (퍽!) 알써, 수정. ㅡ.,ㅡ 그냥 입에서 험하디 험한 말이 나오고 있는데 _

"시은아~~~*^_^*"

빛나는 꽃을 띄우며 웬 도시락을 한아름 안고는 민이가 나타났다.

"^_^;; 민아, 왔어? 밥은 먹었고?? 근데 그건 다…."

"웅. ^_^ 아직 밥 안 먹었어. 너랑 빈이랑 같이 먹으려고."

착하기도 하여라_

빈이 새끼가 민이의 반의 반이라도 닮았다면 얼마나 좋을꼬~~
ㅠ0ㅠ

"고마워. ^^;; 근데 빈이도 안 일어나고… 저기 빈이 팬클럽이
라는 애들이 찾아와서는 막 나한테 뭐라고 해서 맘놓고 깨우지도
못하겠어. 휴~"

나는 좀 치사하고 유치하지만 –_–;; 그리고 솔직히 말하면 내
가 욕 먹기보단 오히려 더 했지만 그래도 구라쳐서 민이한테 꼰질
렀다. –_–v

하지만 민이는_

"팬클럽?? 그게 뭐야?? 참~! >_< 시은아 이것 봐. 한국 학교 애
들은 너무 좋아. 이렇게 도시락도 주고 ^-^ 우리 어서 이거 먹자."

–_–;; 민아_

너는 순수한 거니 아님 착한 거니. 그것도 아니면 바보인 거니.
ㅜ_ㅜ

팬클럽_ 그래, 캐나다에서 와서 모른다 치고 도시락을 주는 걸
한국 애들이 착해서 주는 거라고 생각하다니. ㅜ_ㅜ

그건 너를 꼬실려고 준거란 말이야!!

그렇지만 민이가 상처받을까봐 또 사실대로 말 못하는 나!!

"–_–;; 미… 민아. 그래 좋겠네. 근데… 저기 뒤에 여자 애들은
또 뭐야?"

"웅?? 뒤에??"

민이는 뒤를 한번 돌아보더니 다시 한다는 말이 _

"웅 ^-^ 쟤네… 도시락 준 고마운 애들이야~ 쟤들이 이제부터 나 지켜준대."

-_- 참으로 주희 아줌마가 불쌍해지는 순간이었다.

똑같은 쌍둥이인데 한 놈은 바보 같을 정도로 착하고, 한 놈은 주사바늘을 찔러도 피 한 방울 안 나올 만큼 싸가지 없음에 싸이코에 -_- 또라이 기질까지 있는 놈이니 얼마나 마음 고생이 심하실까. -0-

불쌍한 주희 아줌마. 흑 _

한참 내가 주희 아줌마의 신세를 한탄하고 있으니 문제의 근원이자 세상의 악의 근원이라고 할 수 있는 빈이 새끼가 아주 태연한 듯 일어나며 씨부렸다.

"-_-+ 씨발 왜 이렇게 시끄러!!"

써글놈 -_-^ 혼자 지랄염병을 해요.

모든 게 지넘 때문에 내가 지금 밥도 못 먹고!! ㅇㅁㅇ 이 지랄병을 하고 있건만 _

"뭐?? 시끄러?? 미친놈 귓구녕이 썩었냐!! 시끄러우면 당장 일어나야 할 거 아냐. 왜 이제서야 일어나!!"

"-_-^ 니가 내 마누라냐? 왜 소리를 지르긴 질러!!"

ㅇㅁㅇ 어머머 이 놈 봐라. 지놈이 한 짓을 생각하면 지금 나한테 화를 내야 할 상황이야? 안 그래도 민이까지 사태파악 못하고 바보짓해서 속상해 죽겠건만!!

"흥!! 잡소리 말고 저기 니네 팬. 클. 럽 이시라는 잡년들이나 처리하시지!! 나는 민이랑 밥 먹을 테니!"

빈이 새끼는 -_- 나를 미친년 보는 듯한 눈빛으로 한번 쓰~윽 훑더니 고개를 돌려 돼지 년&우리 오빠 팬클 총무 년의 패거리가 있는 곳을 바라보았다.

-_-

과연 저 입에서 무슨 말이 나올까.

"난 돼지 년들이 모인 팬클럽은 싫어. -_-+ 메주 하나만으로도 벅차."

-_.,_-;;

속은 시원하다만 왜 이리 떨떠름하고 씁쓰브리한 느낌이 들꼬.

돼지 년들의 팬클럽은 싫다는 말에 충격들을 받았는지 -_- 대장 돼지 년은 앞으로 나서더니 _

"빈아, 우리는… 우리가 정말 돼지로 보여? ┳0┳"

쟤는 알면서 왜 저런걸 묻는 걸까? -_-

"야야!! 메주 이거 봐바. 돼지가 말도 한다!! +_+ 우와~~~"

굳어버린 돼지 년… 돌덩이가 되어버린 건지 도통 움직일 생각을 안 한다. -_-;;

쯔쯔쯔 _

-_-;; 불쌍한 돼지 논, 그러길래 뭔 놈의 팬클럽인가 지랄인가를 만들어서는 지년들의 대장인 돼지 년이 돌처럼 굳어있자 -_- 울 오빠 팬클의 총무였던 빼쪽이 년이 돼지 년을 가로막고 서서는

"빈아 ㅠ_ㅠ 돼지라니!! 너무하잖아!! 우리는 너의 팬클럽이란 말야. -0-"

"민아~~-0- 야야야야!! 메주!!"

-_-;; 저게 또 왜 저래.

"삐삐로도 말을 해!! 한국에는 신기한 거 졸라 많어."

=_= 하하…. -0-

푸하하하하 하하하하하하 깔깔깔

아… 웃겨. 어쩜 좋아!!

푸하하끼리리 국국

너무 웃겨서 이상한 소리까지 나오네!

프릅프릅~

돼지가 말을 하고 〉_〈 삐삐로도 말을 하고. 〉_〈

그나저나 저 삐삐로 년까지 굳어서 삐삐로 겉포장지속에 갇힌 것 마냥 돼지년 옆에서 돌덩이가 된걸 보니 너무 꼬소해!!

그러길래 이년들아~ 우리 오빠나 고이 팬클럽인가 지랄인가를 하지 왜 빈이 새끼까지 팬클럽을 만든다고 설쳐서는 _

그나저나 갑자기 빈이 놈이 왜 이렇게 이뻐 보인다니~~ ㅋㅋ

"빈아 ^-^ 근데 나 도시락 가져왔어. 〉_〈b 니 말대로 한국학교 진짜 좋아~ 도시락도 먹으라고 주고~ 나 지켜준다는 사람도 많고…. ^-^ 시은이 말대로 여기는 잼있는 거 너무 많아."

약간 -_-;; 도시락을 받았다는 사실에 집착을 많이 하는 민이의 성격도 조금은 의심스럽지만 그래도 일단은 도시락을 까고 민이의 수많은 추종자 (일명 민이 말로는 -_- 민이를 지켜주는 년들의 모임) 가 줬다는 도시락을 먹었다.

그리고 빈이와 나 그리고 민이가 -_-;; 그 수많은 도시락을 다 까먹을 때까지 말을 하는 신기한 돼지와 빼빼로는 그대로 계~~~ 속 쭈~~~~~욱 굳어있었다.

그렇게 점심시간이 흘러가고 5, 6교시는 모자란 수면으로 때우고는 집으로 가는 길~~*^^*

룰루랄라~♬

빈이 새끼 점심시간 자칭 그넘의 팬클럽의 여러 잡년 (말하는 돼지&빼빼로 포함) 들에게 아무렇지도 않게 상처를 주고선 민이가 받아온 도시락을 거의 혼자 해치우더니 5교시가 시작하자마자 어딘가로 사라져버렸다.

그래서 난 민이랑 참 좋은 내 친구 -_-^ 아까 내가 돼지파 팬클과 붙었을 때 코빼기도 뵈지 않던 -_-^^ 나단이와 함께 돌아가고 있다.

"시은아, 근데 나 오늘 니네 새 집 구경하면 안 돼? >_<"

—_—+++ 염치없는 새끼 _

"싫어. -_-^"

"왜잉~~"

왜? 니가 지금 나에게 왜냐고 물었더냐?? 그지 새끼 -_-+ 점심시간의 일은 잊은 모양이냐!! ㅇㅁㅇ

"싫다면 싫은 거야. -_-^"

"히잉~! 너무해. ㅠ0ㅠ"

너무 하긴 개뿔지랄이 너무해? -_-++++

"시은아 그러지 말고 구경하는 건데 데리고 가자. ^-^ 특별히 힘든 거 아니잖아."

아! 생각만 해도 너무 착한 민이의 말. ㅠ_ㅠ

그리고 한순간에 나는 친구에게 새로 이사간 집조차 구경시켜 주는 걸 튕기고 빼기고 하는 졸라 치사하고 나쁜 년이 되는 말이 었다. -_-

하지만 -_-^ 그래!! 나 밴댕이 소갈딱지야. 나는 아직 나단이 넘에게 섭섭하다 이거야. -_-++

더구나 저 녀석은 아직도 뭘 잘못해서 내가 이러는 지도 모른다고!!-0-

민이에게 심겨져 있을 나의 착하고 고운 이미지를 위해 민이가 눈치채지 못하도록 나단이에게 괜히 민이를 이용하여 빌붙을 생각이면 오직 죽음뿐이란 메세지를 가득 담은 눈빛을 쏘아댔다.

42

+_+ +_+

　나의 눈빛 공격을 받은 나단이 넘 _ 금방 꼬랑지 내리고 깨갱하
며 곧바로 자신의 집으로 가겠다고 하더군. 뽀하하. ^0^v

　중간에 나단이가 빠지고 나는 승리의 브이를 그리며 잘생긴 민
이 넘 옆에 있다고 이미지 관리 못하며 나사 하나 풀린 미친년 마
냥 실실거리며 집에 도착했다.

　집에 들어가니 어제 아예 집구석에 들어오지 조차 않은 혁이 오
빠가 나와 민이를 반기더군. -_-

　"시은아 왔어? *^-^* 민이도 같이 왔구나."

　"응. -_- 오빠 어제 뭐 한다고 안 들어 온거? -_-^"

　"^-^;;; 우리 시은이, 오빠가 말없이 안 와서 삐쳤구나? 미안해
~~"

43.

　저렇게 애교를 떨어대면 화를 낼 수가 없는데 _

　흐흑…

　"몰라~! 치!!! 안 삐칠 테니까… 피자 사줘. -_-;"

　"하하하… -_-;; 피자? 알았어. 오빠가 피자 사줄게. 그러니까
화 푸는 거야~~"

　"응. ^0^"

　거기!! -_-+ 피자 하나에 모든 것이 해결되는 년이라고 나를
욕하지 마라!! 세상을 힘들게 한번 살아봐라. 나처럼 되는 법이다.

　"그나저나 엄마 아빠랑 아줌마 아저씨 다 어디 가셨어??"

　"여행. -_- 싸이판. ㅜ_ㅜ"

"으응?? 하하… 싸이판. −_−;; 그나저나 동생아 +_+ 통장은 확보했겠지?"

"통장?? 당연하지. 〉_〈 누구 동생인데~~~"

아… 누가 그랬던가. 남매는 닮는다고.

비록 외모 쪽으로 닮진 못했지만 돈 밝히는 건 꼭!! 닮았다!! 아~ 이 투철한 준비정신 _

우리 남매가 한참 난리 부르스 주접을 떨고있으려니 민이가 하도 부러운 눈길로−_−;; 그래 미안. 못 볼걸 보고있단 표정이었어. =0=ㅋ

그래서 그쯤에서 멈추어주었지.

어느새 현이 오빠도 들어와서 혁이 오빠가 사준 피자를 열심히 먹고있다.

근데 5교시부터 제끼고 사라졌던 빈이 녀석은 들어올 생각을 안 한다.

쳇! 그 녀석이야 들어오던 말던 나랑 무슨 상관이 있겠냐만은 그래도 −_− 어제 꽃에 물주며, 물론 전혀 알아듣진 못했다만 빈이 녀석에게 꽃에 대한 강좌도 듣고 했다고 고새 미운 정이라도 생긴건지 은근… 히 걱정된다. 길도 잘 못 찾는 놈인데…. =_=

띵똥~!

생각이 채 머리 속에서 가시기도 전에 집안 가득 울리는 소리 _

44

호랑이도 제말하면 온 댔다고 이게 맞나? -_-

어쨌든 빈이 녀석이 들어왔다. =_=

그것도 술에 잔뜩 쩔은 채 -_-;; 웬 지지배 하나를 끌고서!!! 도대체 저 지지배는 또 뭐래? ㅇㅁㅇ!!!

아우~ 재수 없어. 하여튼 혼자서 재수 없는 짓은 다 하네. 여기가 지 혼자 사는 집도 아니고…. 첫~!

물론 빈이 새끼가 데리고 온 게 아니고 그 옆의 기집애가 부축한답시고 따라 들어온 게 다 티가 나고있지만 그래도 짜증난다.

절대 내가 빈이 놈에게 관심이 있어서 짜증이 난 건 아니다. 다만 그 지지배가 좀 많이 이쁘다. ㅜ_ㅜ

"저기… 빈이가 많이 취해서요. *^-^*;; 눕혀야겠는데 빈이 방이 어디죠?"

저년 -_- 얼굴에 벌써 _

"나 싸가지 없어요" 라고 써있는데 잘생긴 남자 세 명이나 있으니 배실배실 웃으며 정신 못 차리고 있는 여자 _

물론 그 속에 단 홀로 여자인 나를 쨰리며 고도의 기술을 가진 무서운 눈이다. -_-

하지만 이미 저런 년에 대해선 다 통달한 우리 오빠들 _

"그냥 거기다 냅두고 꺼져."

혁이 오빠가 말했다. 〉0〈

오빠~~~ 역시 울 오빠야. 나이스 베리 굿 짱이야. 〉_〈b

자신의 꽃웃음에도 넘어가지 않고 덤으로 "꺼져" 란 말까지 들

자 그년은 당황해서 잠시 주춤하더니 다시 정신을 차리고 _

"그… 래도 ^^;; 눕혀야….”

라고 씨불렁 거렸다.

겁대가리를 상실한 년 같으니라고. 쯔쯔….

"–_–^ 좋게 말할 때 그냥 나가.”

옆에 있던 현이 오빠마저 집안에서의 카인드 모드를 풀고 –_–
싸가지 모드에 돌입했다.

근데_

"혹시… 현… 이?? 현이… 현아, 현이 너 맞지?”

얼레?? o_o 이게 뭔 일이래? 저 지지배 울 오빠를 알어?? 도
대체 뭔 일이야. –0–

근데 –_–;; 과연 오빠도 저 여자를 알까?

"–_–^ 너… 누구야?”

역시 나의 예상대로 저년은 울 오빠를 아는 듯 했지만 현이 오
빠는 저년을 모르는 듯 하였다.

내가 이럴 줄 알았지~

근데 자기 혼자 아는 거 치고는 너무 친하단 듯이 말하는데 _

"나 은지야!!! 너랑 같은 반인 은지~~ 나 알잖아!!! 니 앞에 앉
는단 말야~~”

이름이 은지라며 계속해서 울 현이 오빠에게 친한 척 하는 저
지지배는 매우나 흥분한 듯 싶다. =_=

"은지?? –_– 그런 년 몰라. 어쨌든 울 집에서 빨리 나가라.”

"현아 ㅜㅇㅜ 그래, 그래도 내일 오면 내가 보일거야. 그럼 나 갈게. 내일 학교에서 봐."

"너 같은 거 모른다니까?? 어서 나가!!"

"ㅜ_ㅜ 으응. 근데… 저기… 빈이 깨어나면 꼬!! 옥 꼬옥 말이지 은지가 데려다주고 갔다고 전해줘!!"

혼자 흥분했다가 ㅡ ㅡ 울었다가 생쇼를 하던 은지라는 돌아이 년은 끝내는 빈이 놈에게 자기가 데려다줬다는 사실을 꼭 전해달 라고 말하고선 울 집에서 사라졌다.

거실 바닥에 고대로 널부러져 있는 빈이 새끼를 착한 민이는 낑 낑대며 방으로 옮기고 _

"오빠 근데 저 여자 정말 몰라??"

난 현이 오빠에게 재확인을 위해 다시 한번 물었다.

"몰라. 요샌 이상한 애들이 너무 많아. 우리 시은이는 절대 그 런 애 되지마. ^-^"

집에서의 카인드 모드로 되돌아온 현이 오빠. +_+

근데 어찌하여 자신의 앞자리에 앉는대도 모를 수가 있을까. 우 리 오빠 머리는 좋은데!! ㅜ_ㅜ

그래!! 분명 그년이 존재감이 없어서 일거야 그런 게 맞을 거 야!!

절대 ㅡ_ㅡ;; 우리 오빠가 머리가 나빠서라고는 인정하지 않은 채 잠시 당황스러운 은지라는 지지배 때문에 주춤했던 피자먹기 를 계속 하다가 결국 다 해치우고선 방으로 올라와 잠이 들었다.

#아침

괴로운 아침. ㅜ0ㅜ

아침마다 하는 생각이지만 학교고 뭐고 다 집어치웠으면 좋겠다.

흐흑 _ 그래도 씻고 학교를 가기 위해 눈 주위에는 노리탱탱한 이물질을 붙인 채 눈은 반쯤 감고 머리는 귀신삼발을 하고 욕실문을 열었다.

"꺅!!"

울려 퍼지는 비명소리 _ 그것은 내 비명소리!! ㅠ0ㅠ
헉헉헉 _ 이게 뭔 일이야. ㅠ0ㅠ
"읍."
"메주 너 조용히 안 해?"
"우브브브우부붑 (해석:이것부터 놔)"

분명 ㅜ_ㅜ 수증기들 덕분에 자세히 보이지는 않지만 현재 욕실엔 홀딱 벗은 빈이 새끼와 내가 있는 게 확실하다.

"메주, 지금부터 내 말 잘 들어. 너 지금 아무것도 못 본 거야. 너는 당장 들어가서 방에서 누워있어. 자다가 꿈꾼 거야. 자 빨리 뒤돌아서 나가."

요상하게도 항상 빈이 새끼가 하는 말이라면 다 듣기 싫었지만 이번만큼은 -0- 어쩔 수 없이 나도 빈이 놈이 시키는 대로 따라 하고 있다.

방으로 들어와 다시금 내 침대에 누우니 우리 오빠라는 작자들 -_-^ 내가 비명을 지른 지가 언젠데 이제서야 나타나서는 _

"헉헉 _ 시은아 왜 그래? 괜찮아!!?? 웅? 무슨 일이야??"

아무리 집이 넓다고 해도 너무너무 넓어서 다니는데 5분, 10분이 걸린다해도 불가능한 일이다. -_-^^

하지만 욕실에서 발가벗은 빈이 놈이랑 마주쳤어. -0- 왜 이렇게 늦게 온 거야!! 라고 화를 내면 울 오빠들이 집에서의 카인드 모드를 풀고 싸가지 모드로 돌입되어서 빈이 새끼가 온전하지 못할까봐 그러지를 못하겠구나!!

아~~ 난 너무 착해서 탈이야. ㅠ0ㅠ (사실 자기가 노크도 없이 욕실로 들어간 거였음. -_-)

"^-^+ 아냐. 그냥 꿈꿨어. 악몽… 말야."

"그… 랬어? ^^;; 놀랐잖아. 휴-3 어쨌든 빨리 옷 갈아입고 내려와. 학교 지각하겠다."

"웅. ^^ 알았어. 금방 내려갈게~"

내가 생각해도 너무 완벽한 연기로 -_-v (누구나 가능한 연기였음. -_-ㅋ) 오빠들을 내려보낸 나는 반대편 욕실로 가서 대충 씻은 채 교복을 꺼내서 입었다.

그리고 나는 짧은 시간이지만 보았다. 수증기에 가려져 자세히 보이지는 않았지만 그래도 빈이 놈의 몸은 아주~ 아주아주 근사

했다. *-_-*

빈이의 좋았던 몸을 감상하며 (-_- 나 변녀 아니다!!) 즐거운 마음으로 주방으로 내려갔다. ^0^

나는 매우나 즐거운 반면 빈이 녀석은 아주아주 기분이 띠꺼운 듯하다. -_-;;

"-_- 남의 몸 훔쳐보니 기분 좋냐?"

ㅇㅁㅇ 엄머머머 애 좀 봐~~ 내가 언제 훔쳐봤다고 그러니~~ 그냥 모르고 들어간 건데. >.< 우연히 보게된 거지~ 그리고! 수증기 때문에 자세히 보지도 못했다, 뭐~

"자세히 보지도 못했어. -0-"

"-_-^ 잘 보였음 자세히 볼 수도 있었단 거군?"

-_-;; 뭐 꼭 그런 건… 그래. *-_-* 맞다. 히히 _

"뭘 그렇게 아침부터 둘이 다정히 얘기해? ^-^"

"다정하긴 -0-!!! 민아 그런 거 아냐. -0-"

아침부터 커다란 선물인 꽃웃음을 선사하며 나에게 말하는 민이에게 =_= 강력히 아니라고 외쳤다.

그러니 _

"메주 -_- 왜 니가 오버를 하냐? 씨발 아주 이게 맞을라고~!!"

마음속으로는 "때려봐~ 때려봐~"란 말이 요동을 치지만 저 녀석은 진짜 때릴 녀석이다. +.+;

몸 사려야지. =_=

언제나 그렇듯 식사와 함께 콜라를 마시는 개싸이코 또라이 빈

이 녀석 _

　도대체 콜라랑 밥이랑 무슨 맛으로 먹는 걸까? -0- 호기심 천
국에 저넘을 좀 의뢰해 봐야겠다.

　모두들 식사를 마치고 오늘은 나의 사랑~♡울 현이 오빠까지
함께 〉0〈 학교로 향하는 우리들 _

　저 재섭는 빈이 녀석만 없으면 딱!! 좋으련만. -_-^^

　막 교문을 통과하는데 뒤통수 쪽에서 째지는 목소리가 들려온
다.

　"빈아~~ 〉0〈"

　도대체 저렇게 째지는 듯한 목소리로 빈이 새끼를 찾는 여자는
누군가? 분명 말하는 돼지와 빼빼로는 아닐텐데…. =_=;;

　내가 이런 생각을 하고있는 순간 목소리 째지는 년은 벌써 빈이
옆에 앵겨 붙어 있더군.

　어라?? +.+ㅋ

　근데 어디서 많이 본 얼굴인데…. 나만 째려보면서 남자들에겐
실실 웃는 고단수, 많이 봤어. =_=

　누구지. =_= (-_- 어제 봤으면서 기억 못함)

　아 ㅇㅁㅇ!! 그래 어제 울 오빠에게 친한 척 하던 은지인가 지랄
인가라는 년이다. -0-

　그나저나 저 지지배는 왜 아침부터 사람 짜증나게 눈앞에서 왔
다갔다 거린데?

　"빈아 ^-^ 어제 잘 들어갔어?? 내가 너 데려다 주고 들어간 거

알지? 어머어머 >_< 근데 너 현이랑 한집에 살더라. 너 현이랑 무슨 사이야?"

참으로 숨 한번 안 쉬고 얘기하는 은지 라는 지지배 _

나보다 한 살 많지만 –_–^ 웬지 언니라고 부르기 매우나 띠껍다.

"–_–+ 시끄럽게 아침부터 꺅꺅 대지마. 재수 없으니까! 그리고 –_– 내가 현이 형을 알던 말던 니가 뭔 상관이야? 볼일 다 봤음 꺼져."

–_–…

갑자기 은지라는 저 지지배가 말하는 돼지만큼이나 말하는 빼빼로 만큼이나 불쌍해진다. –_–;;

울 현이 오빠 있었는 줄도 모르고 빈이 놈에게 현이가 어쩌고 나불대던 지지배. =_=

어느새 우리 오빠가 있다는 사실을 눈치챘는지 빈이 놈한테 충격 먹고 또 현이 오빠한테 앵겨있다. –_–;; 도대체 저년은 왜 사는지 _

"현아 ^o^ 나 기억났어?? 헤헤 아침부터 너 보니까 디게 좋다~~ 그나저나 너 아침에 학교 올 때도 있구나?"

"–_–…."

"넌 왜 말을 안 해. 니네 친구들이랑은 잘 놀던데…"

"–_–… 닥쳐."

"혀… 현아."

〉_〈b

오빠 굿이야. 요년아 +_+ 내가 그럴 줄 알았어.

하여튼 얼굴 좀 반반하다고 모두들 지년을 다 좋아하는 줄 알어.

아우~~ 통쾌해라!!

아주 꼬소롬해 하고 있는데 은지라는 년과 눈이 마주쳤다.

무섭게 꼴아 보는데 지가 꼴아 보면 어쩔 거야? -_-^ 울 오빠가 우리 학교 일진인데~~ 으히히히 _

나를 세차게 꼴아 보는 은지 년을 향해 살짝 비웃음을 날려주고는 _

"오빠 ^0^ 나 우리 교실까지 데려다 줄 거지?"

하며 오빠를 데리고 학교 안으로 들어갔다. 내가 생각해도 조금 밉상스럽기 그지없음이다.

그래도 통쾌해. 히히히 _

나는 나보다 이쁜 애들은 싫어.

오빠 나를 교실까지 데려다주고 3학년 교실로 올라갔고 나는 민이와 빈이와 다정…(?)

그래 솔직히 빈이 새끼 빼고 다정하게 들어갔다.

아침부터 많은 울 반 지지배들에게 둘러싸여서 나를 반기는 나의 베스트 나단이. =_=

왜 나단이가 울 반 지지배들에게 둘러 싸여있냐고??

원래 저넘도 인기 많았어. +.+ 귀엽고 상냥하고 잘생긴데다 물론 울 학교에서 울 오빠들이 있긴 했지만 오빠들은 나이도 많았고 싸가지가 없어서 다가가기 힘든 존재였지만 쟤는 안 그렇거든. ㅡ,.ㅡ

　빈이랑 민이 전학 오고 나서 갑자기 인기가 주춤하더니만 빈이의 싸가지를 알고 나자 모두들 다시 나단이 쪽으로 붙은 듯 해.

　"시은아 ^0^ 왔어?? 내 친구 보고싶었어~♡"

　"ㅡ_ㅡ;; 나는 너 안 보고 싶었는걸?"

　"정말?? 정말 그런 거였어??"

　ㅡ_ㅡ 아… 아침부터 꼭 이런 신파극을 이 녀석과 연출해야만 하는 건가??

　"=_= 아니, 보고팠어."

　난 귀찮음에 거짓말을 해버리고 말았다. ┯^┯ 거짓말하면 나쁜 사람되는데…. (원래 그런 거 신경 안 쓰고 잘 살았었음. ㅡ_ㅡ)

　"하여튼 아침부터 지랄염병을 하네. ㅡ_ㅡ^"

　빈이 녀석은 우리의 신파극에 비수를 꽂은 채 자리에 앉았다.

　담탱이가 조례에 들어와선 도대체 빈이 새끼가 어제 땡땡이 깐걸 아는 건지 모르는 건지 전혀 말도 없었고 ㅡ_ㅡ 빈이 놈은 당연하다는 듯 _

　"저 새끼 알지만 쫄아서 말 못하는 거야."

　랬다. ㅡ_ㅡ

　언제나 그렇듯 빈이 놈 전학 첫날은 황당해서 잠을 못 이루었지만 ㅡ_ㅡ;; 나도 수업시간엔 잔다.

한참 즐겁게 꿈나라에서 졸라 꽃미남과 데이트를 하고 있는데 _ 씨불 -_-++ 어떤 지지배가 나를 깨운다.

참고로 잘 때 깨우는 게 제일 싫다. 그것도 학교에서!!

"저기… 시은아~~ 선배들이 불러…. 일어나."

"씨발 왜 자꾸 불러. -0- 잘 거야!!"

"-_-;;; 너… 직속선배… 야."

짜증짜증 __ __++++

그년은 직속선배라면서 하는 것도 없는 게 왜 자꾸 잘 때마다 부르고 지랄이야. 그래도 직속선배이기에 나는 후배가 예의가 있으니 -_-v 결국 일어나서 교실 문 앞으로 향했다.

"안녕하세요. ^-^;; 선배 오늘 여기까지 웬일로…."

"^^;; 으응, 그게… 너 은지… 라고 혹시 아니??"

-_- 은지라면 시방 어제 밤부터 오늘 아침까지 나의 신경을 매우나 거슬리게 만들었던 목소리 째지는 년 아냐? 근데 그년을 갑자기 왜??

"잘 아는 건 아니고 그냥… 어제오늘 마주치긴 했어요. 근데 왜요?? ㅇ_ㅇ?"

"으응. ^-^;;; 걔가 내 친구인데 너 좀 보자길래. ^-^ 다음시간에 우리 반으로 좀 올라와."

"예. ^-^;; 그럼 저 이만 들어갈게요."

불쌍한 나의 직속선배. 그래도 3학년에서는 꽤 나가는데 우리 오빠들 때문에 나한테 절절 매고 _

ㅡ..,ㅡ 하기사 그런 거 때문에 쓸데없는 일 안 시키고 사사건건 시비 안 걸어서 좋기는 하다만 웬일이지??

은지라는 년 때문에 올라오란 소리를 다하고!! 그년이 그렇게 대단한가??

하이고~~ 모르겠다. 잠이나 계속 자자~~

다시 자다가 일어났는데 어느새 또 한 시간이 훌찌덕 지나서는 내가 은지 고년한테 가야할 시간이 다 되어있더군. ㅡ_ㅡ^

정말 짜증나네 ㅡ0ㅡ!! 볼 일 있음 지가 내려와야지 왜 날더러 올라오래. ㅇㅁㅇ!!!

그래도 =_= 일단 궁금하니까 올라가 봐야지.

56

정말 _ 그저 궁금하단 일념 하나로 별 생각 없이 오빠 반을 찾았다. (오빠&은지 같은 반)

가서 오빠한테 애교 떨어서 맛있는 거 사먹어야지. ^0^

하며 갔건만 ㅡ_ㅡ 쓰글 ㅡ_ㅡ++ 오빠는 없고 목소리 째지는 은지 년만 눈깔에 힘을 잔뜩 준 채 나를 째리고 있었다.

"ㅡ_ㅡ 왜 불렀어요?"

"선배 봤으면 인사부터 해."

낮게 깔은 음성 _

아침과는 전혀 달라 보이는 모습 _

ㅡ_ㅡ;; 니가 그러면 쫄 줄 아냐?? (조금… 쫄리긴 한다. ㅜ_ㅜ)

"안녕하세요. 왜 부르셨나요?"

"그냥."

뭬라? +ㅁ+!! 너 때문에 올 스트레이트로 자야할 수면이 방해 되었건만 그냥 불렀어. -0-

이런 못된 년 __-++

"ˆ-ˆ+ 그래요? 그러면 저 그냥 내려갈게요."

띠꺼운 듯한 눈길을 보내며 돌아서는데 _

"나는 현이 동생이라고 봐주지 않아. 경고하는데 빈이 건.들. 지.마."

_ _

= =

-0-

쟤 지금 나보고 뭐랜 거니? 하하하하하. -0-

빈이를 건들지마?? =_=;;

쯔읍 _ 참 살다보니 이런 일도 다 있구나.

저년도 참 눈이 삐었지. 어찌 그런 콜라랑 밥이랑 같이 먹고 행복인가 머시깽인가 꼭 온다는 꽃말 때문에 꽃을 키우고 있는 미친 머슴아를 좋아한다니 _

쯔쯔 _ 니 인생이 불쌍하구나.

어쨌든 -_-+++ 지금 저년이 협박한 거 매우나 기분이 나쁘다. 그리고 나는 똑똑히 들었어!!

"현이 동생이라고 봐주지 않아" 라는 말을. -_-+

오냐!! 어디 한번 두고 보자꾸나~

하지만 __- 그냥 내려 갈려하니 김시은 자존심에 도저히 그

것만은 못하겠다. -0-

"^-^ 그래요? 아~ 우리 오빠가 현이라도 봐주지 않는다 그거
죠? 그렇구나~~ 근데 있죠? 난 빈이 놈이 좋은데 어떡해요."

정말 되도 안한 소리를 지껄이고는 3학년 교실문을 한번 "퍽"
쳐주는 효과음을 내고선 우리 교실로 내려왔다. -_-v

분명 잘한 짓이긴… 한데…. =_=

내 입으로 빈이 놈을 좋아한다는 그딴 소리를 지껄였다는 게 스
스로를 용서할 수가 없다. 엉엉. ㅠ^ㅠ

아무리 거짓말이지만 그딴 소리를 하다니 오늘따라 내 입이 너
무너무 원망스러워!!

교실로 돌아와 내 자리에 앉았는데 괜시리 옆에서 자빠져 자고
있는 빈이 녀석을 보니 웃음이 나온다. 이런 녀석을 보고 반해버
린 은지 년이 너무 웃겨서!!

물론 얼굴만 보면 충분히 미친갱이가 되고도 남을 만 하다만.

나는 성격파탄주의자는 싫다. -_-++

마지막 4교시는 이래저래 불쌍한 은지 년 생각을 하며 -_-++
조금 분하기도 하고 열 받기도 해서 공책에다가 은지 년 그려놓고
샤프심으로 찍어대기도 했다.

그러더니 훌쩍 점심시간 와버리더군. >_<

오늘도 변함 없이 민이가 일명 민이 말로는 민이를 지켜주는 착
한 아이들의 모임 -_-;; 이 가지고 왔다는 많은 도시락들을 들고
등장했다.

요즘 자기들이 민이에게 싸다준 도시락을 내가 먹는 게 띠껍다고 생각하는 것들이 늘어나고 있지만 나에게 개김은 곧 죽음뿐이니라!!

거기 너!!

내가 울 오빠들 믿고 너무 깝친다고 생각지 마라. 그래도 나도 우리 학년에서는 한 주먹 하는 애라 이거야.

울 아빠가 그랬다. -_-ㅋ 딸이든 아들이든 절대 김나수의 자식이 맞는 꼴은 못 본다고!! 그래서 오빠들과 함께 유도, 태권도, 검도 등등 몇 개의 운동을 했던가!! 아으~~

억지로 운동하던 때 생각하면 서럽기만 하지만 그래도 이럴 때는 아빠한테 무진장 감사한다.

민이가 가져온 도시락을 모두 펼치고 보니 오늘따라 맛있는 것도 많은 것 같구나! 우웅웅~

먹고있는 사이 어느샌가 빈이 새끼도 깨서는 지놈도 먹고 있더군_

"빈아 ^-^ 오늘은 그래도 빨리 일어났구나? 도시락 맛있지?? 근데 오늘도 5교시 안 하고 그냥 가버릴 거야??"

여전히 항상 얼굴에 미소를 잃지 않는 민이가 빈이 녀석에게 꽃웃음을 띄우며 말했다. 하지만 저 싸갈탱이 없는 새끼는. -_-

"너는 상관말고 밥이나 먹어. -_-^^"

쓰글 놈. _-_-++

민이는 형으로서 지놈이 걱정되서 그런 건데 하여튼_

점심시간이 끝나고 5교시가 시작되자 역시나 −_−;; 빈이 놈은 어딘가로 사라져버렸다.

도대체 쟤는 맨 날 어디로 가는 거야.

점심시간에 너무 잘 먹었더니 또 졸음이 밀려온다.

자~ 야~ 지~

학교가 마쳐버렸다. 예상하겠지만 물론 담탱이는 또 빈이 놈이 땡땡이를 깐 거에 대해서 아무 말도 하지 않았다. 아주 당연하다는 듯이. ㅡ_ㅡ+

즐거운 마음으로 집에 가고자 나단이 녀석과 함께 민이 반으로 갔건만 우리 착한 민이 _

민이를 지켜주는 년들의 모임이 저녁 사준다고 했다고 같이 못 간댄다. ㅜ0ㅜ

흑흑… 민아!! ㅠ_ㅠ

도대체 너는 왜 그렇게 밥에 집착을 하는 거니!!

섭섭한 마음을 달래며 혼자 옆에서 별의별 주접을 다 떠는 나단이 녀석과 집으로 발걸음을 돌렸다.

언제나 그렇듯 그놈은 골목길 앞에서 헤어지고 나는 우리 집으로 향하는 길 _

아 ㅜ_ㅜ 혼자 집구석으로 가려니 너무너무 아쉽네!!

오랜만에 =_= 성연이나 만나볼까??

나의 오랜 친구 _

ㅡ.,ㅡ 무… 물론 학교를 안 다니는 조금은 =_=;; 어쨌든 좋은

내 친구!!

중학교 때 나단이를 좋아해서 ㅡㅡ;; 단짝인 내가 애인인줄 착각해선 시비 걸고 싸우다가 친해진 아주 절친한 친구지. =_=ㅋ

나는 그렇게 무작정 성연이가 있을지 없을지도 모르면서 성연이가 일하고 있을 미용실로 향했다.

무작정 찾아간 성연이가 일하는 미용실 _

없을 줄 알고 약간의 걱정을 했었지만 벌써부터 윈도우 너머로 샌노랑 뻗침머리를 하고선 검은 앞치마를 걸치고 손님에게 매직 스트레이트를 하고있는 성연이가 보인다. ㅡㅡ^

나도 이참에 머리나 할까? 그래도 절대 저년한테 맡기진 않을 거다. =_=;

"나 왔어. ^0^"

"ㅡㅡ 왔냐."

"표정이 왜 그래? ㅡㅡ^ 그냥 갈까?"

"쳇~! 올리면 나단이도 델꼬 오지. ㅡㅡ^ 혼자 오니까 하나도 안 반가워 해주지!!"

나쁜 기집애. ㅡㅡ+ 친구보다 남자가 더 중요하더냐!! ㅜ0ㅜ

"나쁜 기집애. ㅠ_ㅠ 그래, 나 홀로 쓸쓸히 그냥 집으로 갈게."

"ㅡㅡ+ 청승 떨지 말고 그냥 저기 좀만 앉아서 기다려. 안 그래도 오늘 일찍 마칠 생각이었으니까 마치고 술이나 마시러 가자."

"+_+ 정말??"

"ㅡㅡ;; 그래. 이 손님 머리만 하면 끝나."

"야!! 그럼 나 그냥 지금 집에 가서 옷 갈아입고 올까? 나 지금 교복이잖아."

"그러던지. -_-"

성연이의 일찍 마치고 술 마신단 말에 당장 집으로 뛰어와 버렸다.

혼자 머리도 올렸다가 풀었다가 메이크업도 살짝(그래 미안 -_- 변장을 했어) 이쁘게 차려입고는 다시 성연이 미용실로 향했다.

근데 -_- 돈은 누가 내지?

ㅇㅁㅇ!! 그 생각을 못했구나.

ㅠㅇㅠ ㅠㅇㅠ

그래도 돈 버는 지가 내겠지?

꼭 성연이가 돈 낼거라고 생각한 채 미용실에 도착한 나!

"야~~~ 나 다시 왔어."

"어, 왔어? 나도 다 끝났어. 나가자~~"

오랜만에 성연이와 나오니 이것도 조금 즐겁구나. 으흐흐흐 _

시내 이곳저것 구경 다니다가 우리의 단골 호프집으로 들어왔다.

한참 술을 시키고 주거니 받거니 하며 놀고 있는데 _

왁짝왁짝 버글거리는 소리가 들려오더니 은지 고년이 호프집 안으로 들어왔다.

저년은 도대체 여길 왜 온 거야. 아씹 짜증나네. -_-^^

한참 취기가 올라 나단이를 데려오라느니 하며 쓸데없는 소리

하는 성연이 분위기 맞춰주고 있는데 은지 고년 우리 테이블로 오더니. -_-

"선배 봤는데 인사도 안 해?"

란다. -_-

나 참 _ 어이가 없어서. 지가 언제부터 내 선배였다고.

그래도 난 __-

"안녕하세요. -_-ㅋ"

인사하고 말았다!!

"어, 오늘 니 선전포고 잘 들었어. ^-^+ 기대할게. 그럼 오늘은 친구 있으니 이만 사라지지. 조용히 마시다가 나가."

-_-… 여기가 무슨 지네 호프집이냐? 지가 주인도 아니고 조용히 마시고 나가던가 말던가 지가 뭔 상관이야.

하는 사이-_- 성연이… 일을 저지르고 말았다.

"뭐? 이 씨발년이 돌았나. 니가 뭔데 우리가 마시든지 말든지 상관이야. 너 대체 뭔데 왜 내 친구한테 지랄이야?? 야! 김시은 이 년 누구야?"

ㅜ_ㅜ 성연아, 그래도 일단은 우리 학교 선배란 말야!!

하지만 -_-+ 이 근방에선 아무리 선배라도 성연이 모르면 바보등신이다.

그리고 남자라도 __,_ 성연이는 잘 안 건드린다.

"뭐야? -_-+ 이년이 어린 게 어디서 말을 함부로 해? 너 몇 살이야?"

원래 −_−;; 싸움 못하는 것들이 불리하면 나이 거들먹거린다고 했다고 은지 고년 −_− 나이를 들먹거리며 특유의 째지는 목소리로 소리쳤다.

"몇 살? 쿡… 그게 그렇게 중요하냐? 나? 너보다 어려. ^-^ 왜에~ 그나저나 넌 내가 누군 줄 알고 이러는 거니?"

"니… 니가… 누군데?"

"나? 한성연이야. ^-^ 몰라? 이상하네. 난 너 아는데…."

"한성연… 한성연… 설마… 그… 한성연?"

"아는구나? ^-^ 알면 조용히 꺼질 거지?"

은지 고년은 아주 겁먹은 듯이 아주 조용하고도 고요히 사라졌다. 아무리 성연이가 유명하다고 해도 −_−;; 저렇게 심각하게까지 사라질 필요는 없는 것 같은데.

"야! 너 쟤 혹시 알어? 쟤 왜 저렇게 쫄면서 사라져?"

"−_− 내가 겁나니까 그렇지."

"−_−^ 써글년아 똑바로 불어."

"아~ 쟤 중학교 때 나한테 개기다가 엄청 당했지. 뭐 지네 학년에도 소문 다 퍼져서 왕따당하고 일본으로 유학 갔대더니 언제 왔냐?

그나저나 저년이 너 괴롭혀? 써글년 −_−+ 좆밥 년 티내냐. 한번만 더 지랄하면 델꼬 와! 아주 죽여 줄테니까!!"

다시 한번 성연이의 무서움을 느끼는 순간이었다. 하지만 은지 고년 너무너무 꼬소름해!! <u>흐흐흐</u>_

은지 년이 사라지고 다시 우린 주거니 받거니 하면서 술을 마셨다.

은지 고년 오늘 당한 게 너무너무 꼬소해서 꼭지가 돌 때까지 마셔주었지. 으흐흐흐 _

홍알홍알~~ 내 몸 하나 제대로 못 가눌 정도로 마시고선 호프집에서 나와 성연이를 택시 태워 보내고 나도 집으로 가려고 향하는데 _

비틀비틀 여기가 어딘지도 모르겠고 잠만 오는구나.

하아~ 더 이상은 못 가겠다. 아주… 편안하다. 꽃 냄새도… 나고….

눈을 뜨니 매우나 아름다운 정경이 보이는 화원이었다.

대체 여기가 어디라냐. -_-;;;

분명 화원이긴 한데 누가 나를 주워서 여기가 갖다 눕혀 논 거지?? ㅇ_ㅇ

한참을 침대 위에 벌떡 앉아서 두리번 두리번 거리는데 _

ㅇㅁㅇ ㅇㅁㅇ ㅇㅁㅇ 옴마마마마 -0- 엄청나게 이쁜 여자다!!

"^-^ 일어났어요? 어제 죽을 뻔한 거 알아요? 술 너무 많이 마시지 마세요. ^^"

"하하하… -0- 네. 그런데 제가 여기…."

"제 동생이 데려왔어요. ^^"

"아… 그랬군요. 고맙습니다."

"그럼… 좀 더 쉬도록 해요. ^-^"

"네…."

친절하기도 하셔라. ㅠ_ㅠ 얼굴도 선녀고 마음씨도 선녀고, 이 세상에 저런 사람도 있구나. 같이 있는 꽃들보다 더 이쁘게 생긴 사람이 있다니!!

다시 침대에 누워 잠을 청했다. 속도 쓰리고 미치겠네.

"메주 너 죽을려고 환장했냐?"

헉!! 이 소리는!!

이 꽃다운 나의 외모를 두고 (퍽퍽!!) 미안 _ 어쨌든 메주라고 부르는 인간은 빈이 새끼밖에 없는데….

설마. -_- 아니야 (--;)(--)(--;)(--)

빈이 놈이 이런 곳에 올 리가 없잖아.

"너 병 걸렸냐? -_-^ 뭘 혼자 고개를 돌렸다 말았다 지랄을 해?"

빈이 놈이 맞아, 맞구나. 맞았어. ㅠ0ㅠ

"너… 너…. -0-"

"내가 왜 여기 있지?"

"(--)(_)(--)(_)"

"내가 널 여기로 데리고 왔으니까."

그럼 아까 그 여자가 말한 동생이 빈이 놈이었나? -_-^ 쳇~! 난 또 무슨 엄청난 꽃미남이라도 있을 줄 알았는데… 흑.

잠깐!! 분명 저 여자가 자기 동생이라고 했는데 어째서 빈이 놈이 그 여자의 동생이지?

　+ㅁ+!! 이런 말도 안 되는 일이~~~

　"야!! 근데 너 이 화원 주인여자 동생이야?"

　"메주 배 안 고프냐? 밥 먹으러 가자."

　내 말은 무참히도 씹히고 있었다. ㅡㅡ

　"아니 그거말고 동생이냐니까?"

　"지금 안 따라오면 밥 안 준다. ㅡㅡ^"

　결국 밥 안 준다는 말에 나는 두 번 밖에는 못 물어보고 빈이를 따라나섰다.

　하긴 뭐 사촌동생이나 그냥 아는 동생일 수도 있겠지. 어차피 빈이 일이니까 난 상관할 바 아냐. ^0^

　빈이 놈이 데리고 온 곳은 뼈없는 해장국집. ㅡㅡ 나는 갈비탕이 더 좋은데…. ㅡㅡ

　그래도 저놈은 갈비탕이 더 좋다고 하면 아무것도 안 줄 인간이다. ㅡㅡ^ 차라리 조용히 하고 먹고 말지.

　"여기 해장국 두 개요~~"

　빈이 놈이 주문을 하고 채 5분도 안돼서 밥이 나왔다. 빠르기도 하여라. 그나저나 뼈없는 해장국도 꽤 먹을 만 하구나.

　앞으로 갈비탕 말고 뼈없는 해장국도 많이 이용해 줘야겠군. 흠흠 _

　"야 천천히 좀 먹어라. ㅡㅡ^ 누가 잡아가냐? 하여튼 꼭 먹는 것도 돼지새끼가 꿀꿀거리는 것 마냥 먹어요."

저 자식이!! 밥 먹을 때는 개도 안 건들인다는데!!

"-_-^ 시끄러. 원래 밥 먹을 때는 뭐라고 하는 거 아냐."

"오올~~ 그래? ㅋㅋ 얼어죽을 뻔한 거 살려준 은혜도 모르는 게 무슨 말이 많아."

저게 증말 살려줬으면 조용히 있지 어련히 알아서 고마워 할까 봐 꼭 지 입으로 저렇게 말을 해야 하나. 안 그래도 괜히 빚진 것 같아서 마음이 심히 혼란스럽구만.

"참!! 야 나 외박 어떡해. 나 이제 오빠들한테 죽었다. ㅠ0ㅠ"

"걱정마. 내가 너 니 친구 조나단인가 나단인가 뭐시깽이 집에서 놀고있다고 했어."

68

별일이야. 니가 그런 것도 할 줄 알고.

웬일이니~ 웬일이니~

그나저나… 뭐시라? -_- 조나단?? 나단이가… 조나단? -0-

푸하하하하하하하 _ 조나단.

난 아직까지 한번도 그 생각은 못했는데 조나단이래 _ 조나단 _ ㅎㅎㅎㅎ _

"너 미쳤냐? -_-^ 밥이나 처먹지 왜 자꾸 낄낄대고 지랄이야."

"흠흠. -_- 내 맘이지. ㅋㅋ 그래도 웃기잖아. 조나단."

"니가 지금 그런 거 걔한테 말해도 되지?"

"당근 안 되지. 히히닥닥 참!! 나 물어볼 거 있는데…."

"뭔데? -_-^"

"그… 뭐냐. 걔… 있잖아. 아… 누구더라?"

"누나 말하는 거면 말하지마."

"아~ 그 사람 아냐. 아~ 걔 누구냐. 왜 갑자기 생각이 안 나지??"

"얼굴도 못생긴 게 머리까지 나쁘구만."

"−_−^ 시끄러!! 아!! 생각났다, 은지라는 애!!"

"걔? 근데 걔 왜?"

"나 걔 호프집에서 만났다?"

"그래?"

"반응이 왜 그렇게 시큰둥해? −_−"

"나랑 상관없으니까."

저런 써글 놈 __^ 내가 지놈 때문에 그년한테 욕도 들어먹었건만!! ㅇㅁㅇ

69

"흠흠. −_−; 그래? 근데 걔는 그게 전… 혀 아닌 것 같던데."

"아씹 몰라. 그년 완전 또라이야, 짜증나."

−.,−;;

걔는 언제 어디서 누구에게나 또라이 취급을 받는구나. 그나저나 왜 이렇게 그년을 싫어하는지 궁금하구나!!

"걔가 왜 또라인데??"

"홋~ 니가 알아서 뭐하게."

"이잉… 말해봐."

나는 정말 맞아죽을지도 모르지만 그래도 너무 궁금해서 끝까지 빈이 녀석을 놓지 않고 물었다.

끈질기게 물어대자 빈이 녀석 한 말이 _

"약혼녀."

"뭐?? 니 약혼녀?? -0- 정말?? 아줌마 아저씨도 아셔?? 근데 왜 니 약혹녀를 넌 또라이라고 해? -0-"

"빙구냐. -_-;; 당연히 엄마 아빠는 모르지. 그리고 약혼녀도 지 혼자 자칭 약혼녀야!! 그러니까 또라이지!"

빈이 놈의 말에 의하면 일본에 있던 시절 알게 되었는데 그 미친 은지 논이 매일매일 쫓아다니다가 결국엔 자기 마음 안 받아주면 옥상에서 뛰어내린다는 자살 소동을 벌였는데 빈이 놈 설마 하며 신경도 안 썼는데 진짜 뛰어내렸단다. -_-;; 그러고서는 자기가 지녀석 약혼녀라고 떠벌리고 다녔단다.

그리고 빈이 녀석 자기 때문에 그렇게 된 거 미안하기도 하고 해서 암말 안하고 있는 거란다.

참~ 내. -_-;;

어쩐지 내가 은지 고년 학교에서 본적이 없는데 갑자기 나타나서는 _

그나저나 정말 미친년이었구나.

"근데 걔 얘긴 갑자기 왜 그렇게 물어? -_-^"

"으응?? 아니. -_-;;;"

"-_-^ 쳇."

은지 년의 미친 행각의 이야기를 듣고 나니 어느새 밥은 동이 나있었다. -_-;;

"하여튼 돼지, 먹는 건 졸라 잘해요. 공기밥 하나 추가해 줄까? ㅡ_ㅡ"

"됐어. ㅡ_ㅡ;;"

"거절하지말고 먹어. 또 나중에 뒤에서 '새끼 이왕 사 줄 거면 많이 사주지, 쪼잖한 놈.' 이라고 욕하지 말고. ㅡ_ㅡ^"

알긴 아네.

"으응. =_=;; 그래 추가."

"그럴 줄 알았어."

결국 빈이 놈은 공기밥 하나를 더 추가시켜줬다. 흐흐흐 _ 아하 하하 기뻐라. *^0^*

대충 다 먹고 난 후 당연히 계산은 빈이가 하고 집으로 털레털레 둘이서 돌아왔다.

"나 왔어."

"왔어? ^-^ 나단이랑 잼있게 놀았구? 빈이랑 같이 들어오네. 앞에서 만났어?"

"응?? ^^;; 응."

나는 혁이 오빠의 질문에 그저 '응'이라는 대답밖에는 할말이 없었다. 그리고 슬쩍 빈이 놈을 쳐다보는데 빈이 놈은 알 수 없는 의미심장한 미소만을 남긴 채 2층으로 올라가 버렸다.

도대체 빈이 저 새끼는 왜 저런 웃음을 흘리고 가는 거야. 사람 불안하게스리. ㅡ_ㅡ;;

밥은 먹었냐고 물어보는 혁이 오빠 질문을 뒤로한 채 나도 서둘러 2층으로 올라왔다.

그리고 아까 빈이 놈의 의미심장한 미소가 너무 기분이 나빠 빈이 놈 방의 문을 확 열어제쳤다.

"뭐야. ㅡ_ㅡ+"

"너 왜 이상하게 웃고 들어가. ㅡ0ㅡ"

"홋~! 그거 때문에 온 거냐?"

"ㅡ_ㅡ;; 그… 그래."

"니가 나한테 그렇게 따지고 할 처지가 아닐텐데. ^-^"

"뭐… 뭐가. =_=;;;"

"내가 나가서 혁이 형한테 한마디…."

72

억!!

개늠의 새끼 이거였구만? 니녀석의 의미심장한 웃음의 의미는!!

"ㅡ_ㅡ^ 뭘 원해?"

"물 줘."

"물이야 부엌가면 있잖아. ㅡ0ㅡ 그런 건 니가 떠다 마셔."

"붕아, 그거말고 저 꽃에 매일매일 물주라고."

뭐?? 꽃에 물??

하여튼 안 어울리는 짓을 골고루 하는구만.

내가 무슨 넘의 꽃에 물을 주고 앉아있냐 말이다. ㅡ0ㅡ^

니미릴!!

그렇다고 ㅡ_ㅡ;; 안 준다고 하면 저 자식이 또 협박하겠지? 아흑 ㅜ_ㅜ 처량한 내 신세야.

근데 화원에서 만난 언니, 그리고 화원에 다니는 빈이 놈 _

꽃도 키우고… 뭔가가 이상해. =_= 혹시 화원 언니랑 사귀는 걸까? -0-

솔직히 그러기엔 빈이 놈 성격상…. -_-^

아~~ 모르겠다, 모르겠어. 신경끄자, 신경 꺼! 어차피 내가 알 바 아니잖아?

"-_-+ 메주 쓸데없는 생각말고 빨랑 말해. 할거야 안 할거야?"

"^-^;; 다… 당연히 해야지."

"그래. 그럼 너 이 꽃 만약에 죽게되면 알지?? -_-++"

알지. 알다마다. -_- 니가 나를 얼마나 죽이려고 들겠니.

빈이 놈은 나에게 매일 꽃에 물을 주라는 특별한 사명을 내리고는 아주 유유히 집에 들어온 지 15분도 채 지나지 않아 다시 나가 버렸다. -_-ㅋ

73

도대체 저 늠은 매일 어딜 저렇게 싸돌아 댕기는 걸까??

빈이 놈이 나에게 맡기고 간 메쉬 골드인가 지랄인가에게 물을 주고 있는데 _

참… 볼수록 잘 키웠단 말야. +_+ 도대체 이게 뭐길래 이렇게 정성들여 키운 걸까? -_-

철철철철철철

뭔 소리지? −_−;; ㅇㅁㅇ 옴마야!!

오만가지 잡생각하면서 화분에 물을 주고 있다보니 어느새 화분의 물이 넘쳐나고 있었다. ㅠ_ㅠ

우엥엥 ㅠ0ㅠ 나 어떡해. 빈이 놈이 알면 나를 죽일려고 들텐데!!

옴니 ㅠ0ㅠ 지는 어찌하면 좋단 말이래요??

설마 물을 많이 먹었다고 죽거나 하진 않겠지??

아니야, (−−;)(−−)(−−;)(−−) 그때 울 엄마가 난은 물을 많이 주면 뿌리가 썩어서 죽어버린다고 조심히 물주는 거 봤단 말야.

그렇다고 이게 난은 아니고… 아~걱정이 태산이구나. 흑_

그저 −_−;; 이럴 땐 슬쩍 피하고 보는 게 최고지!! 일단 밖으로 나가자.

나단이 놈의 집이나 갈까란 생각으로 집을 나섰다.

막 대문을 열고 나가는데 _

"딸~! 엄마 왔어."

−_−;;; 이게 뭔 일이래. 나를 내버려두고 아줌마 아저씨 아빠와 함께 참 −_−^ 좋은 싸이판으로 여행을 갔던 엄마가 돌아왔다.

언제 돌아올지도 모른다며 −_− 통장까지 주고 간 사람이 웬일로 벌써 온 거야??

"−_− 벌써 왔어??"

"반갑지도 않니?"

"딸 버리고 여행간 엄마를 어느 자식이 반가워 해. −_−^ 나 나

가. 씻고 밥 먹고 알아서들 해."

"-_ㅠ 매정한 지지배."

"-_-;;"

주접을 떠는 엄마를 제치고 다시 걸음을 옮기는데 _

"시은아 -_- 아빠 할말 있어."

또 뭐길래 저렇게 무게잡고 이야기하는 거야. 빈이 놈과 한집에 살도록 청천벽력 같은 일을 만들어놓더니 이번엔 또 뭔 말을 하려는 거야. -0-

설마 여행 갔다가 마약, 도박 같은 거 해서 울 집 재산 다 날려먹고 우리 알거지 돼서 쫓겨나고 이런 거 아니지? -0-

"뭔데?? ^-^;; 나 지금 친구 집 가야하는데…."

"시은아 ^-^ 아줌마 아저씨도 할말 있는데…. 지금 좀 들어줬음 좋겠어."

주희 아줌마까지 나에게 할말이 있다며 나를 붙잡는구나. 이러면 안 되는데… 나는 어서 빈이 놈이 오기 전에 도망가야 한단 말이야. ㅠ0ㅠ

"그래요. ㅜ_ㅜ 들어들 가요. 대신 나 빨리 나가야 해요!!"

빨리 나가야 한다고 신신당부를 하며 다시 집안으로 향했다. 하지만 그런 내 말은 안중에도 없는 듯 샤워하고 옷갈아 입고 배고프다고 밥까지 먹고 ㅠ_ㅠ 시간 잡아먹으며 자꾸만 불안에 떨게 한다.

흑흑 _ 이러다 빈이 놈 벌컥 들어오면 어쩌지?

상상조차 하기 싫어!!

다시 들어온 지 한 시간을 훌쩍 넘긴 후에야 거실에 모여 아빠는 이야기를 시작하려는 폼을 잡았다.

"저기…."

"앗!! 형_ 잠시만!! 생각해보니 우리 아들도 없어!!"

"ㅡ_ㅡ^ 그래, 빨리 불러."

말을 막은 지운 아저씨 때문에 약간은 골이 난 듯한 아빠 _

참 쪼잖하기도 하지.

근데 지운 아저씨는 도대체 무슨 일이길래 애들까지 부르는 거야!

잠깐!! 아들이라면 빈이도 아저씨 아들 아냐!!

아저씨 안 돼요. ㅠ0ㅠ

"아저씨 빈이한테 전화하면 안 돼요. ㅠ0ㅠ"

"응?? 아저씨 지금 민이한테 전화하는데?? ㅡ_ㅡ;;"

"하하하하핫. 네, 고마워요."

다행히 아저씨는 쌍둥이 중 참으로나 착한 민이한테 전화를 했다.

하나님 감사합니다. ㅠ_ㅠ

신호음이 가고 한참을 민이와 통화하던 아저씨는 10분만 기다리면 된다고 아빠에게 말했다. =_=

역시나 아빠는 또 기다려야 한다는 사실에 매우나 짜증을 냈고 나는 그 와중에도 빈이 놈이 들어올까 봐 불안에 떨어야만 했다.

......

"나 왔어. ^-^ 아빠 엄마 언제 왔어?? 아저씨 아줌마도 일찍 오셨네요."

민이가 활짝 웃으면서 들어왔다. 언제 봐도 이쁜 저 꽃미소.

"아들 ^0^ 왔어?? 빨리 여기 앉어. 너 기다리다가 아저씨 화나셨다."

"그러셨어요? ^-^ 아저씨 죄송해요."

"험험. 괜찮아. -_-"

모두들 쇼파에 앉았고 아빠는 이야기를 시작했다.

"한 달 뒤로 민이랑 시은이 약혼날짜 잡았어."

지금 우리 아빠가 뭐라고 한다냐. __

약혼??

누가??

멍~ 하니 앉아 아빠에게 되물었다.

"아빠, 누가 약혼을 해?"

"너랑 민이."

"응?? 민이가 누구랑??"

"너랑. -_-^"

계속해서 들려오는 나랑 민이의 약혼_

세상에 시방 지금 시대가 어느 시대인데 내 나이에 약혼이라는 거야. -0-

"하하하하핫 아빠, 그게 말이 된다고 지금 그러는 거야??"

솔직히… 민이 잘생겼지, 착하지, 공부 잘하지 모든 것을 완벽하게 갖춘 남자지. 나야 봉 잡은 거지!!

하지만 내 나이 18세 이팔청춘을 민이에게 받칠 순 없어. -_-^

"원래 주희랑 어렸을 때부터 약속했었어. 우리 아들, 딸 18살이 되면 약혼시켜서 20살 되면 결혼시키기로…. 근데 주희는 아들밖에 없고 내가 딸이 있으니 민이랑 빈이 둘 중 한 명으로 하기로 했지. 근데 민이가 장남이잖니? 그래서 민이로 했어. ^-^"

엄마는 참으로 기쁘고 즐거운 듯이 말을 했다. -_-

엄마와 주희 아줌마의 고작 어릴 적 약속 때문에 내가 인생을 바쳐야 한다고? -0- 절대 말도 안 되지!!

그나저나 민이는 왜 가만히 있는고얏!! 너도 말 좀 하란 말이닷!!

너 나랑 이대로 약혼하면 니가 좋아하는 도시락 소녀들도 다시는 안 온다고. ㅇㅁㅇ

애타게 속으로만 민이가 무슨 말이라도 해주길 기다리고 있는데 드디어 민이가 말을 꺼냈다.

"아빠… 아저씨."

"응? 그래 민아, 말하렴."

"나 시은이 좋아요. ^_^ 약혼 서둘러 주세요."

어버버버버버버 _0_

미… 민아. 왜 그러는 거니? ㅠ0ㅠ 이게 아니란 말야. ㅠ0ㅠ 난 니가 훨씬 더 멋있는 말을 해줄 줄 알았어. 뭐 우리인생은 우리가 결정한다든지… 뭐 그런 말.

민아, 대체 왜 이러니.

"민아, 저기… .^-^;; 나랑 약혼하면 도시락도 이제 못 먹어."

민이가 소중히 생각하는 도시락으로도 공격을 했건만 _

"괜찮아. ^_^ 니가 싸주면 되잖아."

ㅠ0ㅠ

하나님 나는 어쩌면 좋아요. 저 솔직히 민이 잘생기고 착해서
좋아요. 너무 순수해서 바보 같다는 게 약간 문제이긴 하지만 그
래도 그 정도면 …. -0-

어쩌면 민이는 제게 과분한 상대인지도 몰라요. 근데 웬지 꺼려
진단 말입니다. -0- 자꾸만 누군가가 내 눈앞에 휙휙 지나가면서
걸린단 말이에요. ㅠ0ㅠ 그리고 더욱더 중요한 건 저는 아직 18세
예요. 앞길이 창창하단 말이에요. ㅠ0ㅠ

엉엉 _ 나는 어쩜 좋아요.

서둘러 달라는 민이의 말 한마디로 ㅠ_ㅠ 약혼식은 일사천리로
진행되었고 엄마, 아빠, 아줌마, 아저씨는 약혼식을 끝내면 바로
같은 방을 써야한다며 되도 안 하게 방을 꾸밀 준비를 하고 계신
다. ㅠ0ㅠ

도대체 저 부모들은 생각이 있는 거야 없는 거야. -_-^

아… 도대체 이틀 사이에 무슨 일이 벌어진 건지. 정말 민이랑
약혼해야 하는 건가? ㅠ0ㅠ

아무리 민이가 좋은 애라도 이건 아니지 싶은데….

그렇게 황당했던 주말이 지나버리고 월요일 아침이 밝아왔다.

아침부터 잠을 한숨도 못 자서 꽹한 얼굴로 준비를 하고는 내려
갔다.

아주 기쁜 듯이 나를 기다리고 있는 민이와, 빈이 놈은 아예 어
제 들어오질 않은 건지 보이지도 않는다.

"시은아 ^o^ 어서 학교 가자."

"응?? ^-^;; 하핫. 현이 오빠는??"

"응_ 현이 형아는 우리끼리 오붓하게 오라고 먼저 갔어. ^o^~"

이런 망할! 현이 오빠 그렇게 안 해줘도 되건만 평소에는 이쁜
짓만 골라서 하다가 오늘따라 또 왜 이러는 거야. ㅠoㅠ

80

"그래. ㅜ_ㅜ 가자."

뭐가 그렇게 신나고 즐거운지 학교 가는 내내 싱글벙글 웃는 민
이 _

"민아 ^_^; 저기… 나랑 약혼 하는 거… 좋아? 너 정말 나 좋아
해?"

"응. ^o^~"

"__;; 내가 뭐가 좋아. 그렇게 이쁜 것도 아니고 어쩌면 니가
좋아하는 도시락도 못 싸줄 거야. 나 우리 엄마 닮아서 요리 딥따
못해. 그리고 우리는 아직 서로에 대해 잘 알지 못하잖아."

"시은이가 도시락 못 싸주면 내가 쌀게. ^_^ 그리고 차차 알아
가면 되잖아. 우리 어릴 때는 친했잖아. ^o^ 나는 어릴 때부터 시
은이 좋아했었어. o_o"

그렇게 동그랗게 눈을 뜨고 날 좋아한다고 말해주다니 _

엉엉 _ 민아 이거 혹시 꿈 아니니? 기분 정말 날아갈 듯이 너무 너무 좋지만 그래도 이거는 조금 아니지 싶구나. 흑흑 _

"그… 그래. ㅠ_ㅠ"

계속하여 나는 도시락을 강조하고 있건만 이미 그 한도를 넘어서 버린 듯하다.

민아, 너도 참 눈이 삐긴 삐었구나. 내가 괜찮다는 걸… 솔직히 나 자신도 이해가 잘 가지 않는구나. +o+

어찌 이리 쌍둥이가 다를 수가 있을까. ㅡ_ㅡ 한 놈은 메주라 부르고 한 놈은 약혼한다느니 어릴 적부터 좋아했다며 좋다고 하고…. ㅡ_ㅡ;;

쯔읍 _

그런 와중 어느새 우리는 학교 앞에 도착해 있었다.

오늘따라 민이는 자기네 반으로 바로 가지도 않고 우리 반으로 따라 들어온다. ㅠ_ㅠ

덕분에 울 반 지지배들만 즐겁게 눈요기를 했다.

언제나 그렇듯 아침부터 방정스럽게도 나를 반기는 나단이 _

"내 사랑 시은아 ~ 그제 성연이 만나서 또 한 잔 했다며?? 나도 부르지 그랬어. ♡"

하트를 마구마구 날리며 나를 껴안는 나단이 놈 _ 참으로나 거북스럽구나. ㅡ_ㅡ+

"그거 봐. ㅡ_ㅡ++"

엥?? ㅇ_ㅇ 뭐야?? 이 묵직한 톤의 저음은?

"응?? 민아 왜? ^-^;;"

당황한 나단이 놈의 입에서 나온 이름은 민이 _ 이 묵직하고도 낮은 톤의 저음은 민이가 내는 소리란 말인가?

"내꺼야. 그러니까 껴안지마."

하하하하핫. -0-

이거야 정말 산 넘어 산이네. ㅠ0ㅠ 미치겠어.

민아, 넌 정말 알수록 어쩌면 빈이 녀석보다 더 신기한 놈일지도 모르겠구나.

"민아 왜 그래. 응?>_< 시은이가 왜 니꺼야."

"나랑 한 달 뒤에 약혼식 해. 그러니까 나단이 너 아무리 친구라도 내꺼 껴안지마."

ㅠ_ㅠ

민아 그걸 이 넓디넓은 교실에서 말하면 어쩌니!!!

어느새 우리 쪽으로 모든 아이들의 시선은 집중되어 있었고 나단이 놈은 벌써 놀라 쓰러지기 일보직전까지 와있었다. -0-

그리곤 아이들이 수군거리기 시작하고 나단이 놈은 내 어깨를 붙잡고 이리저리 흔들어대며 _

"김시은, 이게 무슨 말이야. -0- 니가 무슨 민이랑 약혼을 해?"

ㅠ_ㅠ 그래, 말이 안 되지. 니가 하고 싶은 말은 민이 같이 잘난 놈이 나랑 약혼한다는 게 말이 안 된다 이거겠지. -_-+ 하지만 사

실이야. ㅠ0ㅠ

　"사실이야. –_–"

　"정… 말??"

　"응."

　"다시 물어. 정말??"

　"아, 그렇다니까. +0+"

　이놈의 자식은 왜 자꾸 심각한 척 하면서 묻고 지랄이야. –0–
안 그래도 심란해죽겠구먼 왜 지가 더 심각해서 말해. –_–+ 원래
라면 깔깔깔 웃으며 말도 안 된다며 민이가 불쌍하다는 등의 말을
해야 정상이건만 _

　나에게 몇 번이나 확인한 나단이는 한참 뒤 그냥 말없이 나가버
렸다.

　그리고 그렇게 나단이가 나간 교실뒷문으로 빈이 놈이 대체 무
슨 일이냐는 식으로 나를 매우나 띠껍게 꼴아보며 가방쪼가리 하
나 걸치지 않은 채 들어오고 있었다.

　"메주~ ㅋ 무슨 일이냐? 너의 베스트 아주아주 심각한 얼굴로
나가네?"

　띠꺼운 녀석 _

　"^o^ 빈아~ 왔어? 어제 집에 왜 안 들어왔어. ^_^"

　"–_– 논다고."

　저런 양아치 자식 같으니라고 논다고 집구석을 안 들어온 게 뭐
그리 대단한 자랑이라고 저리도 당당하게 말한단 말이냐. +ㅁ+

"그나저나 빈아 ^_^ 다음달에 우리 약혼식 해."

"뭐라고?"

"약혼식 한다고. ^o^"

" 누가?"

"나랑 시은이."

"너랑 누구?"

"시은이."

"뭐라고??"

"시은이라니까!!"

잠깐이지만 나는 보았다. -_-^ 빈이 녀석의 표정 _

지놈의 형이 불쌍해 죽을 것 같다는 바로 그 표정 _

써글 놈 _ _ _ ++

"푸하하하하하하하 그런 장난 누구 머리에서 나온 거냐?? 하하하

하 배꼽이 웃네. 깔깔."

새꺄 웃음이 너무 방정맞구나. -_-+

"웅 _ 어릴 적부터 너랑 나 둘 중 한 명은 시은이랑 약혼하기로

되어 있었다더라. 근데 내가 장남이잖아."

"그래? 언젠데??"

"한 달 후에. ^_^"

"ㅋ 그래? 야! 메주 너 축하한다? 니가 어딜 가서 이만한 남자

를 만나겠냐?"

개눔의 자식 _

"시끄러. -_-ㄴ"

"그나저나 니 친구 꽤나 심각해 보이던데 안 나가봐도 되냐??"

"뭘. 대체 저 녀석은 왜 저런데?? 휴=3 안 그래도 이래저래 머리 복잡해죽겠는데…. -_-"

"메주…."

"왜? -_-+"

"너 혹시 뇌 세포가 돌로 되어있냐? 아님 심장이 바위냐?"

"-_-;; 뭐라는 거야."

"아휴~ 됐다 됐어~~ 민이 놈만 불쌍하게 됐지."

"넌 형보고 민이 놈이 뭐야!! ㅇㅁㅇ!! 형이라고 불러!!"

"아쭈?? 벌써부터 서방님 챙겨? ㅋㅋㅋ"

아우쒸 OT^TO

어째 저 녀석의 말발 당해낼 수가 없는 거야. -0-

빈이 놈의 갈굼과 함께 수업은 시작했고 1교시, 2교시, 3교시가 되어도 비련의 주인공처럼 교실뒷문을 뛰쳐나갔던 나단이 놈은 돌아올 생각을 하지 않았다.

이놈이 정말 미쳤나.

에구구 ㅠ_ㅠ 친구 놈 하나 잘못 둬서 내가 이게 무슨 고생인지. -_-^

어쩔 수 없이 나는 쉬는 시간을 활용해 (그래 미안 -_-+ 사실은 4교시 빼먹고 싶었어!!) 4교시를 땡땡이치고는 나단이 놈을 찾아 나섰다.

학교 안 구석구석 옥상까지 뒤져보아도 보이지 않는 나단이 놈.

-_-+

　이런 써글 진짜 니놈이 정녕 내 베스트란 놈이냐. -_-++++ 친구가 복잡한 일에 처했으면 도와주진 못할망정 더 걱정거리를 하나 늘려??

　결국 점심시간 종이 칠 때까지 나는 나단이 놈을 찾지 못했다.

　나단아 대체 어디로 가버린 거니. 엉엉 _

　하지만 그래도 __ 점심은 먹어야 하기에 교실로 되돌아오는 나였다.

　웬일인지 자고있지 않은 빈이 새끼 _

　"야! 선생이 나 안 찾았어?"

　"어. 니 친구는 찾았냐?"

　"아니."

　"메주 니가 하는 일이 다 그렇지. -_-"

　"죽을래. -0-"

　"ㅋ 니가 나를 죽이겠다고?"

　어찌된 놈의 남자새끼가 말 하나하나 절대 질려고 하질 않는 건지. -_-^

　"아휴 ~ 몰라몰라!! 됐어!! 이씽 _ 그나저나 민이는 왜 안 와??"

　"벌써부터 보고 싶냐??"

　"-_-+ 임마 그게 아니고 민이 안 오면 우리 밥 못 먹어."

　"왜? -_-ㅋ"

　"니놈이 그때 니놈 팬클럽보고 빼빼로랑 돼지가 말을 한다는 그딴 말만 하지 않았어도 걔들이 맨날맨날 도시락 싸왔잖아. 민이 놈 아니면 우리는 밥 못 먹어. 알간? -_-+"

"그래. -_-^ 그럼 빨리 민이 놈 불러와."

"니네 형이니까 니가 불러와. -_-+"

"쳇."

그렇게 우리가 톡탁대고 있는 사이 민이가 왔다.

그리고 언제나 품에 한가득 있던 도시락은 도대체 모조리 어디로 가버렸는지 하나도 없는 빈 몸으로 _

"민아, 도시락은??"

"웅?? ^_^ 내가 다시 다~ 돌려줬어."

"왜? ㅠ_ㅠ"

"시은이가 질투하면 안 되잖아."

"아주 열부 나셨구만. -_-^"

정말이지 앞으로의 일이 너무너무 막막하구나.

"우리 그럼 밥 못 먹는 거야?"

"아씨~ -_-^"

빈이 놈의 나의 물음에 아씨~ 라는 단어 한마디를 남긴 채 자리를 박차고 교실을 나갔다.

저 써글놈이 감히 혼자 밥 먹으러 갈려고 _

"야!! 기다려. 나도 델꼬 가란 말이야. -0-"

이윽고 빈이 놈을 뒤쫓는 나를 또한 뒤따라오는 민이 _

"시은아, 같이 가!!"

우리는 쫓고 쫓기는 007시리즈도 아니고 정말 웃기지도 않는 추격신 따위를 연출하며 어느덧 학교 앞 레스토랑 앞에 도착해있었다.

하여튼 싸이코 같은 빈이 놈 _

세상에 학교에서 점심 못 먹었다고 레스토랑을 찾는 녀석은 아마 수억 년이 지나도 저 한 녀석밖에 없을 것이다. -_-^

게다가 우리는 교복차림이다. ㅠ0ㅠ

"너 지금 무슨 생각으로 이 앞에 선거니??"

"그딴 거 없어."

내가 미쳤지. 왜 저 녀석한테 그런 말을 했을까?

아무래도 나는 이 신기한 쌍둥이들이랑 생활하다보니 나까지 신기한 사람이 되어가는 것만 같애!!

혼자 이런저런 주접을 떨어가며 멍하니 서있다. 정신을 차리니 이미 빈이 놈은 안으로 들어가고 없었고 민이는 나를 굉장히 이상한 눈길로 쳐다보고 있었다.

민아 나는 절대 원래 이런 애가 아니란다. -0-

삐질삐질 땀을 흘리며 민이를 쏘아보고 있는데 민이는 백만불짜리 미소를 나에게 날리더니 내 손을 잡고는 레스토랑 안으로 들어갔다.

행복해.

약혼 따위 안하고 차라리 민이랑 사귀라면 얼마나 좋을까.

레스토랑 안으로 들어가니 정말 당당하게도 떡하니 자리를 잡

고 앉아있는 빈이 녀석 _

근데 우린 과연 점심시간 안에 밥을 먹고 들어갈 수 있는 건가?

씁 _

우리가 자리에 앉자 메뉴판을 가지고 오는 점원 _

도대체 저 점원은 무슨 생각으로 교복차림인 우리를 이곳에 들여보낸 걸까? -0- 정말이지 이해가 가지 않는다. ㅠ_ㅠ

"주문하시겠습니까? ^^"

내가 하는 생각을 아는지 모르는지 그저 싱글싱글 웃으며 메뉴판을 내민 점원. =_=

솔직히 민이의 웃는 모습 보다가 저 점원의 웃는 모습을 보니 사시미로 마구마구 회 쳐주고 싶은 충동이 일어난다. -_-^

89

주문을 서로 미루고 미루며 결국 빈이가 주문을 했다. -_-

"형, 여기 그냥 안심으로 살짝 익혀서 3개 갖다 줘."

나는 안심 잘 안 먹는데…. -_-;; 나는 함박이 좋은데.

근데 그렇게 말하면 빈이가 여기서 당장 쫓아내겠지??

그냥 먹어야지.

잠시만!! 지금 빈이 놈이 뭐라고 한 거지?

형이라고? 점원보고 웬 형. -0-

"야, -0- 왜 너 점원보고 형이라고 하니??"

"-_- 아는 형이야."

그래. -0- 아는 형이겠지.

근데 내가 참으로 놀라는 사실은 어째 칠 년씩이나 캐나다와 일

본을 전전하며 살다 온 너는 나보다 아는 사람이 많단 말이니? =_=

　화원 누나에, 이젠 레스토랑 점원까지!!

　빈이 놈은 참으로나 발이 넓은 놈인가 보다. =_= 세계로 노는 무서운 놈!! 정말정말 조심해야해!!

　나는 빈이 놈의 새삼스러운 인맥에 놀라며 그래도 공짜라고 안심스테이크를 꾸역꾸역 썰어 내 입안으로 밀어 넣었다.

　그때 스테이크 조각을 내 입 앞으로 건네는 민이. -0-

　"하핫. -0- 민아…."

　"시은아, 내가 먹여줄게. ^_^"

　"아니, ^^;; 내가 먹을게."

　"내가 먹여주고 싶어. ^_^"

　—.,—;;

　이런 거 정말 닭살 돋아서 싫은데…. 게다가 나를 야시꼬롬한 눈으로 쳐다보는 빈이 저 녀석의 눈길은 더 싫다.

　"그… 래도…. ^-^;;; 빈이도 앞에 있는데…. 그래 우리 서로 먹여주기 하자. ^0^"

　"-_-^"

　"-_-^"

　내 말이 그리도 충격적이었던가. -_-; 왜 저리도 형제가 똑같은 표정을 지을꼬.

　"^-^;; 하핫. 왜… 들 그러지??"

"병신."

침묵 속에서 나온 빈이 놈의 단 한마디 _

그런 말하면 내가 병신되는 거니. -0-

이런 써글. -_-++

빈이에게 병신소릴 듣고 충격받은 채 민이의 얼굴을 살짝 바라보았다.

웬지 모르게 심각하게 변해있는 얼굴 _

민아, 넌 또 왜 갑자기 그러는 거니? ㅜ0ㅜ

"민… 아…?"

나의 어색한 부름소리에 민이는 심각한 얼굴에 조금은 안 어울리는 듯한 웃음을 띤 채 그때부턴 말없이 먹기만 했다.

도대체 내가 뭘 잘못 했길래 다들 이러는 거야. 도대체 뭘? 그런 와중에도 다시 내 눈앞에 들어온 스테이크 조각 _

이건 또 뭐야!!

고개를 천천히 들어 스테이크 조각의 위치를 파악했을 때 나를 향해 스테이크 조각을 내민 빈이 녀석이 보였다. -0-

"^-^ 홋~! 서로 먹여주기 하자며??"

이빈. -_-;; 너 참… 너는 이 상황에서 그런 생각이 나오니?? 정말 너는 신기한 아이야. 솔직히 나도 왜 이런 상황이 온 건지는 모르겠지만 지금 이 시점에서 니가 그런 짓을 하는 것은 참으로 아니라고 본다. -_-

하지만 처음 본 살짝 웃는 빈이 놈의 웃음은 민이 만큼이나 멋

있었다. *-_-*

"-_-;; 그… 그래. 그런데…."

"서로 먹여주는 건 좋은데 나한테 받아먹는 건 싫다? 이건가??"

이것이 미친 거냐. -.,- 갑자기 왜 이렇게 비꼬며 나오고 지랄이여.

"-_-;; 그래. 먹으마."

결국 나는 빈이 놈의 비꼬음에 이 녀석과 먹고 먹여주는 상황을 연출하게 되었다.

그리고 민이에게도 스테이크 조각을 내밀었다. ㅠ0ㅠ

그런 나를 멀뚱멀뚱 보기만 하고 있는 민이 _

아까는 정말 몰랐는데 이러고 있는데 안 먹으니 참으로나 손이 민망해지는구나. ㅠ0ㅠ

민아, 아까 내가 정말 잘못했어. ㅠ0ㅠ

"안… 먹니??"

어렵게 꺼낸 말 쑥스러워라. -/////////-

안 먹냐는 나의 말에 그제서야 고개를 저으며 내가 내민 스테이크 조각을 받아먹는 민이 _

민아, 정말 고마워!!

그렇게 참으로나 힘들었던 점심식사를 마치고 밖으로 나오니 이미 시간은 점심시간도 넘겼고 6교시가 시작하려고 하는 시간이었다.

들어 가야하나 말아야하나. -_-;;

"애들아… 가자. ^-^"

"난 필요 없어. 볼 일 있으니 니들끼리 가든지 말든지 맘대로 해. -_-"

━━

참으로나 무식하게도 몇 마디 던지고는 사라져버리는 빈이 새끼. -_-^

시계를 보니 그 녀석이 학교에서 사라질 시간에서 조금 늦었군. 정말이지 대체 매일 어딜 가는 걸까? -0-

그냥 학교 가지말고 저 녀석 미행이나 해봐?? +_+

"민아 〉_〈 우리 그냥 어차피 늦은 거 들어가지 말고 빈이 도대체 매일 어딜 가는 건지 미행이나 해볼까??"

"시은아…."

"응?? o_o"

"그건 다음에 하고 오늘은 나랑 술 한 잔 마실래?? ^-^"

갑작스런 민이의 술자리 제안. -_-;; 근데 민이도 술을 마셨던가?

나는 그동안 참으로나 민이는 술도 안 마시고 절대 나쁜 짓도 안 하는 모범생인줄만 알았다.

그러나 역시 쌍둥이는 비슷했다.

"저기… 민아. 근데 우리 교복이야. =_="

"괜찮아. ^-^"

"그래? -0-"

그렇게 나는 교복차림으로 민이에게 이끌려 어딘가로 향했다.

지하의 어느 호프집 _

웬지 외관이 참으로나 민이에게 안 어울리는구나. 들어가기도
참 껄끄럽다. -_-ㅋ

"^^;; 여… 기야??"

"어. ^-^ 단골집이야."

—..,—;;

민이는 교복입고 들어갈 단골집이 있었을 만큼 술을 즐겼다는
건가. 정말 진실로 어쩌면 민이는 빈이 놈보다 더 신기한 아이일
지도 모르겠다. -0-

민이를 따라 야시꾸리한 외관의 건물로 들어갔다. 대낮부터 왔
건만 반갑게 맞는 주인 아줌씨.

그래 사실은 주인 아줌씨가 아니고 주인 아가씨인 듯하다. -0-
것도 아주 절세미녀인 듯한 -_-+++ 왜 주인이 미녀 아가씨인데
내가 화가 나는 걸까??

"민아 ^_^ 낮부터 왔구나??"

"어 누나. ^-^"

"옆에… 는??"

"내 약혼녀야."

정말 당당하게도 약혼녀라 소개하는 민이 _

민아 결코 우리 나이에 약혼을 하는 것이 정상적인 게 아니란다. =_=

구석탱이에 자리를 잡고 외관과는 안 어울리게 안은 매우나 고급스러운 곳 _

게다가 민이는 소주도 아닌 양주를 시켰다. 참고로 말하자면 우리 집도 못사는 집 아니다. -_-^

그래도 나는 우리엄마의 철저한 세뇌교육 덕분에 아직 한번도 양주를 시킨 적은 없었다. ㅠ0ㅠ

고로 양주는 어떤 맛인지도 모른다. 하지만 들은 바로는 양주는 아주 쓰고 도수도 꽤나 높다고 들었다. ㅠ0ㅠ

"민아, 나 술 약한데…."

"괜찮아. ^_^ 내가 있잖아."

있기는 뭐가 있다는 것이었을까. ㅡ_ㅡ

민이는 취해버렸다.

"시은아, 있잖아. 난 말야."

"응. ㅠ_ㅠ"

"난 말야 정말… 휴-3"

"그래그래 니맘 다 알어. ㅜ_ㅜ"

"훗~! 다 알어??"

"응. ㅠ_ㅠ 그러니까 이제 집에 가자."

"ㅋㅋ 진짜 알어?"

—., —;;

　도대체 뭘 알어. 넌 왜 이렇게 쓸데없는 일에 집착을 많이 하니.
그냥 어서 집에 가자꾸나. ㅠ0ㅠ

　"진짜 안다… 니."

　지금 내 입에서 느껴지는 이 촉촉한 감촉은 뭘까나. 분명 이게
키스란 거지 싶은데 드라마에서만 보던 그 키스란 게 맞지 싶은
데.

　민아, 나 첫키스란 말야. ㅠ0ㅠ

　그치만 참으로 부드럽고 달콤하고 민이의 혀가 내 온 몸을 녹이
는 듯하다. 따뜻함도 느껴지고 민이의 떨림도 전해진다.

　분명 나는 민이를 사랑하는 것이 아님에도 가슴이 뛴다. 드라마
에선 상대방을 사랑해야 가슴이 뛴다고 했는데….

　조심스럽게 소중한 듯 그렇게 내 입술을 먹던 민이는 점점 밑으
로 내려와 어느새 내 목에 키스마크를 찍어내고 있었다. ㅠ0ㅠ

　이… 이건… 아닌 것 같은데…. －ㅇ－

　"미… 민아. －ㅇ－"

　그러더니 풀썩 쓰러지는 민이 _

　"저기… 민아??"

　"……."

　오노~~ ㅠ0ㅠ 잠들었어. 어떡해!!

　이 일을 어찌해야 좋단 말이냐. 내가 키가 180이 넘는 민이를
어찌 부축해서 집까지 데리고 간단 말인고!!

결국 난 매우나 띠껍지만 −_−^ 그래도 나단이도 사라진 지금 빈이 놈을 부르는 아주 위험한 일을 결심하게 되었다.

뚜르르르르르르르르르 뚜르르르르르르르르

"왜? −_−^"
하여튼 꼭 전화받는 꼬라지 하고는 _
"니네 형…. −_−;;"
"민이가 뭐?"
"술에 취해서 잠들어 버렸어. ㅠ0ㅠ"
"어디야?"
"응?"
"지금 있는 곳이 어디냐고."
"ㅠ_ㅠ 몰라."
"아씹, 주변에 큰 건물이 뭐야?"
"그런 것도 몰라. 근데 주인 언니가 디게디게 이뻐. −0−"
"알았어."

뚜 뚜 뚜 뚜

그렇게 전화는 끊겨 버렸고 과연 빈이 놈은 와 줄까??
30분이 채 되지 않아 가게 안으로 빈이 놈이 들어왔다.

전에 봤던 화원 언니도 함께. −_−

"잘 찾아왔구나. −0−"

"어. −_−"

"안녕하세요? ^^"

"^−^ 또 보네요~"

화원에서 만났던 언니와도 인사를 나누고 빈이 새끼는 민이를 들쳐업고 나를 힘껏 야리며 가게를 빠져나갔다. ㅠ_ㅠ

밖으로 나가니 빨간 스포츠카 한 대가 서있더군. −_−a 설마 빈이 놈 차인가?

"니 차야? −0−"

"누나 차야."

"응. =_=;;"

화원 언니는 참 청순하게 생긴 언니의 모습과는 안 어울리는 빠알간 스포츠카를 타고 다니셨구나. −.,−

화원 언니의 차에 민이를 태우고 나와 빈이 또한 뒤따라 타고서 집으로 향했다.

겨우 겨우 집에 도착 한 우리들 _

빈이 놈은 또 민이를 힘겹게 업은 뒤 차까지 태워준 고마운 언니에게 잘 가란 인사 한마디 없이 집안으로 들어가 버렸다.

"하하핫 −0− 고맙습니다."

제길 −_−++ 내가 대신 인사해버렸다. 이 여자 나보다 너무 많이 이뻐서 맘에 안 드는데. ㅜ0ㅜ

"아니에요. ^^"

마음씨도 고운가보구나. 그때 그 목소리 째지는 은지 년과는 차원이 다르네, 아주. -ㅁ-

"^^;; 그… 그럼 안녕히 가세요."

조금이라도 같이 있으면 내가 더 초라해질까봐 누가 잡을 새라 꽁지 빠지게 뒤따라 집으로 들어와 버렸다.

대문을 열고 들어가니 민이를 방에다 눕히고 나오는 건지 2층에서 내려오는 빈이 놈이 보이더군.

"넌 애가 어떻게 차도 태워준 언니한테 고맙다는 인사는 못할망정 잘 가란 말도 없이 들어가 버리니?"

"-_-+ 메주, 니가 지금 나한테 그런 말 할 처지냐?"

"-_-;; 뭐… 그건…"

"도대체 민이한테 술을 얼마나 먹인 거냐? 응?"

내가 먹자고 한 거 아닌데…. ㅜ_ㅜ 나는 옆에서 콜라만 홀짝홀짝 마시고 있었는데.

혹시 빈이 놈도 아직 민이에 대해 잘 모르는 건가? 역시 민이는 빈이보다 더 미스터리한 아이란 말인가?

"내가 먹인 거 아냐. -0-"

"-_-++ 휴… 됐다 됐어. -_-"

"ㅠ_ㅠ 히잉~ 어쨌든 오늘은 고마워."

"조잡스러운 애교는 됐고 너도 힘들 테니까 올라가서 씻고 자."

이놈이 왜 이렇게 친절하게 구는 거야. =_= 거 참말로 적응 안 되어버리는구먼.

"어⋯. ㅡ_ㅡ;;;"

그렇게 빈이 놈을 지나쳐 2층으로 올라가려는데 _

"야! ㅡ_ㅡ+ 너 잠깐 거기 서봐."

"응?? ㅇ_ㅇ?"

저 넘이 갑자기 또 왜 저래.

빈이 놈 나를 그렇게 불러 세우더니 갑자기 나를 향해 자꾸만 다가온다. 쟤 갑자기 왜 저러는 거야. ㅜ0ㅜ

불안한 마음에 눈을 꼭 감고 있었는데 그때 들려오는 소리 _

"너⋯ 민이랑 무슨 일 있었냐??"

ㅡ_ㅡ;;

혹시? 그랬다. ㅠ_ㅠ

빈이는 민이가 잠깐 나의 목에 키스마크를 남겨놓은 빨간 부분을 봤던 것이다. ㅡ0ㅡ

근데 우린 이상한 짓 안 했는데⋯. 민이랑 무슨 일도 없었는데⋯. ㅜ0ㅜ

야시꼬롬한 눈으로 나를 보는 빈이 놈이 참으로 감당이 안 된다.

"아무 일도 없었어!!"

"믿으라고?"

"정말이라니까. ㅇㅁㅇ"

"ㅡ_ㅡ"

"근데…. =_="

"왜? -_-^"

"내가 왜 너한테 이런 변명을 해야하니??"

"-_-"

"어차피 난 민이랑 한 달 뒤에 약혼할 수도 있는데…. =_="

"그래 너 잘났다. 앞으로도 쭈~~~~ 욱 사이좋게 그런 짓거리 많이 하면서 살어라."

콰

ㅇ

!!!

그렇게 빈이 녀석은 또다시 차가운 말만 남기고 또 밖으로 나가 버렸다.

내가 너무 뻔뻔스러웠나. -_-;

에라 -0- 모르겠다. 잠이나 자자!!

달콤하게 자고 있는데 짜증나게 누군가 자꾸 우리 집 벨을 눌러댄다. -_-^

아아아아아아악

도대체 도우미 아줌마는 뭐 하는 거야. -0-

결국 눈을 반쯤 뜬 채 휘청휘청 아랫층으로 기어내려가 인터폰을 든 나 _

"누구세요."

응답이 없네. =_=;;

알고보니 내가 인터폰을 거꾸로 들었구나. -_-;

젠장맞을!!

다시 똑바로 _

"누구세요?"

"나… 야."

나단이다.

사라져버린 내 친구 나단이. -_-^

"들어와."

일단 들어오라고 문을 열기는 열었는데 무슨 말을 어떻게 해야 하지? 도대체 왜 갑자기 사라졌냐고 물어야 하나? -_-

아우 정말 미치겠네.

혼자 손톱까지 물어 뜯어가며 거실을 이리저리 걸어다니고 있는데 내 친구 나단이 참으로나 초췌해진 모습으로 우리 집 거실에 발을 들여놓았다.

"야, 너 어디서 이렇게 된 거야??"

"ㅅㅅ"

"바보야 왜 웃고 지랄이야. 너 어쩌다가 이렇게 거지꼴이 된 거야, ㅠ0ㅠ 엉? 엉? 잠깐만 기다려. 오빠들 옷 가지고 올게. 일단 씻어. -0-"

"괜찮아."

ㅡ.,ㅡ

씻는 동안 시간 벌어서 생각 좀 해 볼려고 했건만 도움을 안 주는군. ㅡ0ㅡ^

"응. =_=;;"

나는 주방에 들어갔다가 식탁에서 자고있는 울집 도우미 아줌마를 발견했다. 하지만 깨워서 지랄하기엔 내가 너무 지쳐있어. 직접 나단이에게 줄 따뜻한 코코아를 가지고 나왔다.

거기 비오는 날 코코아 마셔야 한다고 주장하고 있는 너!! ㅡ0ㅡ

조용히 닥쳐주렴. ㅡ_ㅡ 코코아는 아무 때나 마셔도 된단다. ㅋㅋㅋㅋ

탁자 위에 코코아를 올려놓고 우리는 침묵을 지켰다. ㅡ_ㅡ 왔으면 무슨 말이라도 할 것이지 왜 말을 안 하냐고요. ㅡ0ㅡ

계속해서 침묵을 지키던 나단이 놈은 30분이 훨씬 넘어서야 입을 열었다.

"시은아."

"왜 짜샤.)_(´

"ㅡ_ㅡㅋ 진지하게 좀 들어다오."

"응. =_=;"

"민이… 좋아해?"

뜬금 없는 나단이 놈의 민이를 좋아하냐는 말 ـ

솔직히 나도 아직은 잘 모르는 것 같다. 글쎄, 내가 민이를 좋아했던가? 단지 약혼하는 게 싫은 거지 민이가 싫은 건 아니다.

객관적으로 본다면 나에게는 과분한 상대 _ 게다가 장난인지 진심인지는 모르겠지만 날 좋아해 주는 사람 _

휴 = 3

나단이의 갑작스런 질문에 나까지 혼란스러워 진다. ㅠ_ㅠ 그리고 그 말 한마디에 왜 오래 전에 꼭 한번은 있었던 일처럼, 그런 기억이 있었던 것처럼 누군가가 스쳐 지나가는 느낌이다.

정말이지 모르겠다.

"사실은 나도 몰라. 약혼도 아빠 엄마 마음대로 정한거고… 근데 민이가 싫진 않아. ^_^"

"그럼 민이가 좋아질 수도 있는 거네?"

"만약… 에 그럴 수도 있겠지? >_< 왜?? 난 킹카 좋아하면 안되냐?? ㅋㅋㅋ"

"……."

이게 왜 자꾸만 진짜로 진지하게 구는 거야.

"_.,_ 너 진짜 며칠 전엔 그냥 사라져버리고 또 갑자기 나타나선 왜 이러는 거야."

"그럼… 그럼… 나는?"

시방 이게 뭔 말이데…. 뭘 저는?

"-_-;; 뭘??"

"나는 좋아질 수 없냐고. 민이는 그럴 수도 있다며. 나는 없는 거냐고."

ㅇㅁㅇ 어버버버버 이… 이게 대체 무슨 말이야. ㅠ0ㅠ

혹시 너 설마 나 좋아하니?? 정말이지 전혀 생각도 못한 일이구나. 성연이가 알면 아마 날 진짜로 죽이려고 들거야. ㅡㅇㅡ

일급비밀이구만. ㅠ_ㅠ

하여튼 인기가 많아도 (퍽!!) 미안 =_=;; 어쨌든 이게 무슨 마른 하늘에 날벼락 떨어지는 소리래. ㅠ0ㅠ

나단아, 우리는 친구잖아. 벌써 18년이나 된 친구인데 이게 무슨 말이니. 너랑 나랑은 초등학교 4학년까지 목욕도 함께 했던 친구야.

"정말⋯ 나는⋯ 안 돼?"

"우린⋯ 친구잖아."

단 한마디로 일축 시켰다. 그런 나에게 나단이 놈의 반격 _

"민이도⋯ 어릴 적 친구였잖아."

ㅡ..,ㅡ;;

큭⋯

굉장히 당황스러운 말이군. 그래도 민이는 떨어져 있는 시간이 많았어.

"민이는 너처럼 계속 붙어 있었던 거 아니잖아."

"그럼 지금 니 마음은 민이한테 기울었단 거야??"

"몰라, 이놈아. 너 진짜 갑자기 왜 그러는 거야."

"나⋯."

"응. ㅡ_ㅡ;;"

"너 포기 안 해."

105

오미나 ~ 얘가 정말 왜 이러는 거야.

"끄응."

"민이보다 더 자신 있어. 그리고 너 약혼 안 시킬 거야. 정말이
야. 만약 친구라서 안 되는 거라면 그걸 오히려 이용해서 너 내껄
로 만들거야. ^-^"

내 친구 나단이에게 이런 면이 있으리라고는 18년 동안 상상조
차 못해봤다. 그리고 니가 그럼 성연이는… 성연이는 어쩌란 말이
니. ㅠ0ㅠ

내 친구 성연아, 이 너무 잘난 친구를 용서하렴.

"나단아, 내 친구 나단아 이러지 말자. 우리 친구잖아. 내가 너
얼마나 좋아하는데…."

"난 사랑받고 싶어."

니가 무슨 왁스 언니냐? 사랑받고 싶게? -_-+ 하여튼 이건 아
니란 말이다. -0-^

우엥엥 거리고 있는데 내 몸이 확 나단이 쪽으로 간다.

"이건 선전포고. ^_^"

이런 니미럴!! 이 녀석에게 안겨버리다니 _

"-_-++ 너 이거 안 놔?"

"싫어. ^-^ 내 선전포고 받아들일 거지?"

"너 진짜 미쳤냐?"

그때 _

현관문이 딸각 열리더니 _

"메주 너 능력 좋다?"

빈이 자식이었다. 참으로 타이밍 절묘하기도 하지.

왜 하필이면 이때 빈이 자식이 들어오냐구요!! 하나님 정말 너무하십니다. 제가 전생에 무슨 죄를 지었다고 이런 고통을 주시나이까.

설마 저 녀석 민이 놈한테 이르는 건 아니겠지?? 그래, 그럴 거야. 아냐 _ 저 자식은 일러바치고도 남을 놈이야. 암 _ 그렇고 말고.

이 일을 어찌하면 좋을꼬.

"능력이 좋기는… 그런 게 아니고…."

"그런 게 아니고 뭐? ^-^+"

저 생글생글 웃으며 짓는 표정이라니 정말이지 확 째려버리고 싶다.

그나저나 나는 정말 어쩐다니.

나단이 놈에게 그게 아니라고 제대로 된 변명을 해달라고 마구마구 눈빛을 쏘아댔지만 저 써글놈은 능글맞게 빙글빙글 웃고만 있다.

"아 그런 게 아니고 그럴 사정이 있었어."

"내 눈으로 직접 봤는데?? 메주, 너 우리 형 가지고 노냐?"

= =

하여튼 생각하는 꼬락서니하고는 _

"야! 이빈 너는 어릴 적부터 왜 전부 니 멋대로 하는 거야. 왜 사람 얘기는 듣지도 않고 니 맘대로 결정하고 난리야. 사정이 있다잖아. 어?? 너 진짜 애가 왜 그렇게 제멋대로인 거야."

씩… 씩… ㅡ_ㅡ

갑자기 흥분을 했더니 숨이 차오른다.

근데 나의 이 개깡따구는 갑자기 어디서 텨나온 것일까?

고개를 살짝 들어 빈이 놈의 표정을 보는데 그놈 본연의 띠꺼운 표정이 아닌 정말 무서운 표정이다.

그래도 아직까지 저런 표정은 지은 적 없었는데 내 말이 잘못된 게 많았던 건가??

나 어떡해. ㅠ0ㅠ 이제 정말 나는 완전 끽_ 죽었어.

"저… 기… 빈아. 그게…."

"킥… 크크큭."

저게 미쳤나. 왜 이상하게 웃고 지랄이야.

"야, 김시은. 너야말로 왜 그래?? 어릴 때부터 제멋대로인 건 너였어. ^_^ 어릴 때부터 지금까지 제멋대로인 건 너였다구!! 야! 그리고 조나단인가 씨팔 너 당장 꺼져라. 나 지금 기분 무진장 안 좋거든? 근데 너 보니까 더 기분 나쁘다. 꺼져!!"

콰

ㅇ

!!!

그렇게 빈이 놈은 또 집을 나가버렸다. 어째 저 녀석은 집에 들어와서 한 시간 이상 있다가 나가는 적이 없어? ㅡ0ㅡ

그리고 내가 뭘? 내가 어릴 때부터 얼마나 얌전하고… 이건 좀 아니고 어쨌든 얼마나 착하게 살아왔는데… 알지도 못하는 게 지랄이야. 안 그래도 화나 죽겠는데 거기다 나단이 새끼 한술 더 뜬다고 _

"내 선전포고 들었지? ^-^ 그럼 나 간다."

하고는 집을 빠져나간다. 저런 씨부랄 놈 _

오늘 정말이지 왜 이렇게 되는 일이 없는 거야.

근데 정말 빈이 놈은 내가 뭘 잘못했다고 저렇게까지 화를 내는 거야. 엉엉 _

나단이와 빈이 놈에게 연속으로 폭탄을 맞고 나니 더 이상 잠도 오지 않는다.

얼추 시간이 넘어가고 밤 12시가 되었건만 민이는 인기척도 없을 뿐더러 현이 오빠와 혁이 오빠를 포함해 이놈의 아줌마 아줌씨들은 밖에서 뭘 하고 돌아댕기는 건지 보일 생각조차 안 하시는구나. -_-++++

다 죽었어. __++

어쩔 수 없다. 비디오나 보자.

너무나도 심심한 나머지 비디오를 보기로 결심하고 12시가 막 지난 야심한 시각이지만 비디오가게를 향해 돌진하였다.

룰루랄라~♪

신나는 액션으로 한 편 빌려서 집으로 돌아오는 길. ^o^

가만, 근데 우리 집 앞에 저 거무티티무리한 형체는 무언고?? o_o

혹시 도둑? +_+

안 돼!! oㅁo

전속력으로 집 앞으로 돌진하였다.

그런데 도둑은 온데간데없고 술 냄새만 푹푹 풍기며 대문 앞에 쓰러진 빈이 놈만 보이는구나.

이 놈은 술을 처마셨음 곱게 기어들어가서 잠이나 자지 왜 대문 앞에서 쓰러지고 난리래.

참 쌍둥이 둘이서 어제오늘 가지가지로 하는구나. -0-^

집엔 잠든 민이 밖에 없는 지금. -_-^

110

나는 혼자 빈이 녀석을 낑낑대며 둘러메고는 (그래 사실은 질질 끌고. -_-;;) 집안으로 들어왔다.

이제 계단을 통과해서 이놈을 방에 데려다 놓는데 산 넘어 산이로구나. ㅜ_ㅜ

할 수 없이 거실 소파에 눕혀놓기로 결심하고 겨우겨우 __-__ 소파에 눕혔다.

사이즈가 좀, 아니 많이 안 맞는군.

빈이 놈이 입고 있는 옷을 보니 내가 더 답답하다.

아! 벗기고 싶은데… 벗겨주고 싶은데…. ㅜ0ㅜ 가마히 냅두면 내가 더 답답해서 미칠 것 같은데… 안 그래도 낮에 화나서 나갔

는데 벗기다가 빈이 놈 깨기라도 하는 날엔 나는 최소한 사망이겠지? -_-;;;

그래도 벗겨야지. -0-

그리하여 나는 아주아주 간땡이가 크고는 절대 하지 못할 빈이 놈 겉옷 벗겨주기에 착수하였다.

조심조심 그놈의 정장 마이를 벗기고 양말까지 벗겼다.

휴=3

깨지 않아서 다행이야. 이제 난방 단추만 두세 개 풀어놓으면 되니까 쪼… 금만 아주 쪼~~금만 더 참아주렴.

두근두근 떨리는 가슴을 진정시키고 빈이 놈 난방 단추를 위에서부터 한 개, 두 개, 풀어주기 시작했다.

이제 마지막 세 개째. ㅜ_ㅜ 이제 조그만 견디면 되는 거야.

막 세 개를 풀어주고 돌아서는데 _

"왜… 모르… 는 거야."

깜짝!!

깬건가?? -0-

깜짝 놀라 뒤를 돌아보니 눈은 감고 있다.

다행이야. 잠꼬대였나봐. ㅠ_ㅠ

다시 돌아서서 빈이 놈 이불이나 가져다 주려고 발걸음을 옮기는데 _

"어째서… 기억… 못하는 거지? 아님 모르는 척 하는 거야?"

잠꼬대인데 어째서 이리도 저놈의 말이 내 가슴속에 팍팍 박히는 걸까.

이상하리 만큼 저 놈의 잠꼬대가 내 가슴을 너무나도 아프게 한다.

혹시 저놈 낮에 실연 당하고 집에 들어왔는데 나까지 짜증나게 해서 더 화나서 술을 많이 마신 건가? -0-

불쌍한 놈 _

빈아, 정말정말 미안해.

빌어먹을 내 모성본능을 더욱더 자극한 빈이 놈을 위해 나는 신나는 액션 비디오도 포기하고 불쌍하게 잠꼬대하는 빈이 놈을 위해 친히 거실에서 밤을 새주기로 결심했다.

분명 내가 미친 게 확실하다고 하겠다.

가만히 보니 빈이 놈도 지운이 아저씨를 참 많이 닮았구나. 피부 뽀얀거랑 눈 끝이 약간 찢어진 거, 그리고 귀가 이쁜 거!!

아니 지금 내가 무슨 생각을 하는 거야. 이 녀석은 악마야.

_ _∞ 끄응 _

지금은 잠시 사랑이란 마약에 상처받은 악마가 쉬는 거야. -0-

김시은 정신차리렴!!

그렇게 빈이 놈을 지켜보던 난 아주아주 슬픈 꿈을 꾸며 잠이 들었다.

주변이 너무나도 하얗다.

너무 밝아서 눈을 뜰 수 조차 없어.

112

뭐지?

희미하게 실눈을 뜨고 하얀빛이 나오는 쪽으로 다가가려는데 무언가가 있다.

사람이다.

근데 저 사람 너무 슬퍼 보인다.

슬픔이 저 사람 주위에 있는 빛과 함께 감싸고 있는 것만 같애.

아픈가봐. 힘든가보다.

내가 그 사람 쪽으로 다가가는데 무슨 말을 자꾸만 한다.

뭐라고 하는 거지?

주위의 빛 때문에 그 사람의 입 모양 조차 보이질 않는다.

하지만 확실한 건 슬픈 얼굴 _

도대체 왜 그러지?

갑자기 주위의 빛이 검게 물들어간다.

아니… 저 사람은 흰색이 더 어울리는데 왜… 왜 그러지??

검게 물들어가며 그 사람이 사라져간다.

안 돼~

"메주, 넌 맨 날 뭐가 그리 안 되냐? -_-^"

헉헉 _

꿈인가 보다. 다행이다. 진짜 꿈이었나보다.

근데 -_-+ 저 새끼는 내가 밤새 지 옆에서 간호(?) 비슷한 거를 해줬건만 일어나자 마자 지랄이야. -0-

"내가 너 어제 이불까지 덮어주고 대문 앞에서 끌고 들어온다고 얼마나 고생했는데 고맙다고 하진 못할망정…."

"ㅡ_ㅡ^ 지금 상황을 보고나 이야기 해줄래?"

지금 상태가 뭐??

ㅡ_ㅡ;;

내가 이불을 덮고 있다. 어찌 이런 일이!!

"아 씨발 너 땜에 추워 디지는 줄 알았잖아. ㅡ_ㅡ+"

"=_=;;; 미안."

"하여튼 도움 주는 거라고는~ 쯔쯔."

"ㅡ_ㅡ^ 빠각."

"오~ 메주, 넌 화나면 머리에서 부서지는 소리도 나는구나."

이런 씨블씨블 젠장니미럴 _

진짜 내가 어제 여자한테 실연당하고 온 거 같기에 얼마나 잘해줬는데. ㅠoㅠ

정말이지 니녀석은 평생 죽~~~ 도록 미워할 테야!!

써글 _ 빈이 놈의 새끼를 마구마구 씹어주고 있는데 ㅡ_ㅡ^ 2층에서 쿵쾅대는 소리가 들리더니 이윽고 민이가 내려왔다.

도대체 민이는 2층에서 뭘 했기에 그리 쿵쾅대는 소리를 낸 걸까.

"민아 ^_^;; 잘 잤어? 너 잠 정말 오래 자는구나. 거의 하루를 잤던 거 알어??"

"어?? ^^;; 응. 내가 한번 자면 좀 오래 자. 그나저나 시은아 나

침대에서 떨어졌어. ㅠ_ㅠ 호~ 해줘."

 ─_─;;;

그냥 자지 왜 일어났니 민아 _

난 그 일이 있은 후부터 너를 볼 때마다 새로워!!

"병신들 ─_─ㅋ 지랄꼴깝을 하네."

 ─..─

나는 여태껏 빈이 놈의 입에서 부드러운 말 한마디가 나온 역사
를 본적이 없는 것 같구나.

 하여튼 싸가지라고는 참새 눈꼽 만큼도 없는 새끼. ─_─^

 으이구~ 진짜 내가 저런 걸 어제 밤새도록 옆에서 돌봐줬다니

ㅇㅁㅇ!! (사실 개뿔지뿔도 한 거 없고 옆에서 잠만 퍼질러 잤음. ─_─ㅋ)

"그나저나 시은아 우리 피크닉 가자 ~ 피크닉. ^ㅇ^"

학교 가야지 무슨 피크닉. ─_─;;

"학교 가야지. ─_─;; 벌써 지각이야."

"학교?? ㅇ_ㅇ? 웬 학교?? 너 몰랐어??"

"─_─;; 뭘??"

"너 이제 신부수업 한다고 아줌마가 너 휴학처리 하셨는걸?"

 ─ㅇ─‥‥─ㅇ─

 이것이 무슨 귀신 씨나락 까먹는 소리야. 이 아줌마가 정녕 미
치지 않고서야 어떻게 그딴 짓을 하냔 말이야. ─0─

 진짜진짜 그 아줌마가 미친 거야. 확실히 돌아버린 게야. ㅠ0ㅠ

 18세에 약혼하는 거까진 이해할게. 근데 어떻게 그거 때문에

학교까지 그만두게 만드냐고요. ㅠ0ㅠ

아우 정말 이지 욕밖에 안 나와.

제길제길 니미럴. +ㅁ+

"너 그… 그거… 언제 알았어?? 나만 그만두게 한 거야? 응?? 그런 거야??"

"^_^ 아니. 나도 그만뒀어. 우리 약혼식하고 바로 캐나다로 유학가래. ^^"

유… 학??

하하하하 _

하하하하하킥 _

누구 맘대로?? 진짜 누구 맘대로?? 정말 웃기네, 하핫 _

내 인생이야. 내 인생인데 왜 자기들 맘대로야?? 왜!!

우리 엄마 아빠의 제멋대로 사고방식에 진절머리가 난다.

어릴 때부터 정신 없이 자기들끼리 살기에만 급급했던 사람들, 내 어릴 적 기억이라곤 항상 엄마 아빤 여행을 가버리고 집안에 어린 오빠들과 나만 있었다.

이제 정말이지 참을 수 없어. 눈물이 난다.

뚝 뚝 _

"메주, 너… 울어??"

"흡… 흑… 흑흑."

"시은이, 시은아 울어? 응? 왜 울어."

빈이, 민이 차례로 내게 우냐고 그런다.

지금 내 눈에서 흐르는 게 눈물인가?? 내가 지금 우는 건가??

"메주, 너 나와."

"응?"

"나오라고!!"

힘든데 _ 말하고싶은 힘조차 없는데 _

그런데 안 따라나가면 죽을 것 같다.

정신 없이 따라나오긴 나왔는데 새끼 말도 없이 어디론가 계속 가기만 하는구나. -_-^

"어디 가는 거야."

"몰라."

쳇 _

니가 그렇지 뭐. 하여튼 너는 내가 우는 그 상황에서도 날 가지고 장난치고 싶냐??

그래도 계속해서 쫄랑쫄랑 빈이 놈의 뒤를 따라가는 나. -_-;

햇빛이 참으로 눈부시구나. =_=

한참을 가더니 도착한 곳은 사흘 전에 민이랑 왔던 외관은 허름하고 안은 졸라 고급이며 주인언니 딥따시 이쁜 그곳이다.

형제끼리 다니는 곳인가? -_-∞

"여긴 아침부터 왜. -_-;;"

빈이 놈 내 말을 그냥 씹어버리고는 혼자 먼저 들어가 버렸다.

쓰글 -_-+

아침부터 이쁘게 치장하고 있는 주인 언니 _

안 그래도 이쁜데 저 언니는 치장하고 있고 나는 울어서 눈이 땡땡 불어있고 참으로 민망스럽구나. -_-;;

한없이 초라해지는 나!!

"어?? 빈이 왔네. ^^"

"어."

"며칠 전엔 민이가 저 여자 분 데리고 왔던데 ^-^ 오늘은 빈이가 데리고 왔네? 벌써부터 형수랑 친목을 다질려고?"

"시끄러."

빈이 놈은 이 주인 언니에게마저 싸가지가 없었다.

민이와 마찬가지로 구석탱이에 자리를 잡는 빈이 녀석 _

그나저나 나 술 사 줄려고 나오라 했던 건가? -_-;;;;;

"나 술 마실 기분 아냐."

"내가 마시고 싶어. -_-^^"

그래, 내가 그래도 혹시나 했어. -_-ㅋ

제길!! 민이와 다르게 소주를 시키는 빈이 _

오올~~

안주가 나오고 술이 나오자 마자 바로 혼자 마개를 열더니 병째로 마시지 시작했다.

미 친 놈 _

그리도 술이 고팠던 게냐??

아! 맞다. 너 며칠 전에 실연 당했었지. -_-;;

그렇게 한 병을 모두 병째 원샷 때리고 난 빈이는 얼굴이 벌겋

다 못해 시뻘개져있었다.

　"너 괜찮아? 너 취하면 무거워서 나 못 데리고 간다."

　"메주, 너보고 그딴 거 안 시키니까 걱정마. ㅡ_ㅡ^"

　"어. ㅡ.,ㅡ"

　"한 잔… 할래??"

　아우~ 무진장 갈등되는구나.

　솔직히 마시고 싶긴 마시고 싶은데 마시다 취해버려서 빈이 놈한테 땡깡 부리면 그 다음의 일이… 그래도 마셔봐??

　"(ㅡㅡ)(_)(ㅡㅡ)(_)"

　"훗~! 받아라."

　친히 내 소주잔에 술까지 따라주는 빈이 참으로 별일이구나.

　그렇게 우린 그때부터 주거니 받거니를 시작했다.

　근데 저 새끼 술 좆나 쎄다. ㅡ_ㅡ^

　덴장할 _

　나는 벌써 헤롱거리는데 먼저 소주를 병째 원샷하고 마셨건만 멀쩡하다.

　"야야, 너능… 히히히. 〉_〈 왜 글케 애가 싸가지가 없냐?"

　"ㅡ_ㅡ+++"

　표정이 일그러지는 게 보였지만 그래도 나는 일단 취했다 이거야!! 뒷일은 나중에 생각할거야. 〉_〈ㅋ

　"너 근데 왜 실연 당했어?"

　"뭐? ㅡ_ㅡ"

"너 어제 실연 당해서 술 많이 마시고 헛소리했잖아."

"참내~ 하여튼 꼭 지 같은 생각만 하긴….."

ㅡ.,ㅡ;;

분명 실연당한 것 같았는데… 분명 잠꼬대하는 게 실연당한 것처럼 보였는데 _

"에이 ~ 짜식 쪽팔려하긴 _ 괜찮아, 괜찮아. 뭐 어때."

난 술의 기운을 받아 미칠 대로 미쳐서는 빈이 놈에게 있는 말, 없는 말, 어릴 적 맺혀있던 한까지 모두 뱉어내며 말했다.

"너너너 생각나? 너 우리 어릴 때 씨잉 ㅠ_ㅠ 놀이터에서 뱅뱅이 타는데 니가 밀어서 나 그때 넘어져서 코 깨졌었어!! 근데 너 모른 척 했었지? 나쁜 놈 _ 너 진짜 어릴 때부터 재수 만땅이었어."

"내가… 언제? ‐_‐"

"얘가 또 이제 와서 발뺌이네. 우리 초등학교 입학식 전날이야. 내가 똑똑히 기억한단 말야."

"‐_‐ 그런 기억 없어."

씹탱 ‐_‐ㅋ

빈이 놈의 기억 안 난단 말에 더욱더 화가 나서 나도 빈이 놈처럼 소주 한 병을 통째로 잡고 고대로 입에 털어 넣기 시작했다.

알딸딸~~ 정도가 아니네.

히히히히… 기분 좋다. *)_(*

속이 미식미식 거리는 게 거슬리긴 하지만 그래도 기분 너무 좋

아. ^O^

앗 _ 갑자기 슬퍼진다. 뭐? 약혼하는 것도 모자라서 학교까지 그만두고 신부수업? 그리고는 유학?

다 죽었어! ㅇㅁㅇ

"야!! 이빈 너는 말이 된다고 생각하냐? 18살에 약혼하는 것도 모자라서 아주 이제는 유학까지 가래? 푸하하하하하 _ 나도 갈 거야. 근데 누가 지금 가고싶대?? 씨잉. ㅜ_ㅜ"

"너… 영어 딸려서 그러지??"

ㅡ.,ㅡ

쓰글놈 _ 너무 정확하잖아. =_=;;

"너는 위로는 못해줄 망정…."

"큭큭 어떻게 위로해줄까?"

"됐어 됐어. -_-ㅋ 내가 너한테 위로 받느니 차라리… 민…."

"큭 왜? 민이한테 부탁해 볼려고? 가지 말자고?"

너 내 머리 속을 읽고 있니??

"-_-;; 몰… 몰라!!"

"메주, 솔직히… 민이 좋냐??"

엇 +_+ 나단이랑 같은 질문이닷. 글쎄… 민이가 좋냐고. 또다시 헷갈리기 시작한다.

지금 보니 빈이 놈도 꽤 멋있고 나단이도 좀 괜찮고… 민이는 원래 멋있었고…. -_-;;

갈등 갈등 갈등

"확실히 해. 그런 너 하나 때문에 여러 사람이 상처받아."

저 새끼 갑자기 왜 저렇게 진지하게 나오고 지랄이래??

쳇!!

"아… 아냐!! 나 민이 좋아해. ㅡ_ㅡ+++"

"진짜??"

"(ㅡㅡ)(_)(ㅡㅡ)(_)"

두 번이나 나에게 민이가 좋냐는 말로 확인한 빈이 놈 _ 갑자기 표정이 변하더니 _

"어릴 땐 나 좋다며….."

잠 온다. =_= 빈이가 좋아 어쩌고 한 것 같은데….

나는 그렇게 또 잠이 들어버렸다.

아프다. 너무 아파. 온 몸이 쇠사슬로 묶여져 꽁꽁 죄어오는 것만 같다.

살려줘. 살려줘. 엄마.

아빠, 오빠… 나… 너무 아파.

이상한 게 불빛을 내며 내게 달려와.

싫어…. 싫어!!

헉헉 _

꿈이다.

제길, 기분 더러운 꿈이군.

122

요즘 들어서 왜 이렇게 기분 더러운 꿈만 꾸는 게야. ㅇㅁㅇ^

근데 나 어제 집에 어떻게 들어온 거지? -_-

빈이 녀석이 어쩌고 저쩌고 씨부리는 거 듣다가 잠이 든 거 같긴 한데.

"아우 씨발 메주 이제 일어났냐?"

"아침부터 욕질 해대고 싶니?"

"-_-+ 씹팔 내가 너 업고 온다고 얼마나 고생한 줄 알아? 돼지새끼 얼마나 처먹었는지 무겁기는 졸라 무거워요."

나 먹는데 뭘 보태줬다고. -0- 그리고 나도 너 그렇게 델꼬 온다고 고생했었다고. ㅠ0ㅠ

"나도 며칠 전에 너처럼 고생했었어. ㅠ0ㅠ"

123

"-_-+ 넌 대문 앞에서 끌고 들어온 거잖아."

할말 없어졌다.

"야, 근데 나야 신부수업이란 거 덕분에 학교를 안 간다 치지만 넌 왜 안 가냐?"

"나도 자퇴처리 됐어."

이게 무슨 소리래??

"니가 왜??"

"나도 따라가래 씨발…."

임마 내가 씨발이다. -0- 어찌하여 저놈과 캐나다마저 다시 같이 가야하는 거야. ㅠ0ㅠ 이건 따져야만 해!!

"야, 우리 엄마 들어왔어? -_-+"

"오늘아침에 보이시긴 하드라."

"알었어."

쿵쾅거리며 1층으로 내려갔다.

"딸아 -_- 계단 부셔지겠다."

아부지-_-;; 당신 우리 아부지 맞나요??

"아빠!! -0-"

"아빠 귀 안 먹었어. -_-^"

"어떻게 딸한테 그런 말을 할 수가 있어. 그리고 뭐? 유학?? 약혼도 모자라서 유학까지?? 앙!! 아빠가 제정신이야? -0-"

"어."

됐어. 차라리 내가 말을 말아야지.

"엄마 어딨어?"

"아까 주희 아줌마랑 주방에 있던데…. 지금…."

"알았어. -_-^"

난 아빠의 말을 무참히 잘라먹고는 주방으로 향해 돌진했다.

으흐흐흐 울 아줌씨 주희 아줌마는 어디로 가버렸는지 없고 혼자시구만. 딱 걸렸어. -_-^

"후훗~! ^-^ 아줌마 우리 꽤 오랜만이다 그지?"

"따… 딸. -_-;;"

"뭐?? ^_^ 유학?? 나 유학 가나봐?? 학교도 자퇴처리 됐다구? ^_^"

"그… 그게…. -0-"

"-_-+ 딱 걸렸어. 엄마가 지금 제정신이야. 앙? 언제부터 날 그렇게 챙겼다고 난리야. 매일 아빠랑 아직도 신혼단꿈에 젖어 여행이나 뽈뽈거리고 싸돌아다녔지 언제부터 날 챙겼다고 뜬금없이 신부수업에 맘대로 자퇴에 유학까지 결정해!!"

"_._-;; 딸아 숨은 쉬고 말하렴."

"-_-^ 지금 장난이 나와?"

"휴=3… 시은아, 우리 얘기 좀 할까??"

_ _ ∞ 저 아줌탱구가 갑자기 왜 이래.

"왜… 왜 그래."

"거기 앉어. ^^"

"뭐… 뭐야. -_-;; 나 설득 따위 할 생각이면 집어치워."

"그런 거 아냐. 정말 민이가 너무너무 싫은 거야? ^-^"

_ _ ∞ 아~ 난감한 질문!!

도대체 이 질문을 나에게 물어보는 사람은 왜 이렇게 많은 거야.

"모… 몰랏!!"

"만약… 말야. 진짜… 만약에 민이가 정말 도저히 싫다면… 그렇다면 빈이로 바꿔줄까? o_o"

"엄마!! -0-"

"-_-∞ 미안."

"-_-^ 어쨌든 나 약혼도 안하고 캐나다도 안 가."

"이미 학교 자퇴처리 돼서 캐나다 안 가도 학교 못 다니는데?"

"−_−^ 복학 있잖아."

"자퇴라서 일 년 뒤에나 복학이 될걸?"

ㅠ0ㅠ

"−_−^ 그럼 됐고 그리고 빈이 놈은 또 왜 같이 가는 거야?"

"니네 둘이만 가면 쓸쓸하잖아. ^_^"

"−_−+ 그럼 혁이 오빠랑 가면 되잖아."

"혁이는 남는 게 더 좋대. >_<"

"빈이도 가기 싫댔어. −_−ㅋ"

"−_−;;"

"아아아아아아악 엄마 진짜 너무너무 싫어. 왜 이렇게 다들 대책 없이 사는 거야."

"지… 진정하렴. ㅠ_ㅠ"

"안 그래도 요새 자꾸 이상한 꿈만 꾸고 그래서 짜증스러워 죽겠는데 왜들 그러는 거야."

쨍그랑~

뭐… 뭐야.

"왜 갑자기 접시는 깨고 그래. 화… 났어? 소리 지른 거 잘못했어. ┬_┬"

"아… 아니 꿈꾼… 나고??"

"응."

쿵 쾅 쿵 쾅

"은서야, 왜 그래!!"
언제 왔는지 울 아빠 금세 달려와 있더군.
"아니… 그냥 접시를 깼어."
"손… 괜찮아?? 너 얼굴이 왜 그래??"
"아냐. ^^ 나… 좀 나 좀 부축해 줘."
"어."
접시 깨더니 갑자기 울 엄마 약한 척하고는 아빠 품에 안겨서
횡하니 방구석으로 들어가 버렸다.
분명히 수작이야. -0-

분명히 수작이야. -0-
"어딜 가? ㅠ0ㅠ 나랑 이야기 끝내야지."
그나마 나의 간절한 외침을 어딘가에 있던 지운이 아저씨가 들
었는지 _
"시은아, 왜 그러니? -ㅇ-"
"엄마가 도망갔어요. ㅠ0ㅠ"
"_.─;; 무… 슨 말이니??"
"맘대로 자퇴처리하고 유학처리 한 거에 대해 이야기하고 있는
중에 내가 요즘 이상한 꿈을 꾼다는 이야기를 하자 엄마가 갑자기
접시를 깨서 아빠가 붙잡고 들어갔어요. ㅠ0ㅠ 엉엉."
"……."
얼레?? ㅇ_ㅇ 갑자기 침울해진 아저씨 _

127

"아… 저씨?"

"그래, 엄마가 예전부터 접시 잘 깼어. 지금 아저씨 피곤해서 좀 쉬어야겠다. 우리 시은이 이야기 못 들어줘서 미안해."

아저씨마저 그렇게 나를 버리고 들어가 버렸다.

이게 도대체 무슨 일이야. ㅠ0ㅠ

짜증나. ㅡ_ㅡ+ 다들 왜 피해 버리는 거야. 정말 너무너무 미워. ㅡ0ㅡ

그나저나 며칠째 선전포고라도 하듯 나타났다가 사라진 나단이 녀석이 보이질 않는다. 니놈이 그럼 그렇지.

열받는데 성연이 찾아가서 술이나 마실까?? 그동안 있었던 이야기도 하고 어쩌면 진짜로 캐나다 가야할지도 모르는데 우리 둘의 우정을…. 아니야. 그년은 잘됐다며 박수칠 년이야.

그냥 민이를 설득시키는 방법 쪽으로 택해야겠어. ㅡ0ㅡ

그리하여 난 민이를 설득시키기 위해 다시 2층으로 향했다.

긴장하고 민이 방 문을 열었는데 _

민이는 간 곳 없고 민이의 흔적(<-여러 가지 널려있는 옷들) 들로만 가득했다. =_=;;

그나저나 생각해보니 이사 당일 이후 처음으로 민이 방에 들어와 보는군.

빈이 방에는 많이 들어가 봤는데 내가 어쩌느라고 민이 방엔 그 날 이후 치음 들이와 보는 거지??

참으로 의외로 민이 방은 약간 지저분하구나. =_=

빈이 놈 방은 너무 깔끔해서 탈인데···. -ㅇ- 하여튼 알 수 없
는 쌍둥이 놈들이라니까~

랄랄라~♬

민이도 없고 이제 나는 뭘 하나.

현이 오빠 방에 놀러가야지. >0<

오빠도 있을지 없을지 모르지만 무조건 방으로 향했다.

아얏!!

"씨발 뭐야. -_-^"

어디서 많이 들어본 대사구나.

"임마 -_-^ 지나가다 부딪칠 수도 있는 거지 넌 씨발밖에 할
줄 모르냐? 나 좀 일으켜봐."

날 매우나 황당하게 쳐다보던 빈이 놈은 웬일인지 날 향해 손을
내밀었다.

잠시 당황한 난 주춤하다가 이게 웬 떡이냐 싶어 덥썩 잡고 일
어나긴 했는데 _

"쳇~! 따진다고 흥분해서 내려간 기집애가 무슨 일이 생겨서
랄랄라 거리며 정신없이 다녀? -_-"

"몰라. -_- 엄마랑 아빠, 아저씨 전부 갑자기 아픈 척 하면서
날 피하잖아. 그래서 우울한 마음으로 올라왔는데 울 오빠랑 놀
생각하니까 기분이 갑자기 너무 좋아져서."

"브라더 컴플렉스. -_-"

"뭐?? -_-+"

"훗~! 맞잖아. 잘해봐~"

날 한껏 비웃던 빈이 놈은 그러더니 또 나가버렸다.

그럼 그렇지. -_-ㅋ 니놈이 집에 붙어있을 리가 없지.

"재섭는 자식. -_-^^"

빈이 놈을 __,.__ 오징어 마냥 팍팍 씹어주며 내 사랑 현이 오빠 방으로 향했다~♡

"오빠~〉_〈"

"……"

역시 오빠는 내가 살짝 걱정했던 만큼 없었다. 이로써 나는 왕따가 되어버린 건가? (작가 주:지금 현이는 학교에 있을 시간입니다. =_= 결국 -_-;; 시은이는 엄마 닮아 닭대가리란 거죠)

아~~ 심심하고 할 일도 없고… 참 아까 민이 방에서 앨범을 봤는데 그거나 볼까?

다시 민이 방으로 향해 아까 얼핏 봤던 앨범을 꺼냈다.

예상대로 너무너무 귀여운 민이의 어릴 적 시절의 모습이 가득하구나. ㅠㅠ

한 장, 두 장 넘어가고 _

얼레?? o_o 여기 이 여자 나 아냐? 내가 언제 민이랑 어릴 적에 사진을 찍었었지? -_-∞

그나저나 나는 어릴 때나 지금이나 미모는 여전하구나. ^o^

미안 -_-;;; 잘못했어. ㅋㅋ 그래도 어릴 적 사진 보니까 너무 너무 새롭구나.

어릴 때부터 민이는 착했으니까 나랑 친했던 거야. 확실히 빈이 자식이 없는 거 보면 엄마가 억지로 시켜서 찍은 사진은 아닌 듯 보이니까. ^_^

자세히 보려고 꺼냈던 사진을 다시 넣으려고 하는데 열어둔 창문으로 바람이 불더니 사진이 문 앞으로 날아가 버렸다. -_-^

방문까지 엉금엉금 기어간 나 _ 방바닥에 딱 달라 붙어있는 사진 _

손톱을 열심히 사용해 잡아 쥐었는데 뒷면이 검은 볼펜으로

"빈이랑~ 시은이랑. ^^"

이렇게 적혀져 있다.

황당하기 그지 없어라. -_-;;

눈을 비비고 다시금 확인했다. 하지만 여전히 변함 없이 검은 볼펜으로 써져있는 빈이랑 시은이랑 _

이럴 리가 없는데 ㅜ0ㅜ 내가 빈이 놈이랑 사진을 찍는다는 건 정말 말도 안 돼!!

혹시나 그래도 엄마나 아줌마가 협박해서 찍었나 싶어 다시 확인했지만 여전히 민이랑 찍었다고 생각했을 적처럼 환하게 웃고 있는 빈이 놈이랑 나. ㅠ_ㅠ

이런 말도 안 되는 일이… 대체 어찌된 게야. ㅜ0ㅜ

그리고 나랑 빈이가 사진을 찍은 게 확실하다고 해도 왜 사진이

민이 앨범에 있지?

　요즘 이상한 꿈에 되는 일은 하나도 없고 알 수 없는 일은 계속 생기고_

　일단 이 사진의 정체부터 알아내야겠어.

　빈이 놈을 찾아야해. 전화해 볼까?

　그러고보니 그때 민이 일 외에는 아직 한번도 빈이 핸폰으론 전화해 본 적이 없구나.

　약간 망설여지는데 그래도 사진의 정체가 너무 궁금해서 못 참겠어.

　결국 난 빈이 놈에게 처음으로 전화라는 것을 하게 되었다.

뚜르르르르르르르 뚜르르르르르르르 뚜르르르르르르

"뭐야?"

오질나게도 늦게 받으면서 전화 받는 꼬라지하고는. -_-+

"할 말 있어서."

"뭔데? 나 바빠."

개늠의 시키 니가 바쁘긴 개뿔이 바쁘냐? -_-^

"중요한 거야."

"아씨 -_-^ 그럼 15분내로 그때 그 화원으로 와."

딸각

써글놈 -_-+ 하여튼 지 성질머리 누가 더러운 거 모를까봐 대

답도 안 듣고 끊어 버리냐. -0-

그나저나 화원? 그럼 지금 화원에 있는 건가??

분명 그 화원언니랑 뭔가 있는 게야~! 그러니까 시도때도 없이 화원에 있지.

15분 안으로 가려면 지금 당장 나서야겠네. 빨리 가야겠다. 지랄거릴 빈이 놈을 생각해서 전속력으로 화원을 향했다.

물론 한 손에는 민이 방에서 발견한 그놈과 나의 사진을 손에 쥐고. -0-

"헥헥… 뛰어왔더니 힘들어 죽겠네!!"

화원 앞에 도착하자마자 부리나케 온실 안으로 들어갔다.

역시 이 화원은 언제 와도 이쁘구나. 주인이 이뻐서 그런가?

젠장. ㅠ_ㅠ 그 주인 언니가 화원 안에 있을 땐 꽃들과 함께 빛나던데 나랑 있으니 꽃들만 더욱 빛나는 것 같은 더러운 느낌이다.

"메주, 너 빨리 안 뛰어와."

하여튼 저 새끼 안 그래도 침울하건만 꼭 저 지랄을 떨어요.

"-_-ㅋ 지가 뭐 그리 바쁘다고…. 쳇!"

"죽을래? -_-^ 무슨 일이야!!"

"이거."

난 다짜고짜 빈이 놈 앞에 그놈과 나의 사진을 내밀었다.

"뭐 어쩌라고."

"이게 대체 어떻게 된 거냐고!!"

"아 글쎄 뭐가. ㅡ_ㅡ+"

"어째서 너랑 나랑 이렇게 다정히 웃고 찍은 사진이 있는 거냐고!! 것도 뒤에는 빈이랑 시은이랑~ 이딴 글과 함께. ㅡ_ㅡㅋ"

"이딴 글? ㅡ_ㅡ++"

"아니 어쨌든 이상하잖아."

빈이 놈 다다다닥 쏘아대는 날 한참이나 물끄러미 보더니 처음으로 아주 슬픈 듯이 _

"너… 진짜 계속 이러기냐??"

얘가 진짜 왜 이러는 거야. 내가 고작 사진 가지고 너무 쏘아붙인 건가?

ㅡ.,ㅡ;;

아냐, 이 악마 놈이 그딴 거 가지고 이럴 리가 없는데….

"뭐… 뭐가. ㅡ_ㅡ;;"

"정말… 모르는 거야 아님 모른 척 하는 거야?"

"뭘 말이야. 몰라 진짜. ㅡㅇㅡ"

"설마…."

"응?? ㅇ_ㅇ"

"너 설마 혹시…."

"ㅡ_ㅡ∞ 뭘 설마 혹시?"

"아… 아냐. 됐어."

"되긴 뭐가 돼. 난 안 됐어. 이 사진 언제 찍은 건지 말해봐."

"됐다니까!!"

새끼 됐음 됐지 왜 소린 지르고 난리야!!

순간 쫄은 나는 ㅡ.ㅡ;;

"알았어, 임마. ㅡㅇㅡ"

하곤 더 있음 무슨 일을 당할 것 같아서 뒤돌아 졸나게 뛰었다.

얼른 집으로 가야지.

앗!! 사진!! 화원에 두고 와버렸다.

에이씨!! 이렇게 뛰었는데 다시 돌아가기 민망하잖아!! 엉엉 ㅡ

그래도 안 들고 가면 민이한테 말없이 앨범 본 거 들킬텐데….

ㅠㅇㅠ

결국 그 자리에 서서 다시 전화버튼을 꾹꾹 누른 나 ㅡ

"ㅡ_ㅡ^ 쌍 너 누가 뛰래!!"

"모… 몰라. 어쨌든 사진… 좀 가지고 와."

"ㅡ_ㅡ^ 웃기고 있네. 사진 찾고 싶으면 있다 한 시간 뒤에 올리브로 와."

딸각

역시나 지 맘대로 끊어버린 전화. ㅡ_ㅡ^

쳇!! 쪼잖한 놈 그냥 주면 될 것이지 또 오라가라 하긴. ㅡㅡ+++

그나저나 올리브?? 올리브라면 전에 갔던 그 술집인가?? ㅡㅡ

에휴 =3 내 팔자야.

한 시간을 때우기 위해 난 성연이 미용실 가서 메니큐어도 색상별로 한 번씩 발라줬다가 지웠다가 하며 시간을 때웠다.

"야이년아!!! 그거 손님용이야."

"나도 손님이잖아. ㅡ_ㅡ^"

"니가 빈대지 손님이냐. ㅡ0ㅡ"

"ㅡ..ㅡ 치사한 지지배."

"뭐? ㅡ_ㅡ++"

"아… 니 손님 머리 타겠다. ^ㅡ^; 어서 펴 드리렴. 난 갈 곳이 있어서 가야겠다, 안녕."

"얼른 가버려. ㅡ0ㅡ"

어차피 시간은 다 되었다만 그래도 쫓겨난 것처럼 나온 건 기분 드럽네. 어쨌든 한 시간 지났으니 어서 사진 받으러 올리브로 가보자꾸나. ^0^

헉헉대며 그 허름한 외관인 술집 _

일명 빈이가 말한 대로 올리브로 뛰어갔다. 두 번이나 왔는데도 못 봤는데 오늘 자세히 보니 올리브란 간판이 있었구나. ㅡ0ㅡ

어서 들어가서 사진 받고 나와버려야지.

오직 내 임무는 사진을 돌려 받는 일이란 생각에 얼른 뛰어들어 갔다.

"어이~ 메주, 여기야."

항상 ㅗ넣늦 맨 구석탱이에 앉아있는 빈이 녀석 _

지가 무슨 어둠의 자식인줄 안다니까!!

"너 진짜 맨 날 메주메주 할래?"

"새삼스레 왜 사진 받기 싫은가 보지?"

이런 쓰글놈. -_-++++

"제길 알았어. 얼른 사진이나 내놔!!"

"급하긴~ 일단 술부터 한 잔 하고."

"임마, 그러다 너 또 취해버리면 어쩌려고?"

"그런 일 없으니까 안심해."

안심은 개뿔이다 이눔아!!

결국 빈이 놈은 술을 시켰다. 웬일인지 양주를 시키는 녀석 _

"너 양주 안 마셨잖아. -_-"

"내 맘이야. -_-^"

137

지 맘이라며 양주를 벌컥벌컥 내 잔에 들어붓는 빈이 놈 _

내가 무슨 콘크리트로 만들어진 철인인줄 아니? 얼음도 하나
안 넣어주고 이렇게 많은 양을 어떻게 마시란 거야.

"야, 많아."

"ㅡ_ㅡ"

"그래그래 니 맘대로 해."

내 잔에도 술을 채우고 지눔의 잔에도 채운 빈이 녀석은 저 혼
자 두 개의 잔을 다 손에 부여잡고 쨍그랑~! 하더니 _

"원샷!!"

을 외치며 나에게 잔을 건넸다.

진짜 원샷 해야하나??

"안 마셔?"

"마셔."

빈이 놈 눈치를 슬슬 보면서 살짝 한 방울 입안으로 털어 넣었다.

윽!! 졸라 쓰다.

"시은아."

지금 내가 뭔 소릴 들은 거야?? 지금 이놈이 내 이름을 부른 거야?

우찌 이런 일이. 내일은 분명 해가 서쪽에서 뜰거여.

"너 말야, 지금부터 내가 하는 말 잘 들어."

"사진이나 내놔, 임마."

"-_-+"

"알썽."

"너… 기억 안 나??"

뭘 기억이 안 나.

"뭐가?? -_-"

"너… 다쳤던 거…."

쟤가 지금 뭐래는 거야. 나 같은 무쇠철인 보고 다쳤다니!! 벌써 취해버린 게야. ^o^ 뽀하하하하 _

"너 미쳤어? 뭔 사고."

"그래. 이거… 였구나. ^-^"

진짜 저넘이 미쳤나. —.,—

"왜 실실 쪼개고 난리야? -0-"

"좋아서…. 그리고 기뻐서.^^ 그래도 다행히 나 모른 척 한 게 아니어서…. 내가 생각한 게 아니어서…."

갈수록 알 수 없는 말만 하는 빈이 녀석 _ 근데 웬지 빈이의 말 때문에 얼굴이 화끈하게 달아오른다. -/////////-

쟤가 미친 게 아니고 내가 미쳤나봐. ㅠ0ㅠ

일단!!

도대체 무슨 사고가 났고 무슨 기억이 안 나는 지부터 알아봐야 겠어.

"-_-;;; 너답지 않게 이상한 소리말고 빨리 말해봐. 그 사고란 게 뭐야? 응?? 너 그거에 대해 얘기하고 싶어서 부른 거 맞지? 사진평계 삼아 괜히 그러는 거 맞잖아. 빨리 말해."(↑이럴 때만 머리가 잘 돌아가는…. =_=)

한참을 가만히 있던 빈이 놈은 낯간지러울 정도로 계속해서 내 눈을 바라보더니 입을 열었다.

"우리가 8살 때… 그러니까 캐나다로 떠나기 전에…."

우리 -_-? 우리란 누구누구를 말하는 거지? 빈이 놈이랑 나??

"그 날 메주 너랑 나랑 민이는 어김없이 놀이터에서 놀고 있었어. 근데 갑자기 민이 녀석이 아이스크림이 먹고 싶다며 슈퍼로 향하더군. 슈퍼에 가려면 항상 큰 도로를 건너야 하는데 말야. 물론 그 때문에 어른들은 절대 우리끼린 못 가게 했지만 민이 놈은 그런 거 따윈 신경도 쓰지 않았어. 그렇게 민이는 슈퍼로 향하고 너도 뒤따라가고 나도 따라 갔어. 그런데… 그런데… 결국 우려했던…."

"아아아악!! 그만! 헉헉… 잠시만. 그만. 그… 흑."

"왜 그래?? 응?? 메주 너 갑자기 왜 그래? 괜찮아??"

머리가 아파. 깨질듯이 너무 아파. 근데 근데… 가슴이 더 아파. 흑… 터질 것처럼 답답해. 너무 아파서 눈물만 나. 흐흑….

"김시은, 괜찮아??"

"몰… 라. 흑. 모르겠어. 그냥 니 얘기 들으니까 그러니까 아악… 생각하기 싫어!! 소름끼쳐. 무서워. 그냥 무서워서… 흑, 어떡해."

발악이었다. 내 마지막 발악 _

도대체 내가 왜 이러는 걸까. 왜 이러는 거야. 흑흑 _

"정말 괜찮아?? 일단 집으로 갈까?"

"아냐! 그… 래서?? 그래서 어떻게 됐어??"

"… 횡단보도를 건너는데 차가… 차가 민이한테…."

아!! 생각이 난다. 이제 모든 게 생각이 나. 왜 난 여지껏 기억을 못한 걸까.

왜, 왜!!

그래 그 날도 어김없이 싸가지 없고 부모님들 말은 지지리도 안 듣던 민이, 착한 편은 아니었지만 그래도 나랑 사이 좋았던 빈이, 아니 정확히 말하면 내가 좋아했던 빈이 _

그리고 독자들은 인정할 수 없겠지만 빈이도 날 좋아했었다. ㅋ

ㅋ. ─_─^

"시은아 ^0^ 우리 크면 꼭~ 결혼하자."

"응. (^)(_)(^) 어?? 근데 민이가 어디 가는 거지?? 민아 너 어디가? ─0─"

"상관마. ─_─^^"

"─_ㅠ"

"야!! 이민 너 시은이한테 왜 그래!!"

"시끄러. 누가 형이 하는 말에 대꾸하랬어."

"웃기지마. 니가 무슨 형이야."

"됐어. 난 아스큐림 사먹으러 갈테니까 니들은 여기 있든지 말든지 맘대로 해."

"안 돼, 민아. 거기 가지 말랬어. 빈아, 민이 빨리 잡어."

"냅둬. 지가 알아서 하게."

"히잉~ ㅠ_ㅠ 안 돼!! 엄마, 아빠 알면 우리도 혼나."

"젠장 ─_─^ 따라가자."

그렇게 우리는 민이를 뒤따라 슈퍼가 있는 큰길가로 향했다.

빨간불 _

파란불이다.

선생님이 가르쳐 주신대로 분명 우린 손을 들고 걸었는데 그런데… 파란색 트럭이 민이를 향해 점점 다가왔다.

"안 돼, 민아!!"

난 힘껏 민이를 밀쳐냈다. 그리고 난… 난 넘어져 버렸다. 어떡해야 하지??

무서워. 흑 _

엄마, 아빠 나 무서워.

"시은아!!"

퍼

ㄱ

멀쩡하다. 분명 파란 무서운 트럭이 나에게 다가왔는데 아프지 않아. 그냥 무릎에서 피만 난다. 아닌데… 선생님이 차에 뺑~ 하고 치이면 많이 아프다고 했는데… 그랬는데….

사람들이 몰려있고 파란트럭은 멈춰 서있다.

가봐야지. 피가 나는 무릎을 부여쥐고 멈춰선 파란트럭 앞으로 갔을 때 그땐 내가 엄마, 아빠보다 오빠들보다 좋아하는, 날 제일 이뻐하는 우리 삼촌이… 시훈이 삼촌이 피범벅이 된 채 누워 있었다.

"우아아아아아아앙 삼촌, 왜 그래. 흑… 삼촌, 왜 여기서 누워있어. 흑흑… 엉엉… 삼촌, 피 많이 나. 왜 그래."

"시… 시…."

"엉엉… 삼촌 빨랑 일어나."

"미… 안해. 우리 시은이… 한테 마… 니 미안. 삼촌… 잊으면… 안 돼. 알… 지?? 우리… 시은이 삼… 촌이 마… 니 사…."

내 앞에서 피를 많이 흘리던 삼촌은 그렇게 눈을 감아버렸다. 시끄러운 앰블런스 소리에도 아랑곳 않고 삼촌을 외쳐 불러봐도,

울면서 빨리 시은이 아이스크림 하나만 사달라고 졸라봐도 절
대… 절대 움직이지 않았다.

그리고 내 기억은 삭제되어 버렸다.

은서&주희&나수&지운 이야기

덜덜덜덜덜덜

"오빠… 어쩌지?? 설마 시은이가 기억이 되돌아오는 건 아니겠
지??"

"휴=3… 아닐 거야."

"응, 그런데 나 왜 이렇게 불안해?? 흑… 나 흑… 왜."

"다윗한테 연락하자."

"안 돼!!"

"왜?"

"그러다… 그러다 진짜 기억이 돌아오면 어떡해?"

"아닐 수도 있잖아. 그리고 이제 벗어날 때도 됐잖아."

"어떻게 벗어나. 다 내 잘못이야. 흑… 내가 너무 어렸어. 시은
이가 8살 때 난 고작 서른이었고 시은이보다 내 생각만 했어. 그
래서… 그래서 애들은 내팽개쳐둔 채… 흑흑… 아직도 선명해. 내
눈을 보던 공허한 그 애 눈. 그 앤 나보다 더 심하게 세상을 잃은
듯 했어. 흑… 한 달을 말없이 저주 어린 눈빛으로 날 바라봤다
고!! 무서워…. 그 애가 다시 날 그런 눈빛으로 보게 될까봐 너무
무서워."

쨍그랑

결국 내 울음 섞인 발악을 듣던 나수 놈은 유리창을 깨버렸다.
(세월이 흘러도 여전히 드러운 성격. ㅡ.,ㅡ)
"제길!!"
"오빠, 왜 그래. 손에서 피가 나잖아."

벌컥!!

"무슨 일이야!!"
어느샌가 유리 깨지는 소리를 듣고 지운이와 주희가 와 있었다.
우리 방의 상태를 보고 놀라는 주희, 대충 알겠다는 듯한 지운이 _

"시은이… 때문이지??"

끄덕

"지운아, 이제 어쩌지?? 나 너무 무서워. 흑….."
"빨리 약혼식 서두르자."
"몰라, 모르겠어. 첨엔 시은이를 위해서 유학을 보낼려고 서둘렀는데 지금에 와선 단지 그때 사고 때문에 이런 것만 같애. 흑….."

"야이 지지배야, 울지마!! 니가 운다고 뭐가 달라져?? 정신 차리란 말야!! 언제부터 이렇게 약해진 거야."

"이 지지배야, 니 자식이 너를 그런 눈을 본다고 생각해봐!!"

"너 우리 아들들 성격 알면서 말하는 거니 모르면서 말하는 거니?? 한 놈은 어릴 적에 지지리도 싹수 노랗더니 갑자기 변해서는 알 수 없는 짓만 하고 다니고, 그나마 착하다 싶던 놈은 어릴 적 그러던 놈보다 더 심하게 하고 있어."

"우리 시은이 얘기랑 질이 다른 거잖아."

"미안, 그래도 정상적인 아들 둘이 있잖아. ㅇㅁㅇ"

"니 눈엔 걔들이 정상적으로 보이니?"

"(--)(--)(--)(--)"

"___+"

"그래도 집에선 착한 아들이잖아. 감사해야지. 시은이는 기억 잃은 대신 지금 잘 있잖아. 행여 다시 기억이 돌아온다 해도… 그래서 그때처럼 그런 현상을 보인다해도 이겨내야지. 피해다닐 순 없잖아."

"흐흑… 주희야…."

"왜 울어, 이년아. 흑… 나까지 눈물나잖아."

"너 진짜… 진짜… 내가 제일 사랑해. 니가 내 친구란 게 너무 행복해. ㅠㅇㅠ"

"나도. ㅠㅇㅠ"

그런 우리를 바라보는 지운이와 나수의 표정은 정말 엿 같았지만 _.._;; 우린 그래도 그렇게 부둥켜안고 울었다.

　지난 날 부모님 속썩였던 우리를 원망하며 _

　그리고 서로에게 모르게 마음속엔 걱정과 두려움을 가득 안고서 _

　쉴새없이 눈에서 눈물이 흐른다. 어떻게 해야하는 건지, 아니 지금 내가 뭘 해야하는지 조차 아무것도 생각나지 않는다.

　다만 요즘 계속해서 꾸던 그 꿈. 꿈에서 자주 보이던 사람 _

　온통 몸 주위에 슬픈 빛이 감돌던 사람 _

　나 편해지자고 잊어버렸던 우리 삼촌 _

　그런데 어째서 엄마, 아빠는 이 사실을 숨겼던 걸까. 끊임없이 우는 나를 말없이 계속해서 보기만 하던 빈이 놈은 내 옆에 사진을 살짝 올려둔 채 일어섰다.

　"혼자 있고 싶음 있어. 먼저 갈게."

　바보녀석 _

　내가 언제 혼자 있고 싶다고 했나?? 솔직히 혼자 있음 그동안 쌓였던 내 한을 풀어줄 사람도 없는데 그건 _-_^ 싫다.

　빈이 놈이라도 잡아서 화풀이를 해야지.

　근데 목이 메여서 목소리가 나오질 않는구나.

　"흐흑… 어버버 갖 흑…." (해석:가지마. _-_)

　"뭐라는 거야."

　할 수 없이 빈이 놈의 옷자락을 붙잡았다.

제길 -_-^ 이러니까 실연 당해서 붙잡는 것 같잖아.

"가지… 말라고??"

"(--)(_)(--)(_)"

"홋~! 메주, 너 지금 나 유혹하는 거지?"

하여튼 저 착각버릇은 누가 고칠꼬.

"= _="

"알았어, 알았어. 큭 일단 여기서 나가자."

그렇게 빈이 놈과 함께 가게를 빠져나왔다.

허나 갈 곳이 없는 우리 _

이제 어디로 가야하나. 그저 속 시원하게 소리 꽥꽥 질러댈 그런 곳으로 가면 좋겠건만.

혼자 어디로 가야할까 하면서 오만 가지 잡생각을 하고 있노라니 어느새 빈이 놈은 날 끌고 어딘가로 향하고 있었다.

헉헉 _

이놈은 대체 어딜 가길래 이렇게 가파른 곳으로 올라가는 거야. -0-^

산 하나를 넘듯 매우 가파른 곳을 한참이나 올라갔는데

"너무 이쁘다. ^o^"

어느새 내가 울었단 사실조차 잊어버리고 있었다. 아니, 정확히 말하자면 모든 것을 잊어버릴 만큼 그곳은 너무 이쁜 곳이었다.

어디 서울에 이런 하늘이 있다고 상상이나 하겠는가!!

그리고 멋쩍게 씨익 웃는 빈이 놈은 내 눈에 왜 이렇게 멋있게 보이는 거지??

"-//////0/////- 너 이런 데도 알았니??"

"내가 모르는 곳이 어딨어. -_-"

중증이다. -_- 하지만 내가 미쳤는지 그것조차 이쁘게 보인다.

OTTO 단지 어렸을 적 기억이 살아서 그런 게야. 그래서 그런 것일 뿐이야. ㅜ_ㅜ

높은 곳에 올라와 있어서 그런지 공기도 좋고 마음도 한결 가벼워지는 기분이다.

그런데 왜 저놈을 보면 괜시리 빨개지는 내 얼굴은 나아지질 않는 건지. -_-^

어릴 적에 내가 저놈을 많이 좋아했나 보구나. 매일매일 민이와 나의 관계를 생각할 때마다 스쳐 지나가던… 마음에 걸리던 한 사람_

그게 혹시 빈이… 였던 건 아닐까??

"야야 메주 이제 괜찮냐?"

"또또."

"왜? 이제 울보메주라 해야 맞겠는걸? 큭."

"너 죽을래??"

"^_^"

능글능글 웃기도 잘 웃지. -_-+

"웃지마, 정들어. -_-^"

"벌써 들었잖아??"

역시 병원을 데리고 가봐야겠다.

"ㅉㅉㅉ 나랑 같이 이제 병원이나 다니자."

빈이 놈 _

갑자기 당황스럽게 내 말에 반격은 안하고 또 물끄러미 내 얼굴을 쳐다본다.

"왜… 왜 그래… 애. -///0///-"

"혹시나 다시 잊어버린 건 아닌가 해서.^-^ 메주, 니가 나 또 잊어버림 어떡해. 그래서 확인했어."

거참 확인 한번 별나게도 하는구나.

근데 자꾸만 너 왜 그러니. ㅠ0ㅠ

"하하핫. -0- 그… 그래."

"야, 메주!!"

"왜. -_-+"

"보고 싶었다."

여기 계속 있다간 분명 나는 심장이 터져서 죽어버릴 지도 몰라. ㅠ0ㅠ

"-///////- 느… 느끼하게 왜 그래!!"

"무드 없는 지지배."

그래 나 무드 없다. 근데 니가 뭐 보태줬냐??

"쳇."

"너는 나한테 뭐 할말 없냐?? 아님 어릴 적엔 나 좋다더니 벌써 변심해서 이젠 민이가 정말로 좋은 거지?"

솔직히 그건 아니다. -_-;;

아니 더 솔직히 어쩜 나는 기억을 잃은 그 동안에도 쭈욱 빈이 놈을 좋아했을지도 모른다.

"-//////- 모… 몰라!!"

아직은 때가 이르다. 크큭 울 엄마가 여자는 적당히 튕겨 줘야 한다고 했다.

"또 튕기긴…. 졸라 안 어울려."

"= =''"

"메주, 나 너 기다리는 거 너무 오래했어. 더 기다리게 할거야?"

-//////////////-

내 단언컨데 난 분명 여기서 내려가기 전에 오늘 얼굴이 달아올라서 죽거나 심장이 터져서 죽어버릴지도 모른다. ㅠ0ㅠ (아직 얼굴 달아서 죽거나 심장 터져서 죽었단 사람 본 적 없음. -_-)

대답을 하긴 해야하는데 민이의 얼굴도 보이고 나단이의 얼굴도 보이고 세상의 수많은 꽃미남들도 보이고. ㅜ_ㅜ

갈등 때리는구나!!

그래, 민이?? 솔직히 민이나 빈이나 얼굴은 똑같잖아. 성격이야 이제 점점 나아지겠지. 민이도 변했는데 이 자식이라고 설마 안 변하겠어?? 그리고 나단이 그 놈은 애초부터 친구였어. 지가 발악을 해 봤자지.

하지만 세상의 수많은 꽃미남들… ㅠ0ㅠ 이제 다시는 꿈조차

꿀 수 없는 거겠지??

하지만 결론적으로 보면 빈이 놈도 꽃미남 축에 속하지. 아니, 완전 미소년이지.

그래 뭐 한번 해보지 뭐.

잡다한 생각을 마치고 대답을 하려는데 _

"또 기다리라는 거냐??"

하여튼 성질 급한 놈 _

"야… 그게 아니고. –ㅇ–"

써글놈 _

삐졌는 지 혼자 내려 갈려고 하고 있다.

속쫍은 놈 –_–++

밴댕이도 저리 속이 좁진 않을 거다.

"아_ 씨발 사랑한다고!! 근데 넌 나 싫어?? 응??"

그래도 미련이 남은 겐지 내려가다 말고 뒤돌아서서 외친다.

솔직히 좀 멋있네. –_–;; 이쯤이면 받아줘야겠지?? ^^

열나게 그놈이 있는 쪽으로 뛰어갔다. 그리고 그 놈에게 안겼다. >_<

마지막으로 한마디도 덧붙여 주었다.

"앞으로 사랑한다 할 때 씨발 붙이면 죽어."

어느새 나의 개깡도 빈이 놈을 닮아 버렸나보다. –0–

그 일이 있은 후 빈이 놈이 변한 게 있다면 얼마나 좋겠냐 만은

여전히 그대로이다. -_-^

"야, 메주~ 밥 줘!!"

"아우!! 진짜 잠 와 죽겠는데… 니가 알아서 챙겨먹어."

"남자가 어떻게 주방에 들어가서 밥을 차려. -_-^"

아직도 저런 구시대 사고방식을 가지고 있다니 ㅡ..ㅡ 울 아빠도 주방에 가서 잘만 차려먹던데 지가 뭐라고!!

"아우씨!! 잘거란 말야."

밥 내놓으라고 소리치는 빈이 놈을 쌩깐 채 다시 이불을 뒤집어썼다.

안 그래도 어젯밤에 들어오자마자 울 엄마한테 따지느라 (뭘?? 숨겼던 거. ㅡ..ㅡ) 힘들어 죽겠건만!!

아_ 참!

따지니까 울 엄마가 뭐랬냐고?? o_o

그동안의 일을 울면서 얘기하더라고.

또 착한 거 하면 나 아니겠어?

결국 같이 부둥켜안고 울다가 =_= 잠들었어.

이제 와서 용서 그런 게 무슨 소용이야. 이미 지나가 버린 일인데….

그리고 그게 어디 엄마 잘못이었나. 어른 말씀 듣지 않았던 우리 잘못이었지.

난 다시 이렇게 삼촌을 기억하는데…. ^-^

한층 불쑥 커버린 나를 스스로 대견스러워 하며 빈이 놈이 깨버

린 잠을 다시 청하는데 _

ㅇ_ㅇ? 얼레??

순간 이불이 사라져버렸다. -0-; 이불도 순간이동을 하나 보다. _0_

놀란 금붕어 마냥 뻐끔뻐끔~ 멀뚱멀뚱~ 천장을 쳐다보기만 하고 있는데 내 얼굴 바로 위에 웬 조막만한 머리통 하나가 불쑥 나타났다.

"뭐… 뭐야. -0-;;"

"안 일어나면 그대로 덮쳐버릴 줄 알어."

"_ _ _ㅇㅇㅇㅇㅇㅇ 지금 협박이라고 하는 거니??"

"당연하지. -_-ㄱ"

그렇게 자랑스럽게 말하는 건 또 뭐냐. _..._

그런데 어째 덮친다고 해도 하나도 겁나지가 않는 거니. -_-;;

"저기… 빈아. =_="

"왜? -_-^"

"하나도 안 무서워. =_="

역시 ㅜ^ㅜ 나는 어제 이후 간땡이 부어 터진 거다.

"후훗… 정말?? ^-^"

빈이 놈 열이 받은 건지 사악한 웃음을 띄우며 점점 다가오는데 _

거참 자세 한번 야리꾸리 하구나. -0-;;;

빈이 놈의 얼굴이 내 얼굴에서 1센티미터도 채 되지 않은 곳에 닿았다. -/////////-

이렇게 가까이 오니 쪼끔 떨리는구나. -0-

그나저나 가까이서 보니 정말 잘생겼다. 으히히히히 _

므헬헬헬 〉▽〈 이놈이 나를 좋아한다 이거지?

꺄아~~ 기뻐라. 키득키득 _

"메주, 너 그렇게 헤벌쭉 웃지 마라. 정말 정 떨어진다."

뭬야!! – _–++

"쳇. – _–^ 시끄러!! 빨리 안 나와??"

"우리 메주 많이 컸어."

거참… 우리 메주 정말 듣기 거북하구나.

"아우~ 진짜!! 밥 차려줄게. 그러니까 빨리 내려와."

"진작 그러지. ^_^"

빈이 놈 그제서야 알았다는 듯 내려오려고 하는데 느낌이 누군
가 보고있단 느낌이 드는고? – _

고개를 천천히 돌려 방문 쪽으로 시선을 꽂았는데 _ 거기엔 놀
란 토깽이 눈을 하고선 나와 빈이 놈을 바라보고 있는 민이가 서
있었다.

정말 이럴 땐 한마디로 밖에 표현이 안 된다.

좆. 됐. 다. ㅠ_ㅠ

이 일을 어찌해야 좋을꼬. ㅠ0ㅠ 아직 이 집에서 우리 사이를
아는 사람은 아무도 없는데.

"야!! -0- 어떡해."

"아, 씨팔."

"대책 없이 욕만 해대지 말고."

"어우~ 몰라, 그러길래 메주 니가 진작 밥 차려줬음 됐잖아."

"야!!"

이런 써글 놈 _

저런걸 내가 믿고 어제 그 지랄을 하다니 ㅠ0ㅠ 미쳤지, 미쳤어. 잠시 그 장소에 도취돼서 그랬던 게야. 난 정말 미쳤어!!

그나저나 이제 정말 어쩌지?? 민이가 봐버렸으니….

휴 =3

혼자서 안절부절 고민하고 있는데 빈이 자식 터푸하게 일어서더니 _

156

"배고파."

란다. -0-^

진짜 나는 그때 확실히 미쳤던 게 분명하다.

빈이 놈을 힘껏 야려준 후 1층으로 내려왔다.

쇼파에 앉아서 나를 보는 민이의 눈 _

흑, ㅠ_ㅠ 민망스러워.

"저… 기 민아. ^^;;;;"

"응. ^_^"

넌 왜 웃음을 잃지 않는 거니. 그러면 내가 더 미안해지잖니. 흑흑 _

"그… 그게 말야. ^^;; 아까 그건…."

"^.^"

그저 웃기만 하는 민이에게 대놓고 빈이를 좋아한다고, 어릴 적 기억이 생각났다고 말을 할 수가 없구나. 엉엉 _

"그냥… 밥 먹자고."

"밥… 먹었어. 저기… 시은아."

"응??"

"나중에… 오후에 나랑 데이트 해줄… 래??"

데이트? 데이트. ㅡ.,ㅡ 어찌해야할꼬. ㅜ_ㅜ

어차피 얘기도 해야하니 그럼 데이트 하면서 말해야겠다. 미안 하니까 마지막으로 데이트라도 해줘야할 거 아냐. -0-;; (↑지가 매우 잘났다고 착각하고 있음. ㅡ_ㅡ)

"그… 그래. ^-^ 우리 나중에 데이트… 하자."

"응. 나중에 내가 전화할게."

민이는 그렇게 전화한단 말만 남기고 밖으로 나가버렸다.

휴 =3

그나저나 이 써글 놈은 밥 차려 달래더니 어디로 간거?

"야!! 이빈 너 어딨어? -0-"

"ㅡ_ㅡ^ 아우씨~ 귀 안 먹었어. 왜 소린 질러."

하여튼 빈이 놈은 무조건 지 중심으로 움직여요.

"밥 먹어. ㅡ_ㅡ^"

"어. ㅡ_ㅡ"

멀쩡하게 주방에 잘 있는 아줌마한테나 차려 달랠 것이지 굳이 왜 깨워 가지고 지놈의 밥을 차리게 만드는 거야. -O- 그리고 그 딴 짓만 안 했어도 민이가 보는 그런 사태는 벌어지지 않았잖아.

지가 일을 벌렸으면 책임이라도 지던가. -_-+

하여튼 _

휴 =3

난 빈이 놈의 식탁에 마지막으로 콜라까지 대령해 주고는 -_-^ 오후의 민이와의 데이트를 위해 *-_-* 방으로 올라와 샤워를 하고 부은 얼굴을 가라앉히기 시작했다.

에구구구 _

시간이 다 되어 가는데 얼굴과 눈의 붓기는 안 빠지고 정말 짜증이다. -_-+

158

민이와의 마지막 데이트를 위해 공들여서 속눈썹도 붙여주고 =_= 멋지게 아이라인도 그리고 마지막으로 써클렌즈까지 마무리했다. =_=V

내가 봐도 참… 이쁘구나. *-_-*

켁켁 _

미안 그래. -_- 그렇게 굳이 달려와서 목을 조를 필요까진 없잖아!!

준비를 끝내자 기다렸다는 듯 핸폰이 울리는구나 _

이번에 새로 바꾼 40화음. ^o^ (↑지난 일을 빌미 삼아 엄마에게 협박했음. -_-)

참으로 40화음이라 그런지 듣는 것만으로도 행복하구나. 으흐

훗 _

"민이야? ^-^"

"응. ^^ 시은아, 지금 나올래?"

"알았어. 어디로 가면 돼??"

"미안하지만 좀 멀리 와야하는데 ^^;; 여기 신촌이거든."

신촌 _

방배동에서 신촌까지 _ 그래도 마지막이잖아. 좀 멀면 어때. 민이랑 데이트인데. *-_-*

"괘… 괜찮아. 그럼 신촌으로 가서 어디로 가면 돼??"

"어. 지하철역에서 내려서 4번 출구로 나오면 풍경이란 커피숍 있어. ^^ 거기로 올래??"

"알았어. ^^"

그렇게 민이와의 전화를 끊고 신촌으로 가기 위해 집을 나섰다.

바쁘게 쿵쾅거리며 2층 계단을 뛰어내려가자 썩을 빈이 놈 하는 말. -_-^

"제발 살살 좀 다녀라. -_-ㅋ 집 무너지면 니가 공사할거냐?"

"-_-++ 밥이나 처먹지 왜 태클이야."

"뭐라고??"

핫. -0-

내가 잠시 민이와의 데이트 때문에 미쳤나보다.

"아… 아니. 나 좀 바빠서. -0-;; 안녕."

"야, 메주 너 어디가!!"

"몰라. ㄡ_ㄟ 갔다올게."

"너 그렇게 다니다가 바람 피는 거 걸리면 뒈진다."

시끄러운 빈이 놈의 목소리를 뒤로한 채 열나게 집을 뛰쳐나왔다.

바람이라. =_=

짭_

민이랑 데이트하는 것도 바람에 속하는 걸까? -_-;;; 괜시리 쪼금 찔리는구나 _

어쨌든 난 지하철을 타고 신촌으로 도착했다.

오우 _ 풍경이 보이는구나. *_* 드디어 도착한 거야. ㄡ_ㄟ

숨소리를 죽이고 살며시 커피숍 문을 열었다.

어라?? ㅇ_ㅇ

근데 어찌하여 커피숍 안에 사람이 하나도 없지?? 내가 잘못 온 건가.

에구구구 _

급하게 문을 닫고 발걸음을 옮기는데 뒤에서 누군가 나를 잡았다.

"미… 민아."

"왜 그냥 가. ^-^"

"아니, 사람이 하나도 없길래."

"당연하지. ^-^ 내가 이 커피숍 빌렸으니까."

오잉?? ㅇ_ㅇ 이게 무슨 말이야??

160

이 커피숍 전체를 빌려?? -0-;;

역시 민이는 빈이 놈보다 알 수 없는 놈이다.

"그… 그랬구나. ^-^;; 근데 뭐하려고 커피숍까지 빌렸니."

"그냥 조용히 이야기하고 싶어서. ^-^"

웬지 민이가 조용히 이야기하자니 굉장히 간이 오그라드는 느낌이구나.

"하하핫 -0- 그… 그러니?? 근데 자리가 많아서 어디 앉아야 하는지 모르겠다. ^^;;"

"여기로 앉아. ^_^"

민이는 창 밖의 풍경이 다 보이는 곳으로 나를 앉혔다.

아이고 심장 떨려라. ㅠㅠ

"시은아, 저기…."

올 게 왔구나. -0-;;

"으응. -0-"

"뭐 마실래? ^-^"

이런 된장 할. -_-^ 혼자 오버했네.

"하하핫…. 난 그냥 오렌지주스."

"그래. ^-^ 나도 같은 걸로 마셔야지."

민이가 주문하려고 알바생을 부르자 우리나이 또래의 꽃미남이 나왔다.

오옷 >_< 웬일이니.

"유한아, ^-^ 우리 오렌지주스 두 개 줘."

"알았어. ^-^"

웃으니까 더 이쁘네.

그런데 대체 어찌하여 캐나다에서 온지 얼마 되지도 않는 민이
는 이리도 아는 사람이 많단 말인가. -0-;;

"저기 ^-^;; 민아, 너 온지 얼마 되지도 않았는데 참 빈이 만큼
이나 아는 사람이 많구나. =_="

"아 ^-^;; 그거?? 시은이는 모르겠지만 한국 자주 나왔었어.
^^"

"그… 그랬니?"

"응. ^^"

아휴 -3

도저히 지금 이 모습이 어릴 때 싸가지 없던 민이의 모습과는
매치가 안되는구만. 왜 갑자기 민이는 변해버린 걸까?? 끄응 _

민이와 함께 오렌지주스도 마시고 민이 만큼이나 잘생긴 유한
이란 사람이 +.+♡ 밖에 나가서 사온 술도 마시고 정말 잼있게 놀
았다.

"저기… 시은아."

"응?? ^0^"

"잼있어?"

"그럼 _ 무쟈게 잼있어."

"떨리진… 않어??

"응?? -_- 그게 무슨 말이야??"

"빈이랑 있을 땐 떨리지?"

_V_

쌍둥이라서 그런지 참으로 같이 돗자리 펴도 되겠네.

"그게 말야, 미안. 사실은… 그래."

"근데 나랑 있을 땐 떨리지 않아??"

이제 정말 올게 왔나 부다.

휴 -3

잔인하지만 그래도 확실히 말하는 게 민이한테 상처를 덜 주는 거겠지?

"응, 미안. 나 그동안 기억 못하던 걸 기억해냈어. 그리고…"

"됐어. ^-^ 알어. 무슨 말인지."

"우웅."

"그래, 그럼… 이제 내 예전 모습도 기억해? ^-^"

"(--)(_)(--)"

"그… 렇구나. ^^ 그럼 이제 힘든 연기 안 해도 되겠구나."

그럼 여태껏 착하게 변한 게 아니고 연기??

"어릴 땐 내가 너무 나쁘게 굴어서 빈이를 좋아하는 줄 알았는데… 그게 아니었구나. 그래서 지금 내가 착하게 변해서 시은이 너에게 잘 하면 날 봐 줄 거라고 생각했는데 여전히 내가 아닌 거구나."

민이의 눈동자가 너무 슬퍼서 나까지 눈물이 날것 같다.

"미… 안."

"괜찮아. ^-^ 근데 시은아… 어쩌지?? 나 이제 예전처럼 그렇게 마냥 좋은 사람은 안 될텐데….”

"그… 그러지 마!!”

"^^'^^'"

"알 수 없게 웃지도 마."

"그럼 내 소원 한 가지만 들어줄래??”

"뭐… 뭔데??”

민이는 주머니에서 부시럭부시럭 케이스 하나를 꺼냈다.

저건 도대체 뭐고? ㅇ_ㅇ

"니꺼야. ^_^ 받아줄 거지??”

"이… 게 뭐야??”

조심스레 민이가 건넨 케이스를 열었다.

ㅠ_ㅠ 젠장 _

뭔지는 모르겠지만 파란색의 보석이다.

"이… 이게 뭐야??”

"탄생석 목걸이. ^^ 내 탄생석이 터키석이야. 내가 지켜줄려고 이렇게 마음으로라도 지켜 줄려고. 시은아… 있지. 그래도 니가 힘들 때 언제든지 기다리고 있으니까 그러니까 힘들면 내 품으로 와. ^-^ 항상 여기서 두 팔 벌리고 서있을게.”

나를 향해 활짝 웃으며 두 팔을 벌리는 제스처를 하는 민이는 많이 슬퍼 보였지만 내가 봐 왔던 그 어느 때보다 아니, 달빛에 반사되어 빛나는 터키석보다 멋있었다.

행여나 빈이 놈이 지랄을 떨면 어쩌나 하는 생각과 함께 민이와 집안으로 들어왔다.

하지만 그 놈은 집에 없었다.

써글!!

"시은아, ^-^ 오늘 잼있었다. 그럼 잘 쉬어. 그리고 우리 약혼… 그건 움~ 일단 말씀 드리지 말아줘. 내게 다 생각이 있으니까."

"응. ^^"

무슨 생각이 있는 건지는 모르겠지만 일단 민이를 한번 믿어보자꾸나!!

내 방으로 올라와 씻고 옷갈아 입고 나니 할 일이 없다. -_-a

심심해라. ㅠ^ㅠ

아! 맞아!! +.+

심심한데 빈이 놈의 메쉬 메리골드에 물이나 줄까?

빈이 놈의 방에 살짝 들어서니 분명 내가 메쉬 메리골드에 그동안 신경을 못 썼건만 나보다 더 싱싱한 듯하다.

대체 이눔이 뭐시길래 이리도 신경이 쓰이는 것일까?

조심조심 화분에 물을 주었다. 지난 번처럼 절대 딴 생각 안하고!!

조심조심히 물을 준 후 정리를 해놓고는 빈이 놈의 방을 빠져나오려는데 빈이 놈의 앨범이 보고싶어졌다. -_-ㅋ

민이도 앨범이 있는데 설마 지라고 앨범이 없겠어?

165

찾아야해. +_+ 찾아야해. +_+

꼭 -_-^ 빈이 놈의 앨범을 보고야 말겠다는 사명감과 함께 빈이 놈의 방구석을 뒤지기 시작!!

근데 이놈의 앨범을 대체 어디가 꽁꽁 숨겨됐는지 통 보일 생각을 안 하네.

앨범아 어디로 갔뉘. ㅠ0ㅠ

30여분 동안 빈이 놈 방을 찾아 헤맨 결과 겨우겨우 그놈의 보물상자인 듯한 상자에서 찾아낼 수 있었다. -0-

상자가 웬지 맘에 걸리긴 하지만 그래도 얼른 보고 제자리에 둬야지!!

166

조심스레… 약간의 불안감과 함께 앨범을 펼쳤다.

간간히 나랑 빈이 놈이랑 같이 찍은 사진이 눈에 많이 띄는구나.

그런데 전부 나는 왜 이리도 추한 게 나온 게야. 천천히 뒷장으로 넘기는데 이건 아마 일본에 있을 때 사진인가보다.

얼레?? ㅇ_ㅇ?

근데 -_-a 이게 뭐지?

사진첩에 들어가 있는 사진 한 장을 꺼내들었다. 심하게 낯익구나. -_-;

웬 여자와 함께 웃으면서 찍은 사진 _

옆에 팔짱 낀 여자가 매우나 거슬린다. 게다가 더 거슬리는 건 왜 어디서 많이 본 느낌이 드는 거냐고!!

사진을 코앞에 대놓은 채 계속해서 고민하고 있는데 대문 벨 소리가 울린다.

행여나 빈이 놈일까봐 앨범을 원상복귀 시킨 채 조금 늦장을 부리며 1층으로 뛰어내려갔다.

"누구세요~"

"시은아, 혁이 오빠야. ^^"

"어, 오빠야? ^-^ 잠시만~"

참으로 오랜만에 보는 듯한 우리 오빠 _

예전엔 항상 함께였건만 어쩌다가 우리 남매는 이리 멀어져 버린걸까. ㅠ0ㅠ

오빠가 들어왔다.

"오빠? ^-^ 열쇠 안 가지고 갔었어?"

참으로 기쁘게 물었건만 _

"나도 왔어. ^0^"

나단이 놈이다.

니놈은 또 웬일이냐.

"왔냐? -_-ㅋ 웬일이야?"

"ㅉㅉㅉ 친구한테 그게 뭐냐~?"

"-_-ㅗ"

"깨물어 주고파."

"미친… 놈. -_-ㅋ"

"하핫. ^^;; 시은아, 그럼 오빠는 들어갈게. 나중에 오빠랑 놀자."

"응. ^ ^"

혁이 오빠가 들어가고 또 거실에는 나단이 놈과 함께 단 둘이 남아버렸다. 물론 지난 번처럼 집안에 단 둘 인건 아니지만 -_-+ 그래도 웬지 이놈 요새 영~ 맘에 걸려.

"진짜 웬일이야. -_-ㅋ"

"친구한테 무슨 일이 있어야 오니? 그냥 하도 니가 안 보이길래 놀러왔지."

"-_-"

"흠흠… 며칠 뒤에 성연이가 술이나 한 잔 하자더라."

"그르냐? -_-a 근데 성연이 그 지지뺀 나한테 바로 전화하면 될 거가지고 그걸 왜 니가 전하는데?"

"-_-ㅋ 몰라. 따지는 게 많어."

새끼 찔리는 게 있나 왜 성질내고 지랄이래?

"알았어, 임마!!"

"그나저나 뭐하고 지냈어?"

"폐인생활."

"니가 그렇지. -_-"

"뭬야? -_-^"

"아… 아니, 근데 나 아이스크림 먹고싶어."

저 자식은 참말로 나의 집에 기어들어 와서는 찾는 것도 많네.

"써글 놈 _ 기다려!!"

잠시 거실 쇼파에 앉혀둔 채 난 나단이 놈에게 먹일 아이스크림을 가지러 주방으로 들어왔다.

어쩌다 내가 한낱 부엌때기로 전락해 버렸단 말인가.

냉동실에 처박혀있던 구구 크러스터를 -_-^ 꺼내 숟가락을 꺼내서 들고 나왔다.

그런데 이 아이스크림이 언제 산 거지? -_- 엄마 아빠 여행가기 전에 산 거 같은데 뭐 괜찮겠지.

암~ 괜찮을 거야.

"짜샤 ~! 먹어. -_-"

"응. ^_^"

기쁜 듯한 얼굴로 아이스크림 뚜껑을 열던 나단이 놈의 표정이 다시 바뀌어버렸다. -_-;;

"시은아, 이거 좀 이상하지 않냐?"

"뭐… 뭐가 이상해!! 먹기 싫음 말엇!!"

"아… 아냐. -_-;; 근데 좀 이상… 한데."

그래도 나단이 녀석 꿍시렁대며 결국 먹더군.

친구야, 부디 날 원망하지 말어라. -0-

나단이 놈과 함께 티비도 보고 그 놈은 지 혼자 오래된 아이스크림도 먹고 이래저래 시간을 때우고 있는데 _

아니, 사실 시간을 때우던 게 아니고 난 나단이가 가기만을 기다리고 있었다.

"아흠~ 잠 온다. 이제 갈래."

그래그래 언능 가렴. 근데 대체 왜 왔던 거니.

"배웅해 줘."

그래, 배웅쯤이야.

"문 앞 까지야."

"^o^ 옹."

얇은 잠바를 걸친 채 나단이와 함께 집밖으로 나갔다.

내가 생각해도 참으로 우리 집 정원은 크구나. ㅡ_ㅡ∞

막 대문을 열려고 하는데 _

핫!!

빈이 놈이다.

"ㅡ_ㅡ^ 메주 어디 가냐?"

이미 내 옆의 나단이 놈을 봐버린 빈이 _

빈이 놈은 나단이 놈이 날 좋아한단 사실을 나보다 더 빨리 알아 챈 놈인데 또 벌써부터 인상이 뒤틀려져있다.

"응?? 요 앞에 배웅해 주러. ㅡ0ㅡ"

"그러냐? ㅡ_ㅡㅋ 잘 갔다 와."

"으… 응."

콰

o

!!!

잘 갔다 오라면서 대문을 그렇게 소리날 정도로 닫아버리는 이유는 뭐니. =_=;;

"알았어."

대문 쪽으로 걸어갈려는데 대문을 열고 정원으로 들어선 그 자리에 붙어 서서 움직이질 않는 빈이 놈 _

얘야 ㅠ0ㅠ 잘 다녀오라면서 안 비키는 이유는 뭐냐!! 좀 비켜 다오!!

낑낑대며 왼쪽으로 _ 오른쪽으로 _ 빈이 녀석과 감정싸움을 하고 있노라니 _

"빈아!!"

앙칼진 여자의 목소리가 들려왔다.

"빈아, 문 좀 열어봐."

순간 빈이 놈 획~! 돌아서서 대문을 열어버리는 바람에 나단이 놈에게 자빠지듯 앵겨 버렸다.

젠장!! -0-

171

"아앗!!"

"시은아, 괜찮아?"

"어."

나단이 놈 땜에 겨우 살았긴 하다만 저 새끼가 과연 내 애인이 맞단 말이냐. -_-+

빈이 놈이 대문을 열자 웬 여자가 들어오더니 무얼 하나 건넨다.

깜깜해서 보이지 않아 몸의 중심을 똑바로 잡은 채 앞으로 걸어간 나 _

"여기 이거~ 너 두고 갔더라."

"아."

어라?? 화원 언니네??

"안녕하세요. ^.^"

"네. -0-;;"

저 아줌씨가 밤늦게 울 집엔 웬일이래. 여태껏 빈이 놈이랑 있다 금방 헤어진 것 같구만. – –^

지눔도 여자랑 있다가 온 게 어디서 나한테 성질이야 성질은!!

"근데 약혼자인 민이는 어쩌고 웬 모르는 남자랑? ^-^"

순간 휙 변해버리는 빈이 자슥의 얼굴. ㅠ_ㅠ

저 지지배가 증말 이쁘다고 이쁘다이쁘다 하니까 왜 저 모양이 랴. -0-

"친구예요."

"^.^;; 그… 래요?"

"네. – –."

이야기를 하면서도 옆의 빈이 놈 얼굴을 살짜쿵 쳐다봤지만 여전히 굳어진 얼굴 _

제길 – –+

참으로 저 언니 마음에 안 드시는 일만 골라하시네!!

"누나, 이제 가. – –^ 나 이제 들어가야겠다."

"웅?? 웅. ^.^ 그럼 들어가. 내일 보자."

지 애인이야? 오늘 봤으면 됐지 뭘 또 내일 보고 지랄이래!!

빈이 놈이 날 한번 야려보구선 휑 _ 하니 들어가 버리고 나랑 나단이 그리고 화원언니는 밖으로 나왔다.

순간 느꼈지만 언니가 화사하게 웃으며 그때 그 안 어울리던 빨간 스포츠카의 문을 키로 열고 있는데 −_−;; 많이 본 얼굴이다.

혹시… 혹시?−_−

그래. −0− 사진 속의 그 여자!!

그럼 사진 속의 그 여자가 화원 언니??

역시 빈이 그 자식이랑 화원 언니랑 모종의 무슨 관계가 있었던 거야. −_−+

그러면서 지는 내가 나단이랑 좀 있었다고 오만 가지 인상을 다 쓰고 똥씹은 것 마냥 그렇게 들어가 버려?

딱 걸렸어!!

나단이가 가든 말든 화원 언니의 스포츠카가 출발하자마자 당장 집으로 뛰어들어와 버렸다.

"야, 이빈!!"

괴성과 함께 그놈의 방으로 쳐들어갔다.

"−_−^ 뭐야."

허나 분명 나도 따질게 있는데 저 놈의 표정을 보니 괜시리 간이 오그라드는 건 왜 그럴까나. −_−∞

"그… 그게…. −0−"

"더듬지 말고 말해. −_−^ 나 지금 너랑 길게 이야기하고 싶은 기분 아냐."

"나는 뭐 너랑 길게 이야기하고 싶은 줄 아니."

읍 _

"그럼 나가. - _-+ 왜 들어왔어?? 나가!!"

새끼, 꼭 안되면 소리 질러요. - -

"야!! 내가 뭘 잘못했다고 자꾸 화내는 거야."

"잘못한 게 없어? 남편이 버젓이 있는 애가 딴 남자랑 같이 있어??"

질투군. - - 질투였어. 그랬던 게야. 까르르르르 _ 깔깔깔. 〉〈

"으히히히히. 나단이가 무슨 남자야~ 친구잖아, 친구. 히히 _"

"시끄러. - _-^ 남자랑 여자 사이에 친구 따윈 없어."

저것이 증말 가지가지로 속썩이네. 어찌 남자랑 여자 사이에 친구가 없단 말이냐!! 그럼 여자친구보다 남자친구가 더 많은 나는 도대체 뭐란 말이냐. -0-

더군다나 - _-^ 질투하는 게 좀 귀여워서 웃으면서 대해줬더니 어따 대고 소리를 지르고 난리야. (↑하지만 의외로 즐기는 듯함. - -;;)

"그러는 넌 뭐야!! 넌 맨 날 그 화원 언니한테 가고!! 아까 보니까 그 언니랑 일본에서까지 찍은 사진 있더라? 쳇~!"

핫!! -0-

내가 정말 잠시 미쳤나보구나. 사진 이야기를 해버리다니!!

"- _-^ 메주, 너 앨범 훔쳐보는데 취미 붙였냐?"

"그… 건 -0- 집에 혼자 있으니까 심심해서 그렇지. 그나저나 말 돌리지 말고 - _-+ 빨리 안 불어? 응? 그 사진 도대체 뭐야!!"

"시끄러. 그런 거 몰라도 돼. 그냥 누나랑 찍은 거야."

"여자와 남자 사이에 누나 동생은 존재할 수 없어. -_-+"

"따라할래?"

"흥. -_-"

"맘대로 해. -_-^ 난 잘 거야. 나가든지 말든지 메주 니 맘대로 해라."

정말 뭐 저런 게 다 있어. ㅠ_ㅠ

씨뱅할!!

오늘은 여기까지만 하고 나가야지. 흑 _ ((~사실 힘이 없음. --)

처절한 패배감에 젖어 빈이 놈의 방을 나서는데 _

"아앗."

웬 비명소리??

ㅇ_ㅇ

"웬 비명소리인지 물어봐도 되겠니? -_-"

"씨발, 이거 계속 아프네."

"쇼 하지마. -_-ㅋ 너같이 멀쩡한 애가 아프긴 뭘 아파."

"죽을래?? 난 사람도 아니냐!!"

자세히 보니 인상이 꽤 드러운 게 진짜 아프긴 아픈 모양이다.

"어디가 아픈데? 응?? 봐봐~ 응??"

"됐어. -_-ㅋ 넌 내가 아프든 말든 관심도 없잖아."

"그게 아니고…. 어쨌든 보자. 응?? 어딘데??"

"잇몸. -_-"

"-_-;; 잇몸?"

"어. -_-"

"봐봐. ㅇ_ㅇ"

"싫어."

"왜!!"

"스타일 구겨지잖아. -_-"

"-_-"

"암튼 싫어!"

"싫긴 뭐가 싫어! 빨리 입 벌려봐!!"

"에이씨, 진짜."

빈이 놈 진짜 많이 아프긴 한 건지 못 이기는 척 결국 입을 벌렸다.

거 참 입 한번 크네. ㅡ.,ㅡ

근데 잇몸 쪽을 자세히 보니 _

"깔깔깔깔깔 >_< 야~ 너 사랑니 나나봐. 어쩌니 그거 디게디게 아픈데."

"뭐? -_-^ 그딴 게 뭐야?"

"사랑니~~ ㅋㅋ 사랑니도 모르냐? 역시 니가 요즘 들어 날 더욱더 사랑하니 몸까지 반응을 하는구나."

"씨발, 왜 그딴 게 나고 염병이야."

"니가 날 너무 사랑해서 _ 까르르르르."

"웃지마. -_- 죽는다."

"그래도 웃긴 걸 어떡해. 크큭 _ 너 이거 뽑아야 하는데. 안 그러면 더 심해질걸? 내일 병원이나 가자."

"무슨… 병원?"

"새삼스레 무슨 병원은…? 치과지."

"뭐??"

"이 뽑으러 가는 거니까 당연히 치과 가는 거지 뭘 그렇게 새삼스럽게 놀라고 그러니. -.,-"

"안 가."

참으로 냉정하게도 딱 잘라 말하는 빈이 녀석 _

무심한 녀석 -_- 나와 함께 어딜 가는 게 그리도 싫더냐!!

"왜!!"

"이유 같은 거 없어. 안 가."

"나와 함께 나가는 게 그리도 싫으니. ㅠ_ㅠ"

"아씸 그런 게 아니잖아!!"

"그런 게 아니면 뭔데!!"

"몰라몰라몰라!!"

"설마 -_- 혹시 설마 말야, 너 치과가 무서워서 안 가는 거니?"

"아냐!!"

아니면 아닌 거지 왜 그렇게까지 소리를 지르고 그러냐. -.,-
원래 강한 부정은 긍정이라고 하였거늘 _

"에이~ 솔직히 말해봐. 무섭지 무섭지?? 흐흐흐 아플까봐 못 가는 거지? 그치??"

"계속 까불어라. -_-^"

"왜~~~ 맞잖아? 안 그러면 왜 못 가는데? ㅎㅎㅎ."

요리조리 뒷감당은 생각 못하고 빈이 놈의 신경을 계속해서 긁어댔다. 어찌 이리도 잼있을 수가 있단 말이더냐. ㅎㅎㅎ. ~_~

"씨발 아니잖아!! 아니야!! 아니라니까!! 간다 가! 가면 될 거 아냐!!"

거참 드럽게 사람 놀라게 소리는 질러대는구나.

"-0- 뭐, 그래. 아니라고 치자. 그럼 내일 나랑 같이 가는 거다, 알았지?"

"씨발 알았다고. 에이씨 짜증나. 나가. 잘 거야!!"

"ㅎㅎㅎ _ 그래 잘 자렴. 내일을 위해서 안농. -0-"

결국 웃기지도 않는 빈이 놈의 사랑니 덕분에 나는 실컷 웃고 빈이 놈과의 안 좋던 일마저 싸그리 사라진 채 내일을 기대까지 해가며 방으로 돌아와 잠이 들었다.

ㅎㅎㅎㅎ _ 내일이 기대되는구나. +_+ 치과야 _ 날 기다려다오.

햇살이 따사롭게 _ 아니 따갑게 -_-;; 나의 얼굴을 내리쬐면서 부스스 눈을 떴다.

아침인가??

아침인줄 알았는데 시계를 보니 오후 1시가 다 되어가고 있는 오후였다. -_-

학교를 안가니 매일매일 늦잠을 잘 수 있어 참으로 좋긴한데 도

통 삶의 낙이라고는 없으니 _

학교 가서 성연이에게 당했던 은지 고년의 찌그러진 얼굴도 봐 줘야할 테고, 무엇보다도 나를 기다리는 수많은 팬들이 -0- (퍽퍽 퍽!) 아무튼지간에 도통 이건 무료해서 살수가 없구나. 흑 _

맞다!! 그래도 오늘은 즐거울 일이 있었지? 흐흐흐흐 _ 깔깔깔 깔 _

어제의 생각이 나자마자 세수도 하지 않은 채 바로 빈이 녀석의 방으로 뛰어갔다.

"이빈!! 일어나. 치과 가자. >0<"

빈이 놈의 방으로 뛰어가 소리를 쳐대는 나 _

하지만 나의 외침을 무심하게 씹고서는 열심히 자고있는 빈이

녀석이었다. -_-^

"야~ 일어나. >_< 일어나란 말야. >_<"

"아씹, 뭐야."

"치과 가야지. >_< 잊어버린 건 아니겠지? 흐흐흐."

"시끄러. 기집애가 왜 아침부터 소리를 지르고 난리야."

"아침은 무슨!! 벌써 오후 1시가 넘었다. -0- 빨리 일어나, 빨 리!!"

"야! 세수나 하고 와서 말하던가 _ 아우 진짜 기집애가 드러워 죽겠어."

"칫 -_- 지가 언제부터 그런걸 챙겼다고."

"게다가 그 잠옷바람은 뭐냐? 너 생각이 있긴 하냐? 무슨 내 인

내심 테스트하는 것도 아니고…. -_-^^

　짜식 _ 너도 한참 자라나는 청춘이라 이거구나. 흐흐흐 _

　그래도 이게 왜 은근슬쩍 말은 돌리고 난리래?

　"너 지금 그런 식으로 말 돌리면 내가 넘어갈 거 같지? 응? 옷 갈아 입고 씻고 나 10분도 안 걸린다. -0- 흐흐흐 그러니 어서 일어나려무나."

　"ㅡ_ㅡㅇㅇ"

　니놈도 땀을 흘릴 줄 아는 인간이었구나. 신기하기도 하여라. 후훗 _

　"어여 가자니까."

180

　"-_- 씨발."

　"욕하면 쫄아서 안 갈 것 같지?"

　"아씹 _ 그래 간다고!!"

　"준비해. ^o^^"

　결국 빈이 놈과 함께 나는 치과로 향하고 있다.

　까르르르르륵

　"빈아~ ^o^ 근데 이 뽑는 거 중에서 사랑니 뽑는 게 제일~~~ 아프대. 마악 잇몸을 찢어 가지고 뽑는다더라?"

　"-_-"

　"어떡해. >_< 그치?"

"걱정하는 거 치고는 너무 즐거워 보인다. -_-^"

"즐겁긴…. 〉_〈 난 니가 긴장할까봐 그러는 거지. 흐흐흐."

"조용히 하지?"

"원래 발랄하고 명랑 쾌활해야 하는 거야, 사람은. 흐흐흐 _ 아프면 어쩌지~ 아프면 어떡할까~"

"맞는다. -_-"

─.─::

하여튼 변함 없는 자식. -_-^

한참동안 오두방정을 떨어대던 난 빈이 녀석의 맞는다는 한마디에 찍소리도 못하고 찌그러져 그때부터 빈이 녀석을 조용히 치과로 인도했다. ㅠ_ㅠ

간호사가 이쁠까봐 살짝 걱정을 했는데 다행히도 간호사는 남자였다.

흐흐흐흐흐 _ 좋아라♬

게다다 의사선생님이 참으로 잘생겼기까지 하시구나 _

이런 좋은 병원이 있을 수가! 앞으로 자주 애용해 드려야겠다는 생각을 한다.

"이빈 환자분 들어오세요~"

"야 -0- 너야 너!! 들어가 봐."

"……."

이름이 불리고 내가 옆에서 재촉을 해도 이상하리 만치 움직일 생각을 안 하는 빈이 녀석 _

역시 무서운 거야. 흐흐흐 무서운 거였어!

"역시 무서운 거였어! 무서운 거였다니까? 흐흐흐흐흐 아우 _ 남자가 이런걸 다 무서워하냐~"

"-_-^"

"-_-; 니 차례라고 하잖아~ 의사선생님이 기다리시는데 너 뭐 해…. -0-"

"씨발!"

결국 일어서는 빈이 녀석 _

그리고 녀석은 _

"따라와. -_-^"

란 말까지 같이 남기며 진료실 안으로 들어갔다.

따라오라니 -_-;; 무슨 5살짜리 꼬맹이 따라온 엄마도 아니고 진료실 안까지 따라가야 하는 건가???

흐흐 _ 그래! 오늘 특별히 너를 따라가 주마! 히히 _

진료실 안으로 들어가니 약간은 긴장된 듯한 표정으로 무시무시한 의자에 누워있는 빈이 _

아우 _ 난 저 의자랑 윙윙 _ 이상한 기계 돌아가는 소리만 들어도 소름이 돋아 소름이. -0-

"아 _ 하세요."

순풍 산부인과의 인봉 오빠를 닮은 남자간호사가 어울리지 않

는 미소와 함께 아 _ 하란 말을 하고선 눈을 번뜩이며 무서운 바늘에서 마취액을 뽑았다. -0-

무섭다, 무서워. -0-

"으아아아아아아아!!"

혁!! 주사바늘이 빈이 놈의 잇몸을 찌르고 빈이 놈은 알 수 없는 괴성을 지르며 병원 밖으로 사라져버렸다. -0-;;

어… 어찌 이런 일이!!

분명 여러 가지 상황으로 정리해보면 빈이 놈이 도망간 게 분명한데 어안이 벙벙할 뿐이다.

빈이 놈이 도망가는 일도 있다니…. -0-

푸하하하하하하하 까르르르르르륵

참으로 별일이야, 별일 _

세상 살다 보니 이런 일도 있구나.

그나저나 _

나를 매우나 당황스럽게 쳐다보고 있는 의사와 간호사들은 어찌해야 할까나. -0-

"하핫. ^^;;"

"애인 분이 그렇게 생기진 않으셨는데 ^-^;;;; 꽤 겁이 많으시

군요."

"허허 _ 의사생활 하면서 이런 일은 또 처음이군요."

"하핫. -_-;; 네, 죄… 송해요."

"아뇨. 담에 다시 볼 수 있음 좋겠군요. 이만 따라가 보시는 게…."

"네. -ㅇ-"

참으로나 친절한 인봉 오빠를 닮은 간호사와 의사를 뒤로한 채 병원을 혼자 빠져나왔다.

거참_ 쪽팔려 죽겠네. -.,-

그나저나 이제 빈이 놈을 어디 가서 찾아야한담?

빈이 녀석을 어디서 찾아야 할 지 걱정하고 있는데 녀석은 우습 게도 집 앞 놀이터 그네에 앉아있었다. -_-^

"야 이빈!!"

"-_-ㅋ 웃을려면 가까이 오지마."

"큭… 깔… 흡… 아니 내가 왜 웃어. >_<"

"씨발 그렇게 웃는 게 더 기분 나뻐."

"프릅프릅… 까륵. ㅋㅋ 그게 아니고. -0-"

"-_-++"

"알았어~ 알았어. 안 웃어. ㅋㅋ"

나도 안 웃고 싶지만 정말 따스한 마음으로 너의 상처받은 마음 을 위로해 주고프지만 _

그렇지만 말이지 인간적으로 치과에서 마취하다가 도망쳤다는 사실이 너무 웃긴 건 나도 어쩔 수가 없구나.

게다가 그냥 보통사람도 아니고 이빈이!! 까르르르르르륵 _

"아팠어. -_-"

"응??"

"주사… 아팠다고!!"

"=_=;;"

"진짜 치과가 젤 싫단 말야!! 딴 병원에서 배를 가르든지 찢든지 그딴 건 아무렇지도 않은데 치과는 너무 싫어."

아무래도 빈이 놈은 어린시절 치과에 한이 맺혔거나 =_= 것도 아니라면 충격 받은 일이 있었던 게 분명한가보다.

"그래그래 알았어. -0- 그럼 진작 그렇게 말하지 왜 삐팅겼냐. 내가 너 그렇게 가고 나서 얼마나 팡당했는지 아니? -0-"

185

"팡당은 또 뭐야? -_-^"

"황당하다 못해 팡당하다고 할 수 있는 거지. -0-"

"말 똑바로 써 -_-^ 젠장. 그리고 남자가 갑빠가 있지 뭐가 무섭다고 하냐."

차암 빈이 녀석은 독특한 사상을 가진 녀석인가보다. 그놈의 남자 갑빠가 뭐길래. -_-

"말하면 어떻게 되는지 알지? -_-^"

"그… 그래. -0-"

흐흐흐흐 _ 그래도 넌 내게 약점을 잡힌 거야. 으히히히. -_-ㄱ

"들어가자."

"알써. ^-^ 킥."

"아씹 웃지 말랬지."

"안 웃었어. -0-"

"웃었잖아."

"웃긴걸 어쩌라고. -0-"

"아씹 됐어. 그냥 너 혼자 집에 가."

"왜에~ 넌 어디 가게."

"내 맘이다, 아씹 _"

"압 _ 진짜 어디 가는지 말 안 해 줄거니? -0-"

"화원에 간다 화원에. 됐냐?"

186

"우웅 -0- 그렇구나. 근데 _ 나 너무너무 궁금한 게 있는데 물어봐도 되겠니?"

"- _ - 뭔데?"

"혹시 너 맨날 5교시 끝나면 화원으로 갔었니? ㅇ_ㅇ?"

"그건 왜?"

"말해주기 싫다 이거구만. 그런 거였어. 그런 거… 지?"

"어. - _-"

매정한 놈 같으니라고. - _-^

"치과 갔던 일 아줌마랑 아저씨도 알까?"

"- _-++ 아우씨 _ 그래 맨 날 거기 갔었다 왜!!"

하여튼 - _ - 성격 드러운 녀석 _

그나저나 이거 진짜 쓰일 데 많은 것 같네. 흐흐흐 _ 진짜 약점

잡힌 게야!! 까르륵 _

헌데 빈이랑 화원 언니는 무슨 사이일까? 무슨 사이길래 빈이 녀석이 매일 화원을 들락달락 거리고 그렇게 친한 거지?

아웁 ㅠ_ㅠ 이쁜 여자여~ 그대가 신경쓰이는 구나.

"누나 나 왔어. -_-"

"빈이 왔어? ^-^ 어?? 시은씨도 왔네요."

결국 -_- 너무 신경쓰이는 바람에 싫다는 빈이 녀석을 조르고 졸라서 따라와 버렸다.

날 의부증이라 욕해도 좋다. 니들도 잘생긴 애인이 생기고 그 옆에 새초롬하니 이쁜 여자가 매일매일 붙어있다고 생각해보렴. -0- 다들 나처럼 된단다.

187

"네."

그나저나 _ 웬 시은씨? 느끼하게스리. -_-;

"뭐 하고 있었어?"

"어 ^-^ 새로운 식물 하나 키울려고 그거 준비하고 있었어."

"뭔데?"

"나~~ 중에 가르쳐 드릴게요, 왕자님. ^-^"

"우웩~ 왕자님은 무슨~ 그러지 말랬잖아."

"왜 우리 빈이 정도면 왕자님이지."

에이씨! 저 화원 언니 갈수록 굉장히 맘에 안 드네. 우리 빈이가 -_-+ 왕자님? 게다가 이빈 저 자식은 화원 언니한테 왜 저렇게 나긋나긋한 건데!!

젠장젠장젠장 -_-++

"누나는 내가 아직도 앤 줄 알어?"

"그럼 니가 어른이냐?"

"나보다 두 살 밖에 더 많냐?"

둘이 노는 거 보면 볼수록 너무나도 심하게 다정스럽구나. -0-

된장할. -_-+

아우아우 _ 가만히 보고있자니 스팀 돌아서 도저히 안 되겠어.
여기서 승질 부려봤자 질투한다고 놀림이나 당할 테지 _

에잇! 화원 구경이나 해봐야지.

혼자 밖으로 빠져나왔다.

화원 언니와 빈이 녀석은 어찌나 다정스럽고 정답게 담소를 나
누는지 내가 나가는지 안 나가는지도 모르더구만. -_-^

그나저나 거 참 이 화원 보면 볼수록 뽀대나는 구나. +_+

꽃과 화초들 하나하나 얼마나 신경쓰며 가꾸었는지도 한눈에
보이고 또 굉장히 오랫동안 가꾸어진 것 같은 느낌이 단번에 든
다.

온실을 지나고 한참을 안쪽으로 들어갔는데 _

이건 웬 집이지? 화원에 딸린 듯한 조그만한 집 _

살짝 =_= 문을 열고 들어갔는데 화원 언니의 방인가 보다.

이 언니 여기서 사는 건가? -0-

집이라고 보기도 그렇고 _ 작은방이라고 보기도 그런 오피스텔
식의 한 16평 정도의 원룸인 듯한 곳 _

그리고 한 가지 맘에 안 드는 건 너무 이쁘고 깔끔하다. ㅡ_ㅡ+

이러면 내 방이랑 비교되잖아. 내 방도 이쁜 걸로 치면 뒤지지 않건만!

물론 결론적으로 내방은 더. 럽. 다. ㅡ_ㅡ

근데 이… 건… 뭐지??

당황스럽게 침대 머리맡에 화원 언니로 보이는 어린아이가 우리 삼촌과 알 수 없는 여자의 품에 안겨 찍은 사진이 액자에 놓여져 있다.

이건 다시 봐도 분명히 여자아이를 안고 서있는 남자는 내가 세상에서 젤 좋아했던 우리 삼촌_

도대체… 도대체 왜 우리 삼촌이 여기 있는 거지??

콰

ㅇ

!!!

"나가."

요란한 소리가 나서 돌아보니 그 곳엔 화난 얼굴의 화원 언니가 서있었다.

"……."

"그거 놓고 당장 나가!!"

나도 나가고 싶어. 근데… 근데 내 발이 어찌된 게 내 발이 굳어서 떨어질 생각을 안 해.

"헉헉. 이은채, 김시은 둘 다…."

빈이 놈 마저 왔다.

그리곤 빈이 놈 역시 내 손에 들려진 액자를 보고선 아무 말이 없다.

뭐야.

내가 모르는 뭔가를 계속 숨기는 거야.

"말해, 이빈. 니가 말해. 이거 뭐야?"

"……."

"언니 ^-^ 언니가 말 해볼래요? 그나저나 오늘에서야 이름 알았네. 은채 언니, 말해요."

"그거부터 내려 놔. 이리 내놔!"

-_-+ 써글년 _ 화난 건 난데 왜 지가 소리를 질러!!

"당신이 뭔데 우리 삼촌 사진이 있냐고. 말하란 말이야."

"우리… 아빠니까."

털썩

너무 놀라 그 자리에 주저앉아 버리고 말았다.

뭐… 라고?? 아… 빠??

어째서… 어째서 우리 삼촌이 지네 아빠란 거야. 우리 삼촌은 결혼한 적이 없는데…. 저 여자 미쳤나 봐. 게다가 나보다 나이도 많으면서 _ 하핫 _

하지만 액자를 떨어뜨린 그 자리에 내가 주저앉아 있을 정신 없이 화원 언니는 소리를 질러댔다.

"너 때문이야. 너… 너 때문이란 말야. 니가 다 뺏어갔어. 너 때문에 너 때문에… 니가 뭔데 날 날… 죽어버려!! 죽어버리라고!!"

몰라. 모르겠어.

난 어떡해야 하지? 대체 뭐야. 이게 무슨 상황이야.

어떻게 된 거야.

툭

내 눈에서 알 수 없는 눈물방울들이 쉴 틈 없이 떨어지는데 나는 아무것도 할 수가 없다.

"가자."

"……."

"이야기해 줄게, 가자."

멍하니 한참을 앉아있다 일어섰다. 다리가 풀려서 제대로 서기조차 힘들었지만 입술을 꽉 깨물었다.

내가 모르는, 무언가 굉장히 중요한 그 무언가… 어쩌면 기억을 잃어버린 것보다 더 중요한 진실을 알기 위해 그 곳을 빠져나오는 동안 화원 언니는 전혀 다른 사람이 되어있었다.

내게 온화하고 미소를 띄우던 모습은 온데간데 없고 사진을 품에 안고서 나를 잡아먹을 듯이 노려보는 화원 언니, 아니 은채 언니_

내 비록 놀라서 지금 다리도 후들거리고 말도 제대로 안 나오지만 그렇지만 _

"우리 삼촌은 결혼 안 했었어요. ^-^"

속이 다 후련하네. -_-V

어디론가 계속 향하는 빈이 _

난 그렇게 말없이 계속 걷기만 하는 빈이를 따라 한참을 갔다.

이놈의 화원은 대체 왜 이리도 구석구석 뭔가가 많은 건지 한참을 어느 구석진 곳으로 가니 보이는 수많은 장미들 _

장미 화원인가 보네.

이쁘다.

그러고 보니 삼촌도 장미 참 좋아했는데…. ^-^

"들어와."

또다시 나타난 장미화원 쪽의 이상한 집 _

이번엔 정말 집의 형태가 제대로 갖춰진 곳이었다. 그 곳의 문을 열며 들어오라고 내게 손짓하는 빈이 녀석 _

행복했던 분위기, 따스했던 분위기가 느껴지는 집안 _

온 집안 가득한 사진들 _

은채 언니 방에서와 마찬가지로 모두 가족사진이다. 사용한 지 오래 된 것 같은 방이다.

쇼파, 침대, 장농 _

"이게 뭐야?"

"니네 삼촌 집."

192

"삼촌은 우리 집에서 살았어. 〉_〈;; 무슨 소리야?"

"딴 집. 은초 아줌마랑 니네 삼촌이랑 이은채 집."

"뭐야?"

"자세한 건 몰라. 그냥… 그냥 니가 아는데서 조금 더 아는 것뿐이야. 니 말대로 니네 삼촌은 결혼 한 적 없어. 하지만 은채는 확실히 니네 삼촌 딸이야. 언젠가 니네 삼촌이 나에게 그랬어. 남자는… 남자는 여자를 지킬 줄 알아야 한다. 비록 나는 지키지 못하지만 그래도 너만은 꼭 김시은 하나만은 지켜서 행복하게 해줘라. 내 딸보다 내 여자보다 소중한 아이, 그게 니네 삼촌의 방식이었어. 다른 건 나도 몰라. 다만… 은초 아줌만 니네 엄마랑 같은 나이에 같은 대학 친구였고 니네 삼촌은 두 살이나 어린 니네 엄마의 동생 그리고 고등학생과 대학생의 사랑…."

193

말을 할 수가 없다.

대체 삼촌은 뭐라고 내가 뭐라고!!

툭

"왜… 그랬대? 흑 _ 응? 그리고 왜 삼촌은 사랑하는 사람 못 지켰대? 응?? 이렇게 몰래 숨어서 살았으면서 근데도 왜 못 지켰대? 응? 그럼 그 여잔 어딨어? 그 은초라는 아줌만 어딨어?"

"돌아… 가셨어."

아니겠지? 설마 아닐 거야.

"저기… 아니… 지? 혹시 삼촌이… 그게 나 사고… 아니… 지?"

"……."

말이 없는 빈이 놈 _

머리가 아파 온다. 전부 나 때문이란 말야??

나 _

도대체 내가 뭐길래 한꺼번에 세 사람의 행복을 빼앗은 거야.

"아아악!!"

"왜 그래? 김시은, 왜 그래?"

"아아아악 싫어, 내가 싫어. 내가 너무 싫어."

눈을 떴을 땐 엄마의 울부짖는 목소리가 들려왔다.

"성은초, 용서 안 할거야. 흑 _ 절대 … 절대 용서 안 해. 시훈이
도 모자라서 내 딸까지? 절대 용서 안 해!!"

도대체 그 은초 아줌마는 우리 엄마한테 무슨 죄를 그리고 지었
길래 죽어서까지 우리 엄마에게 독한 욕을 듣고있는 것일까.

"엄… 마."

"+_+ 오~ 딸 ㅠ_ㅠ 깼구나. 엄마가 얼마나 걱정 했는 줄 아
니??"

=_=;; 엄마, 아까의 그 카리스마는 어디로 갔수??

"-_-;; 하핫 _ 근데 나 어떻게 집으로 왔지?"

"빈이가 데리고 왔더라. 아니 글쎄 애가 새파랗게 질려 가지고
는… 그나저나 으흐흐흐흐 너 왜 그동안 숨겼었어. >_< 민이랑 약
혼을 마다한 이유가 그거였지?"

"= _=;; 뭐… 가."

"다 알어.)_〈 너네 둘이 서로 좋아하는 거."

허거거거거걱!! 어찌 그걸. -0-;;

"그… 그… 걸. - ㅇ -"

"딸아 - _ - 내가 아무리 눈치가 없다지만 그 정도는 아니란다."

"- _-;;; 그… 그래."

"움~~ 아무튼 그래서 원래 민이랑 잡았던 약혼식 날 빈이랑 약혼식 하기로 결정했어. 그러니까 약혼식 끝내면 바로 캐나다로 떠나. ^^"

우리 집은 어찌 이리도 무엇이든지 쉬운 거냐. 그것도 매사 일사천리로!!!

난 생각 외로 반대가 있을 줄 알았는데 단순한 나의 착각이었단 말인가. ㅠ0ㅠ

"그… 그래. 근데 민이도 가?"

"불편할까?"

"아니. 괘… 괜찮을 거야."

"그래. ^_^ 그럼 엄마는 우리 딸 약혼식 준비를 시작하러 갈게.)0〈 니가 이럴 때 아님 언제 한번 쓰러져 보겠니. -0- 푸욱 쉬렴!!"

"- _-;;; 알았어."

"조금 더 자도록 해. ^ㅇ^"

그렇게 엄마가 나갔다.

휴 =3

정말 생각하면 생각할수록 무엇이든지 단순하고 빠른 우리 집
_ 어찌보면 정말 좋은데 ㅡ.,ㅡ 씁 _

이젠 정말 캐나다로 가는 건가?? 그렇게 많은 사람들에게 상처
를 안겨주고 난 캐나다로 도망쳐 버리는 건가??

기분이 씁쓸하다.

다시 눈을 감고 이런저런 생각을 하고 있는데 문이 벌컥 열렸
다. -_-^

"-_-^ 노크 좀 하고 들어오지 그러니?"

"-_-++ 내 거 방에 들어오는데 무슨 노크야."

"내가 니 거야? 난 누구에게도 갈 수 있어!!"

"싸이언. -_-"

"-_-; 재미없다, 그치?"

"그래 _ 나도 지금 내 입을 찢어버리고 싶어."

"으응. -_-;;"

"야! 그나저나 메주 너 살 좀 빼라. 내가 아주 너 업고 오다가
등이 휘는 줄 알았다. -_-^^"

"-_-++ 시끄러!!"

"그나저나 아줌마한테 이야기 들었지?"

"엉. 디게 간단하더라."

"나도 약간 당황했었어. -_-ㅋ"

"킥, 휴 =3"

"웬 한숨? -_-"

"그냥 미안해서…. 은채 언니한테 미안해서. 다 나 때문이잖아."

"……."

"나 도망가는 것 같아서 그냥 왠지 기분이 그렇다."

"너도 미안한 걸 아는 인간이구나? -_-"

"-_-+ 죽을래?"

아무튼 역시 우리는 진지한 부분이라고는 손톱의 때만큼이라도 찾아 볼 수 없는 아이들이었다. -_-

"김시은…."

"왜. -_-+"

"너 바보냐?"

"내가 왜. -ㅇ-"

"넌 미안해하는 거 아냐. 넌 잘못한 것이 없어. 그건 니 결정이 아니고 니네 삼촌의 결정이이었던 거야. 그러니까 니가 미안한 마음 가질 필요가 없어. 니가 미안한 마음 가진다는 건 니네 삼촌의 죽음을 헛되게 하는 거야. 그러니 넌 그만큼 더 행복하게 살아야 하는 거 아니겠냐?"

-ㅇ-… -ㅇ-

순간 빈이 놈의 주변에서 광채가 반짝거린다. 가끔 저 녀석은 너무 멋진 말을 해서 탈이다.

"빈아, 왜 갑자기 니가 멋있게 보이는 걸까?"

"난 원래 멋진 놈이야. ﹣_﹣γ"

"그 옆의 브이 자는 짤라버리고 싶구나. ﹣_﹣^"

"뭐라고? ﹣_﹣+ 다시 한번 말해보지 않을래?"

갑자기 굉장한 오한이 나를 덮치는구나.

"﹣_﹣;; 그… 그게 아… 머리야. 나 그만 자야겠어. 나가. ﹣0﹣"

"﹣_﹣^ 쇼하고 자빠졌네. 너 죽었어!!"

엎치락 뒤치락 ﹣_﹣

빈이 놈과 함께 침대에서 뒹굴뒹굴 구불구불 ﹍,.﹍ 그러다 아주 야시꾸리한 자세가 되어버리고 말았다.

"저기 우리 자세가 좀 이상하다고 생각하지 않니? ﹣0﹣"

"ㅋㅋ 뭐 잘됐네. 일부러 분위기 잡을 필요도 없게 됐잖아?"

"﹣_﹣;;"

"어디부터 잡아먹어 줄까? ^﹣^"

너도 ﹍,﹍ 이런 면이 있었니?

"저기… 근데. ﹣_﹣"

"왜?"

"나 진짜 잠 와. ㅠ0ㅠ"

"﹣_﹣+ 하여튼 무드 없는 것. 넌 내가 남자로 보이지도 않냐!! 난 18세의 건장한 청년이란 말이다."

"18세면 청년이 아니고 청소년이지 않을까?"

"﹣_﹣++"

"﹣_﹣;; 아니… 청년이야."

198

"홋… 그래 봐줬다. 자. -_-"

"나 혼자? -0-"

"그럼 어쩌라고. -_-+"

"같이 자자. ^0^"

"뭐??"

"-_-;; 흥분하긴…. 그냥 옆에서 누워서 자자고!!"

"싫어."

"왜? -0-"

"난 내 이성의 한계를 뛰어넘는 그딴 짓은 못해. -_-^"

"쳇! ㅜ_ㅜ 너무해. 원래 소설책 읽으면 여자가 아플 때 남자가 막 옆에서 팔베개 해주고 밤새도록 지켜주고 그런다던데 역시 난 남자 복이 지지리도 없는 년이었어."

199

"알았어 알았어!! 해주면 될 거 아냐. 징징대지 마."

"헤헤. *^^*"

결국 빈이 놈은 못이기는 척 내 침대로 올라왔다.

빈이 녀석의 품 _ 따뜻하다. ^-^

좋은 냄새 _ 안쪽으로 더 파고드는 나 _

"야? 간지러워."

"싫어. >_< 따뜻하단 말야.~"

"참내~ 야 메주. -_-"

_.,_ 메주, 참 오랜만에 들어보는구나, 메주. -.,-

"왜. -_-"

"너 우츄프라카치아라는 식물 아냐?"

"내가 그딴 걸 어떻게 알아. –_–^"

"–_– 무식하긴."

"뭐?!"

"됐어. 또 금세 흥분하는 거 봐라. 우츄프라카치아는 말야 남의 손길이 닿으면 바로 죽어."

"참으로 이상한 녀석이구나. =.,="

"근데 정말 소중히 사랑스런 마음으로 그 식물을 돌봐주면 오래오래 잘 크지. 참 신기한 식물이지??"

"그러네. –.,–"

200

"좀 진지해지지 못하냐? –_–^"

"–_–;; 그… 그래. 아주 참 신기한 식물이구나."

"흠흠. –_– 암튼 지간에 나도 그렇게 사랑해 줄게. 메주 너 그렇게 함부로 손대서 시들어버리지 않게 소중히 아끼면서 행복하게 해줄게."

"–///////0///////– 그… 그래."

ㅜ_ㅜ 정말 감동적이다. 우츄프라카치아 니가 그렇게 의미 있는 녀석이었다니 앞으로 다시 봐줄게! 그리고 어째 오늘따라 빈이 놈은 이리도 멋있는 걸까. ㅜ0ㅜ

하나님 정말 당신이 존재하시는 거라면 제 소원 많지도 않으니까 단 한 가지만 들어주세요.

그동안 그리 착한 일 한 것도 없고 저로 인해서 많은 사람 행복이 사라지게 되었지만 더 이상 바라지도 않을게요. 이대로만… 이대로만 행복할 수 있도록 해주세요.

이제 착한 일도 많이 하고 좋은 사람될게요. 그러니 제발 이대로만 영원하도록 해주세요.

마음속으로 빌고 또 빌며 빈이 놈에게 안겨 눈을 꼬옥 감았다.

그리고 누군가 내 방 앞을 지나가는 발자국 소리를 들었지만 즐거운 마음에 행복한 마음에 그냥 지나쳐버렸다.

행복하다.

약혼식 준비가 일사천리로 진행되고 마치 결혼식 마냥 청첩장까지 찍어대며 아주 제대로 신이 난 우리 엄마와 주희 아줌마.

ㅠ_ㅠ

예비신부 김시은.
예비신랑 이빈.

으흐흐흐 예비신랑, 신부 흐흐히히히!!

그리고 오늘도 빈이 놈은 정말 맘에 안 드는 은채 언니가 있는 화원으로 갔다. -_-^

아우 _ 왕재수야 정말!!

그래도 청첩장 전해준다 길래 보내준 거야. 흥!!

아 -0- 심심하고 무료하구나 _ 약혼은 내가 하는데 어찌 이리도 할 일이 없느뇨.

그때 때마침 열리는 나의 방문!!

"시은아 뭐해? ^-^"

앗싸앗싸 뿅뿅뿅 >0< 민이다. 민이!!

"어머? 민아. >_<;;"

"^^;; 그렇게 반겨 주다니 영광인걸?"

민아 _ 내가 언제는 너를 반기지 않은 적이 있었니? 무슨 그리 섭한 말을. ㅠ_ㅠ

"무슨 그리 섭한 말을 하니 _ 안 그래도 나 심심했는데 말야…. 히히 _"

"심심했어?? 그럼 우리 밖으로 나갈까?? ^-^"

"정말?"

"그래. ^^ 가까운 데라도 나가서 산책이라도 하고 오자."

앗싸!! 민이랑 밖에 나간다. 히히히 _

즐거운 마음을 가득 안고 집 밖으로 나왔다.

"시은아, 근데 갈 곳이 없다. -_-;;"

"미… 민아. -0-"

"^^;; 미안해."

민아 -0- 언제나 이렇게 대책 없이 살아왔던 거니??

"그래, 그럼 내 친구나 만나러 갈래?"

"시은이 니 친구??"

"응!!! 내 친구 있어. -0-"

"나단이 말고??"

202

민이는 내가 나단이 이외에는 친구가 없는 걸로 알고 있는 것 같다. ㅡ_ㅡˆ.

"응. ㅡ.,ㅡ"

"ˆ-ˆ;; 하핫. 그래 가자."

민이를 이끌고 성연이의 미용실로 향했다. 그러고 보니 참으로나 오랜만에 성연이를 만나러 가는 것 같구나.

이럴 줄 알았으면 청첩장도 가지고 나올걸. 흐흐흐 _ 그나저나 내 약혼식 소식을 전했다가 행여 가위에 맞아 죽지는 않을 지 걱정이네. ㅡ.,ㅡ

하지만 지금 너무 심심하기에 어쩔 수가 없구나. ㅠ_ㅠ 성연아, 부디 컨디션이 좋길 바란다.

203

그렇게 죽을 각오를 하고서 도착한 성연이가 일하고 있는 미용실 _

오늘도 역시 열심히 학생의 머리를 쫙쫙 펴주고 있는 성연이가 창문사이로 보였다. 못 본 사이에 너의 현란했던 오렌지색 머리가 참한 갈색으로 바뀌어져있구나. ㅡ0ㅡ

이미지 변신을 한 건가? ㅡ.,ㅡ

딸랑~

싱그러운 종소리가 가게에 울려 퍼졌다.

"나 왔다, 성연아. ㅡ0ㅡ"

"야 이 써글년아!! 엇??"

이럴 줄 알았어, 이럴 줄. -_-그렇게 얼굴을 보자마자 대뜸 욕할 줄 알았다고. 그나저나 써글 년까지는 이해가 가는데 뒤에 당황스러운 엇? 은 뭐니? 말이 헛 나왔다. =_=

"미안!! 내가 다 잘못했어. 나를 죽이렴. -0-"

"저 새끼는 왜 달구 왔냐?"

나의 사과는 안중에도 없고 인상은 통상을 하고서 내 뒤를 바라보며 말하는 성연이 _

"응?? ㅇ_ㅇ 뭔 새끼??"

"니 뒤에 있는 새끼. -_-^"

내 뒤에 있는 새끼라면 민이 밖에 없는데 처음 보자마자 대뜸 새끼라니. ㅠ^ㅠ 그래도 니 친구 남편 될 사람의 형이란다.

"저 새끼가 뭐야. 빈이 형이란 말야."

"형 같은 소리하고 자빠졌네. -_-^ 야! 저 딴 이중인격자랑 놀지마. 아우 _ 재수 털려."

도대체 얘가 왜 이러는 거야. -_-;;

이중인격자라니 _ 우리 민이가 어딜 봐서 이중인격자라는 고얏! 우리 민이가 얼마나 착한 앤데. -0-

계속해서 울그락 불그락 내 뒤쪽을 보며 표정이 바뀌는 성연이를 보다못한 난 뒤에 있는 민이를 슬쩍 돌아봤는데 우습게도 민이는 성연이에게 凸를 열심히 날리고 있었다. -0-

"미… 민아. -0-;;"

"하핫 －_－∞ 시은아."

"도대체…. －ㅇ－"

"것봐. －_－^ 저딴 놈이랑 놀지 마라니까?"

원래 민이가 알 수 없는 애라는 건 알고 있었지만, 어렸을 땐 싸가지가 없었다지만 그래도 이 정도는 아닌데. 우리 민이는 분명 아주아주 착하고 멋진 놈으로 재탄생을 했는데?

"그런데 너희 둘이 아는 사이??"

"－_－+ 안다는 사실만으로도 재수 없다. 그딴 소리 집어쳐."

"나야 말로…. －_－^^"

민이까지…. ㅡ.,ㅡ

씁_

둘이 분명 아는 사이인 건 맞는데 도대체 언제 어떻게 안 거지? －ㅇ－

역시 세상은 신비로와. ㅠ_ㅠ

서로 계속 못 잡아먹어서 안달인 민이와 성연이 때문에 매우 불편하긴 했지만 나름대로 성연이의 미용실에서의 시간을 즐기다가 집으로 들어왔다.

"민아 ^ㅇ^ 근데 너 성연이 어떻게 안 거야??"

"어… 그냥 어쩌다가…."

"말해봐. 〉_〈 어떻게 안 건데?"

"담에 이야기해 줄게."

"그래. －_－;;"

어쩐지 민이는 말하기가 굉장히 떨떠름한 표정이다. 도대체 성
연이랑은 어떻게 안 걸까? ㅠ_ㅠ 무슨 큰 비밀이 있길래 이야기도
안 해주는 거야. 너무 하는구나. ㅠ^ㅠ

혼자서 분명 있었을 성연이와 민이 사이의 무언가를 고민하다
보니 어느새 집 앞에까지 다 와버렸다. o_o

막 _ 대문을 열고서 집안으로 들어서려는데 내 앞에 끼이이이
이익 _ 요란스러운 소리를 내며 멈춰서는 많이 본 빨간색 스포츠
카 한 대 _

저건 은채 언니?? o_o

차에서 내리는 은채 언니 _

"너 때문이야. 니가 다 그랬어. 니가… 흑… 용서 안 해. 절대…
흐흐흐흑… 어째서 어째서 빈이까지 뺏어가냔 말이야. 그만큼 다
가져갔음 됐지 어째서 이번엔 또 빈이냐고. 흐흐흑…."

내 멱살을 잡고 서럽도록 통곡을 하며 고래고래 소리를 치는 은
채 언니 _

뭐야. 이 여자 왜 이래. 켁켁!! 그나저나 숨막혀 죽겠는데, 이거
나 좀 놓고 이야기하지.

게다가 은채 언니가 빈이 놈을 좋아했던 거야??

"이거 뭐야? 야, 재수 없으니까 꺼져라."

민이에게서 처음 들어보는 말. -0-

민이는 빈이가 내뱉어야 정상일 말들을 내뱉으며 내게서 은채
언니를 떼어냈다. 하지만 그럴수록 더욱더 발악하는 은채 언니 _

"너 뭐야!! 너도 짜증나. 너도 재수 없어. 니가 뭔데 이래. 어렸을 때부터 항상 전부 시은이, 시은이… 신물이나. 지겨워. 흑 _ 이젠 이젠 사랑하는 사람까지 뺏어가?? 죽어버려. 죽어!!"

더욱더 발악하며 달려든 은채 언니 덕분에 숨이 막힌다.

숨쉬기가 힘들어.

"안 돼!!"

빈이 놈의 목소리 같은데 자꾸만 정신이 혼미해져서 정신이 없어서 대답을 할 수가 없다.

나… 잠이 와.

"심장판막증이야."

207

"아니, 우리 시은이가 그럴 리가 없어. 그럴 리가 없다고."

"은서야 진정해!! 괜찮아. 괜찮을 거야. 구다윗, 가능성은 있는 거지?"

"모르겠어. 아마 외국으로 나가는 게 좋을 듯해."

"나가면?? 나가면 가능성은 있어?? 응?? 오빠 다윗오빠 제발…"

"지금으로써는 모르겠다. 미안하다, 은서야."

"아니야, 아니야. 흐흑… 아니라고, 오빠 아니지? 아니라고 말해봐. 나도 이렇게 살아있잖아. 나도 이렇게 살았잖아, 응?? 흑…"

"나수야, 은서 데리고 나가서 뭐라도…"

"용서 안 해. 성은초 절대 용서 안 해!! 내동생 자식이지만 이은채 너도 용서 안 해. 정말 절대 안 할거야!!"

쾅

ㅇ

!!!

"무슨 말이에요, 아줌마?"

"비… 빈아."

초점 없는 눈동자의 남자 _ 그리고 눈물로 얼룩진 놀란 듯한 여자 _

"거… 짓말이죠?? 아줌마 지금 거짓말하는 거죠??"

"비… 빈아, 흐흑…."

믿을 수 없다는 듯 남자는 고개만 저었고 여자는 세상을 원망하는 듯한 눈빛으로 그저 눈물만 흘렸다. 그리고 그런 여자를 부축하는 중후한 또 다른 남자 _

책상 위에 앉아 고개를 숙이고 있는 의사 _

남자는 세상에서 가장 중요한 것을 잃은 듯한 표정으로 재빨리 어느 곳으로 쉴새없이 달리기 시작했다.

벌컥!!

"메주!!"

"뭐야, 놀랬잖아. 임마. -0-"

일어나자마자 하도 배가 고파 뭐 좀 먹어 볼려고 냉장고를 뒤지고 있는 빈이 자식 _

갑자기 뛰어와선 병실 문을 획 −_−!! 연 채 날 불러 놀라 자빠지는 줄 알았다.

하필 냉장고 문 열고 있을 때 들어오고 지랄이여. −_−+++

"넌 니가 왜 여기 왔는지 궁금하지도 않고 일어나자마자 먹을 거부터 찾냐? −0−"

"−_−a 뭐 놀래서 충격으로 왔겠지. ㅋㅋ 그런 거 아냐??"

"ㅉㅉㅈ 니가 그러니까 나한테 메주란 소리를 듣는 거야."

"야!! −0− 그거랑 이거랑 무슨 상관이야!!"

팩_! 소리를 지르는데 갑자기 심장 쪽이 땡긴다.

"아얏!!"

"왜 그래?? 응?? 야, 괜찮아?? 아파??"

"몰라 임마. ㅠ_ㅠ 너 때문이야!! 너 땜에 화딱지 나서 소리치니까 갑자기 심장에서 뭔가가 팍~! 땡기잖아."

"미… 미안."

"−_−;; 왜 이래."

"아냐. 야, 메주."

이 자식 오늘따라 왜 이래. −0− 꼴에 또 내가 쓰러졌다고 위해 주는 건가? −0−

"−_− 왜."

"넌 만약… 그러니까 메주 넌 내가 불치병에 걸리면 어쩔 거냐??"

"그럴 일 절대 없을 거야. 네놈은 악마라서 안 죽어!!"

"ㅋ 그렇지, 알긴 아네. -_- 그러니까 만약에 이 메주덩어리
야…"

ㅜ.,ㅜ 새끼, 좋게 말하면 되지 그 뒤에 꼭 메주덩어리를 붙여야
하냐!! 말해주면 될 거 아냐. 말해주면!!

"니가 불치병이면?? 불치병이면 어때?? 그래도 내가 사랑하는
사람인데 어떻게 해서든 너 살리겠지. 수단방법 안 가리고… 음…
그래 일단 결혼부터 해야겠다. 결혼해야 실질적인 책임자가 되는
거니까… 〉_〈 흐흐흐흐 _"

내 대답에 갑자기 조용히 있다가 고개를 살짝 드는 빈이 놈 _

"큭… 그치?? 오랜만에 메주 바른 소리하네. -_- 이야~~ 별일
이다."

"뭐야? -_-^"

"야 김시은…"

"-_- 그래, 왜 오늘따라 이렇게 나를 불러대니. 〉_〈"

"우리 약혼식 취소하자."

"으으으응?? -_- 뭐라고??"

"약혼식 취소하자고."

뭐야. 왜 갑자기 약혼식을 취소하는 거야.

오늘따라 내 이름 이렇게 많이 불러댄 거 내가 싫어져서 그런
거였냐??

마지막이니까 이름이라도 많이 불려줄려고??

"ㅡ_ㅡ 너 또 이상한 생각하지??"

"뭐… 뭐가."

"야이 븅신아!! 약혼식 취소하고 바로 결혼하자고!!"

"뭐? -0-"

"것봐 것봐. ㅡ_ㅡ 내가 너 또 이상한 생각하고 있을 줄 알았어. ㅡ_ㅡ+"

"임마, 그럼 약혼식 생략하고 결혼하자고 말해야지. 〉_〈 니가 다짜고짜 약혼식 취소하자고 하니까 그렇지."

순간 ㅡ_ㅡ 말도 안 되는 상상을 하며 혼자 고독을 씹었던 내 자신을 죽도록 미워하는 순간이었다.

김시은 넌 정말 왜 이렇게 바보 같니. 빈이 놈이 비록 악마 같긴 해도 믿으란 말이다. 니가 사랑하는 사람이잖아. 〉_〈

괜시리 헤벌쭉 헤벌쭉 기분이 좋아지는데 ㅡ_ㅡ 갑자기 왜 이렇게 서두르는 거지??

"ㅡ_ㅡ;; 야, 근데 갑자기 왜 일케 결혼을 서둘러??"

"알고 싶냐?? ㅡ_ㅡ^^"

"당연하지. ㅡ_ㅡㅋ"

"아까처럼 은채가 멱살잡고 놀래켜도 힘없이 픽픽 쓰러지는데 혹시라도 니가 나랑 결혼도 못하고 먼저 죽어버리면 어쩌냐. -0- 내가 불쌍한 메주 너 결혼이란 것도 시켜 줘보고 보내야 할 거 아냐. ㅡ_ㅡ^^"

듣고 보니 꽤 맞는 말인 거 같긴 한데 꽤 기분 드럽네. -_-^

나는 메주라서 불쌍하니까 결혼도 빨리 해봐야 한다고??

니미럴. -_-

아, 그나저나 은채 고년 생각하니 또 열받네. -_-+ (언니에서 그년으로 호칭 바뀜. -_-)

지가 뭔데 나의 이 소중한 멱살을 잡고 난리야. 갑자기 생각난 은채 년 때문에 성질 내며 헉헉대는데 -ㅁ- 병실 문이 열리더니 민이 놈과 성연이 손에 이끌려, 아니 정확히 말하자면 내가 아까 겪었던 것처럼 멱살 잡힌 채로 은채 언니가 나타났다.

"하하하하하핫 _ 성연아, 민아. 이게 무슨 일이니? -_-;;"

어느덧 빈이도 성연이와 민이에게 끌려 온 은채 언니를 발견했는지 나지막히 욕을 뱉으며 말했다.

"씨발, 뭐야. -_-^"

"뭐긴 뭐야. 야, 뭐? 이빈?? 내가 너 그렇게 안 봤는데 어떻게 이럴 수가 있어? >_<!"

굉장한 오버를 하며 빈이 녀석에게 소리치는 성연이. -_-;;

나는 참으로 언제나 항상 성연이의 저런 깡이 너무너무 부럽다.

"넌 또 뭐야. -_-^ 어서 굴러온 뼈다귀야."

"뭐야? 지네 형이랑 다를 게 하나도 없군. -_-+"

"뭐야. 이민 너도 아는 애냐?"

"-_- 글쎄."

병실에 같이 들어와 놓고 이 세 명은 서로 다른 말들을 하고 있

다. =_=

　대체 뭐야. -_-;;

　"저기 얘들아, 그만하고. 대체 이 상황이 뭔지나 설명해다오.
=_="

　"아 쌍 -_-+ 뭐긴 뭐야. 야 김시은 이년 맞지? 이년이 너 이렇
게 만든 거지?"

　"성연아. ^^;; 이년이라니. 우리보다 언니야. -0-"

　"-_-^ 언니? 언니? 언니 같은 소리하고 자빠졌네. 나이 많음
나이 값이라도 하던가. 할 일이 없어서 그래, 지보다 나이 어린년
목이나 졸르고 자빠졌냐? 나원 참~"

　"=_=;; 근데 대체 어떻게 안 거니?"

　"그… 그건 알 거 없고 어쨌든 야!! 뭐 은채? -_- 이년아, 대답
해!"

　성연이는 매우나 흥분한 듯 은채 고년의 참으로 이쁜 면상떼기
를 툭툭 건드리며 대답하라고 협박을 해댔다.

　저러고 보니 나단이 때문에 나도 중학교 때 협박당했던 그 시절
이 떠오른다. -ㅁ-

　성연이의 협박에도 이를 앙다물고 나만 노려보는 은채 언니 _

　그래도 어쩔 수 없는 내 친척이기에 ㅠㅠ;; 언니라고 불러줬다.
-_-++ 써글 _

　"어쭈? 이게 어딜 쳐다봐!! 거기서 그렇게 당하고도 정신을 못
차렸지!!"

벌써 당했구만. -_- 어쩐지 여기저기 손자국이 남은 게… 하여튼 우리 성연이는 저놈의 성질부터 어떻게 해야 남자가 붙을 것인데…. ㅠ_ㅠ

그리고 순식간에 일어난 일이었다.

성연이는 결국 또다시 성질을 못이기고 은채 언니에게 손찌검을 하고 말았던 것이다. -_-

"뭐 하는 짓이야!!"

굉장히 화난 듯한 목소리로 소리치는 빈이 _

뭐야…. 내가 아까 당했던 건 생각 못하고 그렇게 살짝 맞았다고 이빈 너 왜 이렇게 화내는 거야??

"이빈… 너 지금 뭐하는 거냐?"

내가 미처 말하기도 전에 좌악 _ 깔린 음성으로 말하는 민이 _

민이의 카리스마가 되살아 날려고 하나부다. -0-

"때릴 필요까진 없는 거잖아."

그래, 때릴 필요까진 없는 거겠지. 그리고 빈이랑 은채 언니는 친하잖아. 김시은, 추악한 질투같은 건 하지 말자. ㅠㅠ

난 스스로를 위로하며 아까 당한 그 -_-^ 치욕스런 순간들을 간신히 억누르며 말을 꺼냈다.

"언니, 왜… 그랬어요? 나 충분히 미안하게는 생각해요. 나 땜에 언니가 그렇게 피해 많이 입었던 거 나도 알아요. 정말 미안하게 생각해요. 그치만…."

"그치만 빈이는 못 주겠다?"

이런 상황에서도 저렇게 싹바가지 없는 눈으로 날 꼴쳐보며 말하는 은채 언니. −_−+

정말이지 내가 몸만 성하고 양옆에 민이랑 빈이 놈만 없었음 벌써 한 대 날라갔어.

그리고 니년이 그런 식으로 싹바가지 없게 말하면 내가 더 포기 못하지. −_−+ 흥!!

"당연하죠. −_− 난 빈이 못 줘요."

"내가 무슨 물건이냐? −_−＾"

"시끄러!!"

동시에 외쳤다. =_= 은채 언니와 나 둘 다.

당황한 듯한 빈이 놈의 표정. 그리고 나의 조금은 당당한 모습에 씨익 웃는 성연이 _

또 약간 슬퍼 보이는 듯한 민이의 얼굴 _

"훗… 못 준다고? 못 준다. 그래… 못 준다, 못 줘? 그래 못 주면 내가 뺏어야지. 내가… 이은채 내가 무슨 일이 있어도 너를 죽이는 한이 있어도 다시는 이제 다시는 내 거 안 뺏겨."

뭐라고?? 죽이는 한이 있어도??

저 여자 진짜 무서운 여자네.

은채의 말이 끝나자마자 성연이는 펄펄 뛰었고 민이는 그런 성연이를 붙잡는다고 땀을 뺐다. −_−

그리고 빈이는 갑자기 얼굴색이 변했다.

"이은채… 뭐라고? 다시 말해봐."

"못 들었어? 저년 죽여서라도 너 내 거 만든다고!!"

악을 품고 말하는 은채 언니 _ 처음 봤을 땐 저런 이미지가 아니었는데….

역시 사람은 깊게 사귀고 봐야한다니까. -ㅁ-

다시 날 죽여버릴 거라고 섬짓하게 말하는 은채 언니 앞으로 빈이 놈이 천천히 다가간다.

짝_!!

뭐… 뭔 일이랴. -0-;; 어… 어째서 빈이가 은채 언니를 때린 거지? -0-

"비… 빈아."

빈이 놈에게 맞은 **뺨**을 부여잡고 믿을 수 없다는 듯 하얀 액체가 가득 고인 눈으로 나를 원망스러운 눈빛으로 쳐다보며 언니는 말했다.

그에 반해 빈이 놈 -_-

아주 차가운 냉소를 띄고는 내 옆으로 다가와 내 어깨에 척하니 손을 걸치고선 아주 건방지게. -_-^

"큭, 이은채 잘 들어. 내가 여태껏 왜 아무한테도 안 부르는 누나 소리하면서 그나마 잘해준 줄 알아?

바로 시은이 사촌언니였기 때문이야. 그나마 시은이랑 피가 섞인 사람이어서 그랬던거라고!! 알아 들어? 근데 뭐? 누굴 죽여??

누구 맘대로!! 그리고 니네 아빠 이시훈, 내가 제일 존경했던 사람이었어.

그 사람이 제일 사랑했던 사람은 바로 여기 있는 니 사촌동생 김시은이고!! 근데 니가 감히 그딴 말을 지껄여? 다시 한번만 그딴 소리 지껄여봐. 그땐 내가 널 죽여버릴 거야."

순간이었지만 참으로 섬짓했다. 빈이 놈은 참으로 생각하면 생각할수록 악마의 자식이라니까. -ㅁ-

그럼 지운 아저씨가 악마??

그래 _ 나도 말이 안 되는 거 알어 _ 그렇게 죽일 듯한 눈으로 쳐다보지 말렴. -_-;

어쨌든 이 새끼야 나 감동 먹었잖아. ㅠ_ㅠ

그런데 이런 일을 엎친데 덮친 격이라고 하는 건지 정말이지 이은채 이년은 재수도 지지리도 없이 때맞춰 울 엄마가 엄청 무서운 얼굴로 들어왔다.

"어… 어… 엄마."

나의 어벙한 외침에 울 엄마 눈길도 주지 않고 바로 은채 언니에게로 눈을 돌리더군.

"이은채…."

"네. 오랜만이네요, 고모."

"고모??"

"네, 고모."

"니가 진짜 내 조카냐? ㅋㅋ 웃기지마. 내가 모를 줄 알고? 넌 내 조카 아냐. ^-^ 넌 성완이의 딸이지. 내 동생의 딸이 아니거든. ^-^"

입술을 파르르 떨며 차갑게 온몸에 몸서리 치도록 낮은 음성으로 비웃듯 이야기하는 우리 엄마 _

저런 모습… 처음이다.

근데 무슨 말이지?? 삼촌의 딸이 아니고 성완이란 사람의 딸??

이게 대체 무슨 소리야 _

"그게 무슨 말이야. 그게 무슨 말이에요? 아니야, 아니야. 거짓말 하지마!!"

순간 미친년 마냥 자신의 머리를 쥐어뜯으며 아니라고 발악하는 이은채 _

218

정말 오늘 여러 가지를 보여주는구나. -ㅁ-

한참 자기머리를 쥐어뜯으며 아니라고 발버둥치다 갑자기 울 엄마를 잡는다.

헛 -0-ㅋ 저게 대체 무슨 짓을_

그러더니 울 엄마의 뺨을 후려쳤다. -0- 저년이 진실로 미쳤구나!! 세상이 말세야 말세!!

난 우리 엄마가 맞는 것을 보았다. 내 눈으로 직접 _ 직접 보고 말았다.

세상의 어떤 자식도 자기의 부모가 모욕을 당하는 거 보고도 참을 자식은 없다.

더 이상 내가 참아야 할 이유가 없어져버린 것이다.

드디어 이은채를 향한 내 이성의 끈은 끊어지고 말았다.

퍽_!! 퍽 팍!!

있는 힘껏 짓밟았다. 민이, 성연이, 빈이 그리고 엄마조차도 날
말린 순 없었다. 이미 난 이성의 끈을 놓아버렸다.
　"니가 감히 우리 엄마를 때려?? 니네 엄마가 너 그딴 식으로 가
르쳤어? 엉? 너같은 게 나랑 피가 섞여서 흐른다는 건 정말 참을
수 없는 일이야."
　한참을 죽일 듯이 때리는데 _

광_!!

　"아… 아빠."
　"시은아, 그만해."
　"하… 하지만 이년이 엄마를 때렸단 말야!!"
　갑자기 커지는 아빠의 눈이 심하게 흔들리더니 입술까지 파르
르르르 떤다. 그리고 주먹을 꽉 쥔다.
　처음 본다. 저런 섬짓한 모습 _
　꼭 누군가를 죽일 듯한 모습이다.
　잠시 후 그런 아빠의 주먹을 꽉 잡으면서 뒤에서 나타난 지운이
아저씨 _

그리고 얼굴은 눈물범벅이 된 채 나타난 주희 아줌마 _

주희 아줌마는 이런 엉망진창인 상황을 대충 보더니 이제 모든 걸 말해야 한다는 듯한 표정으로 입을 열었다.

"훗, 대충 무슨 상황인지 알겠어. 상황이 여기까지 온 것도 여태껏 너무 많은걸 숨긴 우리 탓이겠지."

"주희야!!"

"이은서!! 조용히 해. 이제 모든 걸 밝힐 때가 온 거야. 마침 모두 한 자리에 모였으니 이제 우리 모든 걸 이야기하자."

"……."

엄마도 이미 모든 걸 체념한 듯 싶다.

220

주희 아줌마는 크게 한번 호흡을 하더니 말을 잇기 시작했다.

"잘 들어라, 은채야. 넌… 넌… 시훈이의 자식이 아냐."

풀썩_!!

은채 언니가 주저앉았다.

"아니야, 아니야. 그럴 리가 없어. 거짓말이야. 거짓말이야. 거짓말 하지 말란 말야."

"아니, 사실이야. 우리가 직접 겪고 보고 느꼈던 일들이니까…. 다시 한번 말하지만 넌 시훈이의 자식이 아냐."

"그… 그럼?? 아냐!! 난 항상 우리 아빠랑 함께였어. 우린… 우린… 행복했다고…. 흐흡 _ 흑… 우린 행복했어. 우리 아빠 맞다고!!"

"아니야. 잘들어. 니네 아빠는 성완이야. 여기 있는 나수 아저씨의 친구인… 아니 뭐 그땐 친구도 아니었지. 아무튼 니 아빠는 김성완, 알겠어??"

"어째서… 어째서?? 아니야!! 믿을 수 없어!! 믿을 수 있는 말을 해보란 말야!!"

울면서 외치는 은채 언니 _

그리고 _

짜악_!!

은채 언니의 뺨을 힘껏 내려친 주희 아줌마 _

아까 거기 빈이가 때린 뺨인데. -_-;;

"어른한테 존댓말 하는 법부터 배워."

역시 주희 아줌마다. -0-

그치만 나도 지금 이 상황을 믿을 수가 없어. 도대체 뭐가 어떻게 돌아가는지 하나도 모르겠다.

혼자 여러 가지 잡생각을 하고 있을 때 이미 주희 아줌마의 길고 긴 이야기는 시작되고 있었다.

번외-(시훈&은초 Story1)

From. 시훈

-_-^ 오늘도 정말이지 짜증나는 날이다.

누나라고 하나 있는 게 스무 살이 되자마자 기집애 같이 생기고 싸가지도 더럽게 없는 놈이랑 결혼을 하더니 이제는 갓 돌 지난 애새끼 델꼬는 친정 방문입네 하며 또 엄마한테 애 봐달라고 찾아와선 하도 잔소리를 쫑알쫑알 하길래 그냥 나와버렸다. -_-^ 매일 자랑하는 지네 좋은 집구석에 처박혀 있을 것이지….

그래도 매형이란 녀석이 돈이 많아서 참 좋다. -_- 주머니에서 절대 돈 떨어지게 하지 않거든. ㅋㅋ

오늘도 역시나 남자는 밖에 나갈 때 돈이 떨어지면 안 된다며 주머니에 돈을 쑤셔 주더군.

큭 _

아! 오늘 공돈도 생겼겠다 새끼들한테 좋은 친구노릇 한번 해볼까?

슬슬 애들이나 불러 모아볼까.

뚜르르르르르르르 뚜르르르르르르르르르

"나다. 9시까지 로보에서 보자. ㅋ "

"(*^%%$%$&%$#@$#)"

"그래그래 -_- 내가 쏠게. 오늘 우리 잘난 매형이 왔거든. 언능 나와라."

애들을 부르고 시간도 좀 남는데 미리 가 있을까? 어차피 기다리면서 시간 죽일 거 나이트 먼저 가서 시간이나 죽이잔 생각으로 먼저 로보로 향했다.

#로보 나이트

224

"오~ 시훈이 왔네? 오늘 물 좋던데~."

"관심없는 거 알잖아."

"^^ 이 형만 꽉_ 믿어."

"관심 없다니까. -_-"

"알았어, 알았어~ 일단 들어가. ㅋㅋ"

저 새끼… -_- 꽤 친하지는 않지만 이럴 때 특히 더 짜증나는 놈이다. 올 때마다 부킹같은 거 싫다고 해도 사람을 꼭 저렇게 귀찮게 한다. -_-^ 짜증나!!

들어가자 마자 참이슬이란 놈의 안내를 받아 테이블에 앉았다.

거참 요새는 별의 별 닉넴이 다 있단 말이다. 큭 _ 예전에는 고작해봐야 원빈 -_- 장동건 등이 많았는데…. 크크크 _

술을 시켜 대충 시간을 죽이고 있노라니 애들이 하나둘씩 온다.

"어이~~"

"왔냐?"

"오냐 임마 춤 안 추냐?"

"됐어. 너나 춰."

"왜~ 오늘 물도 좋구만."

"–_– 씨발놈아 내가 언제 기집애들한테 신경쓰는 거 봤냐? 그냥 너나 나가서 춰~!!"

"넌 나이트 와서 춤도 제대로 안 춰 _ 부킹도 안 해. 도대체 무슨 재미로 오냐? 하여튼 신기한 놈이야. 나중에 맘 내키면 나와!"

"그래."

새끼들 –_– 무슨 물 만난 고기 마냥 엉덩이를 촐싹맞게 흔들어대며 스테이지로 향한다.

하나씩 들어오는 다른 친구새끼들도 다 마찬가지. –_–

혼자 계속해서 테이블 지키며 술만 마시자니 이것도 꽤 지루하군. 술도 많이 마시고 덥기도 한데 바람이나 쐬고 올까?

시끄러운 나이트를 빠져나가 밖으로 나왔다.

손님 끌어들인다고 판촉하는 놈들은 벌써 거리로 나가버렸는지 문 앞에는 한 놈도 안 지키고 있다. –_–

"성완아… 니 아이야."

"내 아이? 큭… 내 아이가 아니고 그 녀석 아이겠지. 아니다. 내 아이 맞긴 맞겠네. 크큭 _ 껍데기만 내 아이네."

얼레? 이게 뭔 소리야? 웬 아이??

낮게 깔린 여자의 음성이 들리는 곳으로 걸어갔다. 별로 멀지 않은 곳이었다.

나이트 바로 옆의 골목길 _

웬 남자랑 여자가 서있었다. 컴컴해서 잘 보이지는 않지만 저 남자 웬지 어디서 많이 본 남자 같은데…. =_=

순간 비치는 가로등 불빛!! 그리고 남자 얼굴 _

아니 저건 _!!

아무 생각 없이 달려갔다.

퍽_!!

"뭐야?"

내 주먹을 맞고 쓰려졌다 다시 일어나는 놈 _.

어랏…?? 우리 매형 목소리가 아니잖아?

이상하다. 분명 아까 볼 땐 우리 매형이었는데 _

나한테 맞은 놈이 고개를 들었다.

진짜 우리 매형이랑 똑같이 생겼다. 어찌 이런 일이…. -_-

"죄송합니다. 제가 착각을 했나 봅니다."

"알았어. 신경 끄고 가봐."

넘의 싸가지 없는 말투가 굉장히 거슬린다. -_-+ 사람이 정중하게 사과했는데도 그런 싸가지 없는 말투로 지랄을 해?

"야 -_-^ 사람이 사과 하잖냐. 그런데도 그딴 식으로 말해야

하냐?"

"아, 정말 씨발 재수가 없으려니까 별게 다 끼어 들어서 난리네."

"뭐야??"

드디어 저 새끼가 빡 돌게 했다. - _ - 어디서 시궁창 욕을 내뱉고 지랄이야. - _ -^

너 이 새끼 오늘 죽어봐라!!

"뭐라고? 이 새끼가 퍽_! 퍽퍼퍼퍼퍼퍼퍽_!!"

참지 못하고 한참동안 재수 없는 새끼를 패주고 있는데 _

"그만해요!!"

하이톤의 여자음성이 들린다. - _ -

아, 씨발 맞다, 여자가 있었지? 또 짜증나게 됐군.

분명 또 질질 짜고 할텐데…. - _ - 아우 씨발 _

"- _ - 뭐야."

"그… 그만 하란 말이야!!"

"- _ -^"

여자의 앙칼진 목소리 _

그러나 여자의 눈은 너무 슬퍼 보였다.

제길 _

나도 모르게 그 재수 없는 자식의 멱살을 놓아버리고 말았다.

"잘해봐. - _ - 애새끼 해결 잘 보고. ㅋ"

내가 왜 그런 말을 했는지 모르겠다. 아, 정말 미쳤지. 이시훈

진짜 미쳤다니까!!

짜증스러워 골목길을 획획 휘저으며 나오는데 _

"저기요!!"

"뭐야."

"저기… 그게."

"뭐."

"혹시… 싸움 잘해요???"

이건 또 무슨 귀신 씨나락 까먹는 소리야. -_-a

싸움? 큭 _ 싸움이라면 자신 있지. 근데… 뭐야.

"그건 왜?"

"나… 부탁 하나만 들어주면 안 되요?"

"내가 왜 니 부탁을 들어줘야 하지?"

"원하는 거 다 들어줄게요. 그러니까…."

"훗, 원하는 거 다? 그래, 일단 부탁이란 걸 들어보기나 하지. 부탁이 뭐지?"

"저 사람… 당신이 방금 때린 저 사람… 죽지 않을 만큼만… 때려줘요."

이건 또 뭔 소리야. 저 자식을 죽지 않을 만큼만 때려달라고?

그만 하라고 소리칠 땐 언제고…. -_-^

"아깐 그만 하라며?"

"그… 그건 그냥…."

"미안하지만 안 되겠어. -_- 저 자식이 내가 아는 사람이랑 너무 닮았거든. 큭 _ 내 양심상 −−좀 그건 무리야."

"다… 닮은 사람??"

"−−^ 귓구멍이 맥혔냐? 그래 닮은 사람!! 나 바쁜 사람이다. 너 알아서 잘 놀아라, 난 이만 간다."

그렇게 난 그냥 골목길을 나와 나이트로 다시 향했다.

그러자 뒤에서 크게 들려오는 소리 _

"이름이 뭐예요?"

"애새끼나 해결 잘해라, 안녕이다!"

다시 나이트로 들어와 술을 마시는데 자꾸만 그 기집애의 슬픈 눈이 생각이 난다. −−^

아… 짜증나. 집에 가서 잠이나 자야지.

그냥 웨이터 녀석에게 계산을 해버리고 애새끼들 더 처먹을 것 같아 술 좀 더 시켜준 뒤 집으로 돌아와 버렸다.

아직도 지네 집에 안가고 있는 우리 누나 _

"뭐야…. 아직도 안 갔냐?"

"−−^ 자고 갈 거다 왜!!"

"쳇 −− 빨리 니네 집으로 꺼져."

"−−^ 이 새끼가 죽을려고!!"

"애가 배운다, 배워. ㅉㅉ 애 엄마라는 사람이…."

"뭐야? −0−^"

하여튼 저렇게 하나하나에 흥분하는 저 어벙함이란 −−a 아무리 생각해도 매형이란 놈은 눈이 삔 게 분명하다.

자꾸만 아까 그 일이 생각나네.

"참 -_- 누나 나 아까 매형이란 닮은 사람 봤다? 세상에 그렇게 닮은 사람도 있다니…. 첨에는 매형인줄 알았잖아."

"뭐?? 나수 오빠랑 닮은 사람?"

"어. -_- 오질나게도 닮았더만. -_-^"

"그래?? 나도 그 사람 한번 보고싶네. ○_○ 나수 오빠만큼 싸가지도 없을려나?"

"글쎄? 좀 재수는 없더라."

"참!! 이름이 뭐드라? 성완이라던가? -_- 이건 하나님 실수야. 어떻게 그렇게 닮을 수가 있는지."

230

"뭐. 라. 고??"

갑자기 심각한 얼굴을 하는 우리 누나. -_-;;

안 어울리게 왜 저러냐?

"성완인가? 이름이 그렇더라고? -_- 왜 그래? 아는 사람이야??"

"너… 그 사람 어떻게 본 거야?"

심각한 듯 분위기 잡는 우리 누나의 표정에 난 아까 나이트에서 있었던 일들을 말해줬다.

"어떻게… 어떻게… 그런 일이."

알 수 없는 말들만 지껄이는 우리 누나. -_-^

대체 뭔 소리야.

"뭐야 대체. -_-"

"혹시 그 여자… 여자 머리가 짧지 않든?? 그냥 딱 보면 풀잎 같다, 식물 같다… 그런 생각 안 들었어??"

"식물?? 그러고 보니 그런 것 같기도 하네. −_− 아, 몰라. 난 자리 들어간다. 낼 아침에 갈 거냐?"

"아니, 한 며칠 있을 거야."

"시집은 왜 갔냐? 매일 우리 집에서 살게. 그럼 난 들어간다. 잘 자."

"어…."

웬지 모르게 혼자 심각해진 누나를 뒤로하고 내 방으로 들어왔다.

근데 왜 자꾸 천장이 아까 그 기집애로 보이는 거냐. −_−^

내가 왜 이러지??

번외-(시훈&은초 Story 2)

며칠 후(편집 -_-;;)

학교도 가기 귀찮고 짜증나서 집구석에 박혀 티비를 보고 있는데 혼자 씩씩대더니 엄청 열 받은 듯한 누나가 들어왔다.

"뭐냐."

"몰라도 돼!!"

"애 엄마 입에서 하여튼…. -_-"

"시끄러!!"

엄청나게 기분이 안 좋긴 안 좋은지 소리를 팩 지르곤 내 조카 놈 혁이가 있는 방으로 들어가 버린다.

성질 낼려면 지네 집 가서 내지. -_-^ 짜증나.

아… 비디오나 하나 빌려와야지.

대충 남방 하나 걸친 채 동네 비디오가게로 향했다.

근데 문을 닫았다. 아오~!!

결국 옆 동네로 향하는 나 -_- 진짜 가지가지로 하는군.

열 받은 김에 신나는 액션으로 하나 빌린 후 카운터로 향했다.

"1,000원 입니다."

주머니에서 부시럭부시럭 천 원을 꺼내 카운터로 내밀었는데 _ 어랏??

며칠 전 나이트 갔다가 본 그 여자가 카운터 안에 서있었다.

웃기는군.

"큭… 뭐냐, 너?"

"반갑네요. 나 여기 알바생이에요."

자기도 황당한 듯이 이야기하는 그때 그 아이 _

"그러냐? 그래 열심히 해라. 큭 _"

한마디 남기고서 비디오방을 나가는데 _

"저기….."

"- _ - 뭐?"

"컴퓨터에 입력된 정보 보니까 나보다 어린데 너 왜 자꾸 반말
이야!! 요? - _ -;;"

하하하하하하하하핫 _ 그거 참 볼수록 웃기는 애다.

"왜? 반말하니 기분 나쁘냐? 넌 몇 살 이길래 기분이 나빠?"

"저… 스물 하나!! 요. - _ -;;"

"푸하하하하하하하 너 진짜 웃기는 애다."

"- _ -;; 어… 어쨌든 반말 하지마!! 세요. = _ =;; ㅠ_ㅠ"

"- _ -^ 싫다면?"

"싫다면? 싫다면… 시집 가세요오. -0-"

으하하하하하하하하하하하 푸하하하하하하

진짜 오랜만에 미친 듯이 웃었다. 아직도 이런 개그를 하는 사
람이 있다니…. 큭 _

진짜 애 완전 우리 누나만큼 어방하네. 아무튼 잼있는 애라니까. 크크크 _

갑자기 관심이 생긴다. 큭 _

"야… 너 몇 시에 끝나냐?"

"-_-;; 7시요."

"그래? 그럼 2시간 남았네? 나 여기서 기다려도 되냐?"

"=_=a 맘대로 하세요."

난 두 시간동안 그 기집애가 끝날 때까지 기다렸다.

7시가 되자 끝났는 지 이리저리 자신의 물건을 챙기더니 내 앞에 와선 _

"저 끝났어요. -_-"

하는 아이 _

우리 누나랑 나이는 같은데 어찌나 웃긴지…. 물론 우리 누나도 애처럼 좀 어벙함이 없지 않아 있지만 그래도 애 엄마랑 처녀는 뭔가 다르긴 다르지. 훗 _

우리 누나 표현대로 말하지만 -_- 식물같이 생긴 애를 데리고 근처 커피숍으로 들어갔다.

"애새끼는 어쨌냐?"

"사… 상관하지 말아요."

사실 나도 내가 대체 왜 그딴 걸 물었는지 모르겠다. 그냥 궁금했다. -_-;;

"미안하다."

"아니요. 근데 저기… 그때 성완 오빠 닮은 사람 안다고 했죠?"

"어. －_－ 왜?"

"혹시 그 사람 이름… 말해줄 수 있나요??"

"이름?? 뭐 말해주고 자시고 할 것도 없어. －_－ 우리 매형이니까."

"매… 형이요?? 그럼 혹시 누나… 가 있니??"

갑자기 말을 놓는 식물 닮은 아이. －_－

"갑자기 웬 반말이냐? －_－"

"어차피 내가 나이 많잖아."

그래, 쟤가 말을 놓는 건 당연하긴 하다만 그래도 웬지 기분 참구리네.

235

"그래, 알았다. 맘대로 해라. 어, 누나있어. 왜?"

"누나 이름이… 이… 은서??"

"어?? 너 어떻게 알았냐? 너 혹시 처녀도사 이런 거 아니냐?"

"그랬구나."

또다시 슬픈 눈을 한 식물 같은 아이 _

"너… 우리 누나 친구였냐?"

"응, 글쎄…. 아니, 아니…."

"그건 대체 뭔 대답이냐? －_－"

"……."

"말하기 싫은가 부네. －_－ 싸웠냐? 흠 _ 암튼 내 이름은…."

"이시훈."

"-_-;; 너 뭐냐?"

"그냥 우연히 알았을 뿐이야. 니 누나 통해서도 그렇고, 그리고 아까 비디오가게에서 이름도 봤고…."

"그래, 우리 누나가 내 얘기 많이 하든?"

"응. -_-"

"뭐라고 하던?"

"나이도 어린 게 싹수가 노랗다고. -_- 꼭 나수 오빠 뒤를 이을 것 같다고. -_-"

"뭐 _??"

이 놈의 누나를 내 그냥 -_-^ 이은서, 넌 집에 가기만 해봐라 죽었다!!

혁이 놈 밤새도록 못살게 굴 줄 알아라. -_-^ (좀 유치한 구석이 있음. =_=)

"참 -_- 근데 넌 이름이 뭐냐? 니가 내 이름 아는데 난 니 이름 모르는 건 불공평하잖아?"

"성은초."

생긴 것도 식물같이 생겨선 무슨 이름도 식물 같냐.

"그러냐? 특이하네."

"응."

"그래 -_- 그럼 커피 다 마셨네? 가자."

"뭐? -_-"

"커피 다 마셨으니 가자고? -_- 계산은 니가 해라."

236

비디오 빌린다고 주머니에 있던 천 원 다 써버려서 미안하지만 은초에게 돈을 내라고 했다.

그랬더니 _

"내가 돈 내면 내 부탁 하나 들어줄래?"

또 뭔 넘의 부탁인 거야. 쟤는 부탁하는 재미로 세상 사는 아인가. - _ -

"큭 _ 그 새끼 패라는 것만 말고 말해봐."

"나… 나랑 같이….”

"너랑 같이 뭐."

"병원 가죠!!"

뭐어?? 병원?? 웬 병원?

"- _ - 뭔 병원? 넌 친구도 없냐? 그런데는 친구랑 가."

"나 친구 없어."

"꼴에 또 왕따였구만? - _ -^"

"가줄 거야…?"

어차피 할 일도 없고 여자에게 돈 내라 한 게 미안하기도 하니 같이 가주지 뭐, 까짓 거 _

"그래 가지, 뭐. - _ - 언제 갈까? 지금 당장 가?"

"아니. 내일 가자."

"그래. - _ - 내일 2시에 여기서 기다려. 참! 너 알바 하지? 그럼 그 시간에 안 되려나?"

"아니, 될 거야. 그 시간에 여기서 만나."

237

"그래라, 그럼. -_- 그럼 나 간다."

그렇게 은초를 두고 나왔다.

집으로 들어가자마자 누나를 찾아 헤맸지만 벌써 지네 집으로 갔단다. -_-^

제길_ 따져야 할 일이 있는데···. (편집 중 -)

벌써 2시다. 은초랑 병원 같이 가기로 했었지. 조금 늦은 감이 있어 약간 뛰어서 커피숍 앞으로 갔다.

비장한 곳에 가는 것 마냥 굳은 얼굴을 하고 앉아있는 은초 _

"야, 가자!"

"으응."

도착한 곳은 산부인과 _

"야··· 야, 여긴 왜?"

"수술··· 할려고."

"뭐??"

"······."

"너 혹시··· 그때 그···."

끄덕끄덕 _

"이런, 씨팔."

"근데 나 왜 이렇게 다리가 후들거릴까."

"다시 한번 더 잘 생각해. 그 새끼랑 너 상의는 된 거냐?"

"응."

"뭐야. 근데도 그 자식이 애 떼랬어?"

"……."

"야 _! 니 부탁 들어줄게. 그 새끼 어딨어? 내가 그 새끼 죽기 전까지 패줄게. 씹… 뭐 그딴 새끼가 다 있어??"

괜시리 이리저리 흥분해서 날뛰는 나를 꼭 붙잡으며 말하는 은초 _

"그냥… 나 다른 부탁하면… 안될까…??"

"뭔데?"

"나 도저히… 도저히 애기 지우는 건 못하겠어. 근데 나 여기가 너무 답답해. 그래서 그러는데 내 얘기 좀 들어줄래??"

심장 쪽을 가리키며 애절하게 말하는 은초 _

"알았어. -_-^ 어디로 갈까?"

"술 마시러 가자."

"뭐?? 야, 너… 애….."

"난 너 마시는 거 구경할게."

"휴 =3 알았다. -_- 가자 가!!"

난 그렇게 은초를 데리고 호프집 안으로 들어왔다.

나 마시는 거 구경만 한다더니 어느새 맥주 한 병을 원샷한 은초. -_-

"야야 _!!"

"큭, 시훈아…."

"-_- 뭐냐. 우리가 그렇게 이름 다정히 부를 만큼 친한 사이였냐?"

"지금부터 친하게 지내면 되지 뭐."

"이야기나 해봐. -_- 답답한 게 뭔데?"

"어… 그게… 한 여자가 있었어. 그 여자는 어쩌다가 한 남자를 사랑하게 됐어. 정말 운명이라고 느낀 남자였거든? 근데 그 남자가 이미 유부남인 거 있지? 애도 하나 있고, 게다가 알고보니 또 내 친구의 남편이었어.

그 남자는 내 친구를 너무 사랑했고 절대 이혼이란 있을 수도 없었지. 더구나 나 같은 건 끼어들 자리조차 보이지 않았어.

하지만 난… 그 사람 너무 사랑해서… 나 혼자만의 짝사랑일지라도 쉽게 끝낼 수가 없었어. 그러다가… 그러다가 말이지, 참 우습게도 그 사람이랑 정말 닮은 사람을 알게됐다?? 난… 바보같이 그 사람이랑 닮은 사람을 그 사람이라 생각하며 사랑했어. 아니 정확히 말하자면 그 사람 닮은 사람을 사랑한 게 아니고 쭈욱… 그 사람을 사랑한 거지.

그러던 어느 날 우린 잠자리를 같이했고 애기가… 생겨버렸지. 큭 _ 내가 그 이야기를 하자 그 남자는 떠나버렸어. 히히 _ 내가 자신을 그 사람 닮은 남자라서 만났다는 걸 다 알고 있었으면서….

여자는 혼자 남았어. 혼자 남아서 그 사람 닮은 남자의 아이일지라도 분명 아이가 태어나면 그 사람 닮았을 게 분명하기에 그래서… 그래서 지우지도 못하겠어. 참… 바보 같지…??"

이제서야 알 것 같다.

처음 봤을 때부터 지금까지 왜 그렇게 슬픈 눈빛이었는지를 _
그리고 지금 내 머리도 굉장히 혼란스러워지고 있다는 것을 _

웃기지도 않게 직감적으로 그 남자가 우리 매형이란 걸 알아버
렸기 때문에, 그리고 웬지 모르게 이 아이가 그토록 사랑한다는
우리 매형에게 질투란 감정이 느껴졌기에….

"이야기는 대충 이래. 어쨌든 그 이후로 시훈이는 어릴 적부터
친했던 나에게, 자신의 누나보단 말하기 편했는지 상담을 많이 해
왔고 결국 은초를 한없이 사랑하게 돼버린 시훈이는 자신의 아이
가 아님에도 불구하고 너와 니 엄마를 책임진 거야.

훗, 참 바보 같은 아이지. 식구들이 그렇게 말렸는데도 시훈이
가 시은이를 그렇게 끔찍하게 아꼈던 것도 누나와 부모님께 대한
사죄였고….

근데 아직도 난 잘 모르겠다? 니네 엄마 성은초가 대체 무슨 억
하심정으로 시훈이에게 이야기를 했는지? ^-^ 시훈이가 은서 동
생인걸 뻔히 알면서도…."

"그 그럴 리가…."

"이제 사실을 알았으면 넌 시은이를 탓할 자격이 없어. 오히려
한 가족을 힘들게 만든 건 니네 엄마 성은초니까. 물론 그런 은초
를 사랑한 시훈이도 잘못이 없진 않지만…."

눈물이 흐른다.

이룰 수 없는 두 사람의 사랑 _ 은초 아줌마 그리고 우리 삼촌 _ 서로 딴 곳을 바라보는 외눈박이의 사랑 _

두 분 다 너무 불쌍한 사랑을 했다.

이제야 모든 게 하나씩 엉킨 실타래가 풀리는 느낌이다.

은채 언니는 주희 아줌마의 이야기가 적잖은 충격이었는지 병실을 뛰쳐나가 버렸다.

그리고 몇 분이 지나지 않아 다윗 삼촌이 나타났다. -0-

"은서야 _!! 나수야 _!!"

"어, 왜??"

"축하한다!!"

"뭐야."

"오진이었어. 오진이었다고!! 시은이 심장판막증 아니야!! 내가 오진이었어."

웬 심장판막증??

"사… 삼촌 -0- 무슨 소리예요??"

다윗 삼촌의 당황스런운 말에 난 되물었고 _

"뭐라구, 야이 돌팔이야!!"

갑자기 소리지르는 빈이 _ 것도 아주 억울하다는 표정으로…. =_=

대체 무슨 일이야. -0-;;

"시은아 -0- 삼촌이 참으로 미안하다. 내가 널 어쩌자고 시한부로 만들었을까. -0-"

"^-^ 구다윗, 잠깐 나 좀 볼까??"

"하하하핫 −_−;; 나수야, 친구야, 우리 말로 하자!"

"시끄러!! 따라나와!!"

악랄한 웃음을 띤 −_− 아빠에 비해 어색한 웃음을 짓는 다윗 삼촌 _

그들은 그렇게 당황스러운 상황을 연출하고는 사라져 버렸다. −_−

"엄마 −_− 이게 무슨 말이유?"

"하하하하핫… 그게…. −_−;;"

우리 엄마의 말인 즉 −_− 내가 심장판막증이란 증상이 나와서 몇 분 전 까지만해도 죽는줄 알고 있었단 거다.

이런 황당할 때가 _

잠깐 _ 그럼 아까 빈이 놈이 무게잡고 한 말은??

"야!! 이빈. −0−"

슬쩍 나갈려다가 딱 걸린 빈이 놈. −_−^

"야, 너 아까 그래서 약혼식 제끼자고 한 거였어??"

"뭐 이제 와서 그게 무슨 상관이냐. 큭 _ 나 간다. 안녕. −0−"

"야!!"

큰소리로 빈이 놈을 향해 소리쳤지만 개늠의 자식은 이미 멀리 멀리 병원을 빠져나가 버린 듯하다. −_−^

닝기리 _

바보 같은 놈 _

만약에 진짜로 내가 아팠는데도 결혼식을 강행했다면 어쩔 뻔했어. -_-^ 남겨진 상처는 다 어쩌려고…. 바보자식 _

그래도 얼굴에 미소가 번진다.

이제 모든 게 제자리로 돌아온 느낌이다.

빈이 놈한테 감동 먹어서 _

나는 지금 퇴원하고 집으로 돌아왔다. 가만히 생각해보면 내가 도대체 왜 병원 구석탱이의 한 병실에서 3일을 소비했는지 참으로 이해가 안 갈 따름이다. ㅜ..ㅜ

아무튼 오랜만에 집에 오니 너무 좋구나. ^0^

내가 병실에 있는 동안 참으로 고맙게도 -_-^ 울 엄마는 약혼식이 바로 결혼식으로 바뀌어 바쁘다는 핑계로 단 한번도 ㅜ0ㅜ 찾아오지 않았다. -_-+

게다가 현이 오빠 수능으로 바쁘고 혁이 오빠 고새 -_- 배낭여행을 떠났단다.

써글 -_-++

이러니 내 성격이 나날이 이 꼬락서니가 되어가는 게다. 그리고 내가 병실에 있는 동안 매일매일 찾아와서 하루종일 함께 해 준 빈이 _ 가 아니고 민이 -_-^ 참으로 고마울 따름이다. ㅠ_ㅠ

물론 항상 성연이와 부딪쳐서 틱탁 대고 싸우는 게 영 -_-a 거슬렸지만 히히 _ 난 그래두 그 둘 -_- 사이에 분명 무언가 썸씽이 일어날 거라고 확신하고 있다.

그리고 내 베스트 -_-^ 나단이 놈은 모든 일이 다 해결되고 난 한참 후에 와선 지 혼자 울고불고 생 쇼를 하더라. 정말이지 그 순간만큼은 구워먹어도 시원치 않았으리라. ○T˚T○

마지막으로 잘난 내 서방 빈이 놈. -_-+

이 새끼는 맨날 어디로 빨빨거리고 싸돌아다니는지 나에게는 은채 언니를 위로해 준다는 핑계를 대고 돌아다니고 있지만 (_+) 넌 딱 걸렸어!!

흠흠 _

그나저나 얼마만에 보는 내 방이던가. -0- 너무 오래 돼서 기억도 안 나는 듯하다. (_+)

어찌되었든간에 -_-^ 원래의 예정대로 우리 약혼식의 날짜에 결혼을 한다. +_+

히히 -0- 좋겠지? 좋겠지? >_<

내가 혼자 주접을 떨고있는 사이 =_=

똑똑 _

"네."

방문이 열리면서 민이의 모습이 보였다.

"^-^ 시은아, 안 피곤해?"

"응. ^-^ 뭐했어?"

참으로 오랜만에 민이의 웃는 모습을 보는 듯하다. 그리웠어,

너의 꽃미소가. -_ㅠ

"나야 뭐~"

"너 진짜 -_- 후회할 거야."

"응? -0-"

"후회할 거라고. -_-^;;"

"응. ^-^"

"뭐가 응이야?"

"아냐. ^-^ 니 말대로 난 너같이 좋은 남자 놓친 거 후회할지도 몰라."

"큭 _ 빈이한테 일러야겠는걸?"

"어우 야~~"

"떽!! 아주버님한테 야라니~!! 큭 _"

"민이 오랜만에 웃는 거 본다. ^^"

"에이 씨!! ㅠㅠ 원래 이거 내 모습 아닌데…. -_-+ 나도 원래 빈이 놈보다 더 카리쓰마가 철철 넘치는 놈인데…."

"알어. ^^"

"그래. 행복해야해."

"응. ^-^ 근데 왜 꼭 멀리 떠나보내는 사람처럼 그래. -_- 어차피 너도 캐나다 따라 갈 거잖아!!"

"안 가."

시방 이게 뭔 소리래?? 왜 민이가 안 간다는 거지? ㅠ_ㅠ

"왜…? ㅜ0ㅜ"

"큭 _ 바보. – – 신혼부부사이에 껴서 그게 뭐야. 웃기잖아. 난 학교 다시 다닐래. ^^ 다시 도시락도 받아먹을 거고 ^O^ 매일매 일 여자들도 만날 거야."

"– –;; 도… 도시락? 하핫 _"

오랜만에 학교생활이 그리워진다. 언제나 민이를 지켜주는 추 종자들의 모임에게 – – 점심시간이면 한가득 도시락을 안고서 나 타났던 민이 _

후훗 _

그땐 나름대로 즐거웠었는데 _

"행복해야해. 진짜로 진짜 행복 안 하면 가만히 안 둘 거야."

"응. 민이 너도…."

"그리고 _!!"

"응? 뭐??"

247

"안 돌아올 생각하지마. 거기서 학교 졸업하고 다시 한국으로 오는 거야. – –^^"

"그래. ^O^"

"그래 그럼 이만 쉬어. 그래도 오늘 퇴원했는데 피곤할거야."

"응."

살짝 웃음을 띠며 뒤돌아 내 방을 나가려는 민이 _

계속해서 내 앞에서 웃던 민이지만 뒷모습이 참 쓸쓸해 보인다.

"민아_ 고마워!!"

민이는 나의 외침에 오른손을 머리 위로 들어 한번 흔들더니 나

가버렸다.

　미안해, 정말 미안해.

　"야, 메주!! 메주 안 일어날래??"

　짜증시럽구료. ㅡㅡ 빈이 자슥 또 아침부터 깨우고 지랄이다. ㅠ.,ㅠ

　"음냥… 쿨쿨…. =_= 좀만 더 자자."

　"오늘 드레스 보러 가기로 한 날이잖아."

　벌떡 _!!

　그래!! 오늘은 빈이 놈과 내 예복을 보러 가기로 한 날이었다.

　이런 제길. ㅠ_ㅠ

아침이라고 생각했었는데 벌써 오후 2시구나. 대체 울 엄마는 날 깨우지도 않고 뭘 한 거야.

　"울 엄마는 어디 갔어? ㅠ0ㅠ"

　"몰라. ㅡㅡ^ 나도 요새 니네 엄마랑 울 엄마 뭐가 그렇게 준비할 게 많다고 바쁜지 얼굴도 못 봤어. 어쩐지 결혼은 우리가 하는데 부모님들이 더 신나 하는 것 같애. ㅡㅡ^^"

　"그래그래 =_=a 일단 빨리 준비해야지."

　대충 옷만 입고 빈이 놈과 함께 웨딩 샵으로 향했다. 그리고 따라온 성연이 _

　결혼은 내가 하는데 어째 지가 더 드레스를 많이 입어보고 난리다 ㅡ0ㅠ

　"어때 어때? 이뻐?? 응?? 시은아 나 어때?"

“= _ =;; 이뻐.”

“우리 나단이랑 결혼할 때 입음 어울리겠지? 〉.〈ㅋ”

나단이는 전혀 생각도 안 해 이것아~!! 그치만 (_+) 내가 성연이를 말리기엔 성연이는 너무 흥분해 있었다. ㅜ0ㅜ

성연이가 그렇게 주접을 떠는 사이 나 또한 나 나름대로 드레스를 고르기 시작했다.

단아하면서도 청초하게 보이는 드레스 _

드레스야 너 딱 걸렸다. +_+ˆ

웨딩 샵 디자이너 언니들의 도움을 받아 드레스를 입고는 커튼을 젖혔다.

명색이 나도 예비신부인지라 수줍게 웃으면서 기다리고 있던 성연이와 벌써 뽀대나게 예복으로 갈아입은 빈이 놈을 쳐다봤다.

“와아~~ 김시은 -0- 너 진짜 진짜 이쁘다. ㅜ0ㅜ”

조금 오버인 듯 싶었지만 그래도 성연이의 오버가 기분 나쁘지만은 않다. ˆ-ˆ

근데 날 빤히 보기만 하고 있는 저 빈이 놈. -_-++

아마도 이러겠지. -_-

“메주가 줄 긋는다고 수박되냐?”

니미 된장. ㅜ.,ㅜ;;

그치만 그래도 한번 물어보고 싶은 게 여자의 마음인 게다.

“나… 어때?”

“김시은.”

쉬팍 ㅠ_ㅠ 저 개늠 새끼 입에서 뭐라 말이 나올지 왜 이렇게 조마조마 하냐.

"내 눈깔이 삐꾸인가 봐."

"뭐? 그게 뭔 소리야?"

"좆나 이쁘잖아. -///-"

"-//////////////- 화르르륵 _"

순간 벌겋게 타오르는 내 얼굴 _

난 홍당무가 된 채 서둘러 커튼을 쳐버렸다.

"씨발 존나 재수 없어. 김시은, 이빈!!"

커튼 밖에서 성연이의 울부짖음이 들려왔지만 그래도 나 지금 너무 행복해. ㅠ0ㅠ

#결혼식 날

(엄청난 편집쟁이 -_-;;)

"늦었어_!! 뛰어!!"

나 지금 뭐하냐고?? 보시다시피 결혼식 당일까지 늦어서 지금 식장 안으로 열나게 뛰어들어가고 있는 중이다. -0-;;

저쪽~ 식장 안에서 들려오는 소리. -0-

"야, 메주, 너 죽을래!!"

세월이 흐르고 또 흘러 이 강산이 몇 번이 변해도 언제까지고 내 목숨같이 아끼고 사랑할 내 신랑이 저기서 여전히 싹바가지 없게 − _ −^;; 소리 치고 있다.

　그동안 참 많은 일들이 있었다.

　어떻게 보면 난 빈이 놈의 마음을 아프게만 했다. 물론 난 당한 게 전혀 없다. = _ = 은채 언니일 빼고는. − _ −;; 잘할게.

　이빈 _ 니 말대로 나도 너 좆나게 사랑해!!

어엇?? 어!! 쿠당탕탕탕_!!

　여전히 난 결혼식 당일 날 신부 입장하다가 넘어지는 바보다.

251

에필로그

지잉… 징… 징

"뭐야. 좀 더 자자."

"안 돼. 오늘 민이랑 성연이한테 비디오 보내기로 한 거 다 찍어야한단 말야."

"어휴~ 진짜. -_-^"

눈을 비비며 새하얀 침대에서 일어나는 빈이 _

그리고 그런 빈이를 캠코더 가지고 연신 찍어대고 있는 시은 _

"꺄아아아아악!! 야 왜 그래_!! 아직 아침!! 읍….."

"이씽 ㅠ_ㅠ 아침부터 갑자기 그럼 어떡해."

"후훗… 내 맘이지. ^-^"

"웃지마, 이 바보야!!"

"뭐?? 이게~~ 서방보고 바보라니!!!"

"쳇쳇 〉.〈 메롱이다!!"

"어쭈?"

"히히 _"

"야, 시은아."

"응??"

"너 그거 생각 나냐?"

252

"뭐~어~ -0-"

"메쉬 메리골드."

"메쉬… 메리골드??

아~ 예전에 -_- 니가 나 괴롭힐 때 맨 날 물주라고 시키던 그거??"

"이야~~ 우리 마누라 머리 좋은데?"

"내가 또 한머리 하잖아. >_<"

"또 금세 우쭐해 하긴. -_-"

"야!!"

"큭 _ 그래 알았어, 알았어. 그럼 그것도 생각나? 니가 그때 나보고 그거 왜 키우냐고 물었을 때 내가 그 꽃의 꽃말이 '언젠가는 꼭 찾아올 행복' 이라서 그래서 키운다고 그랬잖아."

"그랬지. -_-"

"난 행복이란 건 꼭 언젠가는 믿는 사람에겐 찾아온다고 생각해. 난 니가 내게 행복을 꼭 가지고 찾아와 줄 거라고 언제나 믿었어. 그리고 앞으로도 영원히 그럴 거라고 믿어. 사랑해, 김시은."

"으… 으응. -/////////-"

지지지직 _

비디오는 태평양 건너 날고 날아서 한국에 전해졌다.

그리고 _

"뭐냐 –_– 이것들 _"

"이쁘잖아. 정말 이쁘다."

시은과 빈이가 보낸 비디오를 함께 보던 민이와 성연 _

"야!! 한성연."

"왜. –ㅠ–"

"침 좀 닦어. –_– "

"그래도 너무 이뻐 보이잖아."

"큭 _ 너도 저렇게 되고 싶냐??"

"으… 으응?? ㅇ_ㅇ??"

"저렇게 되고 싶냐고."

"으응."

"사랑한다."

"나… 나도. –/////////–"

애정결핍증은 누구나 조금씩 가지고 있기 마련이다.

그 병은 오직 사랑으로만 고칠 수 있는 병. ^–^

지금 당신 옆에 있는 그 사람도 혹시 애정결핍증이 아닐까요??

한번 당신이 치료해 보는 게 어떨까요?

이 세상에서 단 하나_

오직 당신만이 치료해줄 수 있는 병. ^–^

그.놈.은.애.정.결.핍.증

번외-아스피린 (1)

"엄마 아스피린이 뭐야?"

"아스피린? 그건 갑자기 왜?"

"아니… 그냥 궁금해서."

"아스피린은 머리 아플 때 먹는 거야. 진통제 같은."

"아… 그런 거야?"

"응."

"엄마, 근데 아스피린 같은 사랑도 할 수 있을까?"

"그게 갑자기 무슨 소리니?"

"그 사람 생각만 하면 머리가 지끈거리는 거 말야. 그럴 땐 아스피린 먹어야 할 거 아냐."

"우리 딸… 누굴 사랑하나 보구나? ^_^"

"그런가…."

"엄마가 정말 아스피린 먹어야할 것 같은 사랑이야기 하나 해줄까? 생각할수록 골 때리는 사랑말야. ^^"

"생각할수록 골 때리는 사랑?"

"응. ^^"

"그건 진짜 아스피린 먹어야할 사랑인가 보네."

"들어볼래?"

"응 _ 들어볼래."

"그래."

하늘이 빙글빙글 =_=도는구나, 돌아.

후다다다다다다다닥

"우~~ 웩 ㅡㅠㅡ"
제기랄 ㅡ_ㅜ 내 입 속에서 술안주와 함께 먹은 골뱅이가 붉그
죽죽한 반죽과 함께 코로 입으로 주르룩 주르룩 _ 어느 집 담장 밑
바닥에 쏟아지기 시작했다.
어느 집인지는 잘 모르겠지만 참으로 미안하구려. -_-a 참말
로 좋아 보이는 집인데 _

우우우우우우우우욱

또다시 저 밑에서 끓어오르는 나의 골뱅이들의 아수성. -ㅅ-
"우~~ 웩 ㅡㅠㅡ"
"우~~ 웨웨웨웨웨웩 ㅡㅠㅡ"
응?? 이게 무슨 소리지??
"우~~ 웩 ㅡㅠㅡ"
"우우우우~~ 우~~ 웩 ㅡㅠㅡ"
"우~~ 웩 ㅡㅠㅡ"

"우우우우~~ 우~~ 웩 —ㅠ—"

"우~~ 웩 —ㅠ—"

"우우우우~~우~~ 웩 —ㅠ—"

도대체 이게 무슨 토악질 해대는 소리의 이중창이란 말인고.

갈갈이 삼 형제의 갈갈갈 거리는 소리도 아니고 -_-a 개골개골 개고락지의 이중창도 아니고 -_-a 토악질 해대는 소리의 이중창이라니. =_=

대체 이게 뭐야.

울어서 그런지 속눈썹의 풀이 눈 아래에 난 속눈썹과 맞붙어서 눈이 채 떠지지 않았지만 그런 눈을 부여잡고 실눈을 뜬 채 개골골 이중창이 나는 쪽을 쳐다보니 그곳에는 나와 똑같이 -_- 술에 쩔고 담배에 쩔어 남의 귀한 집 담벼락에다 엄청난 이물질을 토해 내고 있는 어떤 넘이 보였다. —.—^

참으로 짜증스러운 일이구나. -_-+ 안 그래도 기분도 더러운데 말이다.

"야야 -0-^ 써글 놈아 딴 데 가서 토해 여기는 내가 먼저 와서 토하고 있었어."

"……."

말이 없고 지랄이냐. -_- 괜히 시비 걸고 내가 미안해지는구나.

"야야 -_-^ 가라고~!!! 여기 내 구역이라고!!!"

말하고 보니 말을 좀 잘못한 거 같다. 내 구역은 조폭들이나 쓰

258

는 말이거늘. -_-

　나의 잘못된 발언을 뉘우치고 있는 순간 나와함께 갈갈갈 이중창 소리를 내며 남의 집 귀한 담벼락에 의지해 술을 깨어가고 있던 넘은_

　"니가… 조폭이냐?"

　혹시 저넘 독심술을 하는 겐가. -_-a

　근데 눈빛이 너무 무섭잖아. ㅠ0ㅠ 씨댕할_

　혹시 저놈이 진짜 조폭 아냐? 그렇다고 이 한성연이 여기서 쫄 수야 없지. -0-

　"뭐?? 임마 내 맘이야 내맘~!! 저리가~ 훠이~~ 훠이~~"

　비틀대는 손모가지에 힘들을 불끈불끈 넣어서는 휘휘 내저었다.

　그러자 넘은_

　"쿡 _ 쿠쿠쿠쿡. 하하하하 너 진짜 웃긴다. 하하 _ 진짜 한국은 신기해. 근데 야 어쩌냐?"

　"뭐가? -_-^"

　"여기… 울 집 앞인데??"

　_0_ ㅜ0ㅜ 오 마이 갓~

　씨밸늠 ㅠ_ㅠ 어쩐지 범상치 않게 생겨먹었다 했더라니 여기는 귀한 집의 담벼락 _ 그리고 저넘의 집. ㅜ_ㅜ 이꼬르 저 놈은 귀한 집의 자식. ㅜ0ㅜ

　이런 된장 맞을~

"흠흠. -0- 그… 그러니? -_- 그 럼 어여 집으로 들어가렴. 나도 이만 가볼련다. -_-"

무안함을 애써 감춘 채 술기운과 쪽팔림으로 더욱더 벌개진 내 얼굴을 감싸쥐고 서둘러 돌아섰다.

그런데 _

"야!! 우리 2차 갈래??"

술이 많이 취해서 헛것이 들리는 건가 시방 쟤가 지금 나한테 무슨 소리를 하는 거래? -_-a

2차??

생긴 건 말끔하니 기생오래비 같이 생겨서 혹시 나를 잡아 먹으려고?? ㅠ0ㅠ (미안하다 오버해서. 나도 그럴 일은 없을 거라고 확신한다)

근데 이 집에 산다는데 우리동네에 사는 넘이라면 웬만해선 나한테 저런 말 안 하는데…. =_=

움하하하하 _v_ 그래도 나 꽤 잘나간다 이거야. 미안하다. (_+) 나잇살 먹어서 주접이었다.

혼자 미친 짓을 하고있는 사이 이번엔 아주 차가운 눈빛을 쏘아내던 놈이 _

"따라와."

어쩐지 처음 볼 때부터 싸가지가 후두두두둑 떨어지는 게 예사롭지 않았다.

그랬다. -_- 옛날 틀린 거 하나 없었다.

얼굴 잘생긴 놈 치고 성격 바른 놈 없. 었. 다. -_-^

가만히 생각해보니 아닌 사람도 있는 듯하다. -_-a 우리 나단이 _

그럼 뭐해. 3년 동안 외사랑하던 나에게 내 친구를 좋아한다고 털어놓는 그런 놈인데 _

어느새 술상을 앞에 두고 생각에 잠겨있는 나에게 말을 건네는 -_- 무서운 눈빛의 싸가지넘 _

"고사 지내러 왔냐?"

"-_-^ 쳇 _ 시끄러, 술이나 마셔."

괜히 무안해서 테이블 위에 있던 소주를 술잔에 주~~ 욱 주~~ 욱 넘칠 만큼 부어서 넘에게 건넸다. 하지만 참으로 싹싹하기도 한 넘은 _

261

"너나 마셔. 난 양주 마실 거야. 누나 여기 나폴레옹 한 병 갖다 줘."

써글잡늠 _ 또 꼴에 소주는 안 마신다 이거냐? 그럼 이 소주는 나 먹으라고 시킨 건가? -0-

얌마 그게 더 기분 나빠. -0-

내가 그놈의 이차란 말에 넘어가 이렇게 속태우고 있어야 하다니···. ㅜ^ㅜ

끓어오르는 열을 식히기 위해 넘에게 주려고 부었던 술을 내 앞으로 끓어와 벌컥벌컥 넘겼다.

"쓰읍 _"

목구멍으로 타고 들어가는 이슬이 맛이 예술이구나. ㅜ_ㅜ

이슬이를 한잔 쭈욱 들이키고 행복해하는 날 바라보며 매우나 기분 나쁜 웃음을 머금은 채 넘도 독한 양주를 원액으로 한잔 원샷 하더라.

그리하여 나는 나대로 그넘은 그넘 대로 아무 말 없이 부어라 ~ 마셔라~ 각자의 술을 각자의 잔에 스스로 따라서 한참을 마셨다.

테이블 한가득 빈 병이 놓여 더 이상 병을 둘 공간도 없을 때쯤 내 눈에 눈물이 고이기 시작했다.

"휴~~"

짧은 한숨소리와 함께 눈물이 떨어졌다.

262

술 먹고 오바이트 함께 하다 어떨결에 같이 술 마시러 온 사이라지만 그래도 처음 만난 넘 앞에서 눈물보이고 싶지 않아 고개를 재빨리 숙였지만 잘난 넘은 눈치도 빠른 건지 내게 _

"차였냐?"

랬다. -_-

적랄하기는 씨봉. -_-^

순간 움찔거리자 _

"몸이 먼저 반응하는군. ㅋㅋㅋ 나도 나도 사랑 때문에 아파. 그 애 때문에 아파. 그 애가 날 사랑 안 하니까…"

=___=

내가 무슨 헛소리를 들은 건가. 저런 놈이 사랑 때문에 아프다고??

놀라서 숙였던 고개를 들어보니 처음 보았을 때의 차가운 눈빛은 간데 없고 세상에서 제일 슬퍼 보이는 듯한 눈을 하고 있는 넘이 보였다.

진짜 사랑을 하고 있는 건가.

나 같은 사람이 지금 내 앞에 하나 더 있는 건가.

"ㅋ 쇼 하냐?"

"어. 쇼였어."

"제기랄. -_-^"

"너 웃긴다. 아까부터 웃겼어."

"내가 원래 좀 웃겨. -_-v"

"손가락 부셔버리기 전에 내려라."

"하하하하하하 -0-ㄴ 웃기고 있네~!! 내가 너 따라다니고 니가 한번 웃어주면 쓰러지는 추종자 같은 년들인 줄 아냐? 웃기지 마셔~ 너 같은 놈 트럭으로 갖다줘도 안 가져~"

"뭐래냐 _ 왜 오바야."

"그게… 그러니까…. -_- 암튼 니가 그렇게 협박해도 안 쫀다 이 말이지!!!"

"-_- 그래."

도무지 이 녀석과는 대화의 진전이 없다. -_- 니미럴 _

이쯤에서 일어서야지. 술도 많이 마셨고 내일 미용실도 나가 볼려면 집에 들어가서 자야지.

"-_- 그래, 그럼 너는 여기서 더 마시든지 말든지 너의 그 여자

찾아가던지 맘대로 하렴. 난 내일 출근해야해서 이만 들어가 보련
다."

"학교도 안 다니냐?"

씨뱅할 _ 나의 컴플렉스를 건들이다니 _

"그래!! 안 다닌다. 왜!! 그러니까 학교를 가야하는 너도 어서
들어가렴. -0-"

"그래. 잘가라. 양.아.치."

"뭐?? 뭐?? -0-"

머리꼭대기까지 화가나 넘을 붙잡으려고 했을 때쯤엔 이미 넘
은 나를 지나쳐 가게를 뛰쳐나가고 있었다. -_-

뛰어가는 중 한 손으론 날 향해 다정스레 ___v까지 그리며 _

아이고 ㅜ.,ㅜ 속쓰려. 머리도 울리고 어제 어떻게 들어갔는지
자세히 기억은 안 나지만 -_- 담벼락에서 같이 토했던 그 이상한
넘만은 확실하게 기억한다.

나에게 승리의 브이를 그리고 사라진 놈!

제기랄!!!

오늘도 역시 -_- 나는 우리 가게를 방문하는 중삐리들의 울트
라 초특급 강력한 곱슬머리를 매직으로 쫙쫙 펴드리고 계시는 중
이다. -_-^

역시 매직의 힘이 놀라울 따름이다.

한참 손에 힘을 주고 울트라 초특급 곱슬머리를 기계로 쫙쫙 펴

주고 있는데 미용실에서 제일 맘에 안 드는 딸랑~ ___^ 거리는
종소리가 울려 퍼졌다.

종소리를 왜 싫어하냐고? 넌 그것도 모르냐? 손님 온다는 증거
아니냐~

잡지도 봐야하고 손톱도 다듬어야하고 바쁜데…. -_-a

"어서오세….-0-"

시은이다. 참으로 오랜만에 모습을 나타낸 내 친구 시은이. -
_-

중학교 때 나단이를 처음 좋아할 때 하도 붙어 다니길래 여자친
구인줄 알고 오해해서 싸우다가 친해진 내 친구 시은이. -_-^

씨뱅할. ㅜ_ㅜ

저년은 무슨 복을 그리 타고난 건지 꽃미남 오빠가 두 명이나
있음에도 불구하고 지금은 또 약혼자 문제로 힘이 드신단다. ㅇㅁ
ㅇ _._^

나는 집에 가면 득실대는 거라곤 식충이 두 놈 밖에 없건만. ㅜ
0ㅜ 게다가 나단이는 시은이를 좋아하니까.

"야이 써글년아 -0-엇?"

"흥분하지마, 흥분. ㅜ0ㅜ 미안해!!!"

"됐고 -_- 니 뒤에 떨거지랑 다니지 마 _ 재수 없어."

"떨거지라니… 〉_〈 우리 아주버님이야. -0- 히히 _ 민아~ 인
사해 내 친구야. ^0^"

"응, ^^* 시은아."

_0_

내가 이렇게 놀랄 수밖에 없는 이유 _

시은이년의 뒤에 있었던 떨거지 놈 어제 그놈 _

그놈은 시은이의 뒤에서 아주 수줍게 웃으며 서있었다.

헉헉 -0- 어찌 이런 일이 _

"야 -0-^ 아주버님은 개뿔~!! 저딴 이중인격 자식이랑 오지마, 가~!! 가!!"

"왜 그래. ㅜ0ㅜ 민이가 얼마나 착한데~"

하하하하핫 민이? 이름이 민인가 보지?

싸가지넘아 -0- 대체 너의 성격은 어떻게 생겨 먹었길래 그렇게 이중인격이 가능한 거니. -0-

대체 무엇을 어찌 하였길래 저렇게 시은이 년이 철저하게 니가 착하다고 믿고 있는 걸까?

정말 말도 안나오는 상황에서 눈만 둥글게 뜨며 말 못하는 금붕어 마냥 입만 **뻐끔뻐끔** 거리며 시은이년을 쳐다보는데 넘이 시은이년 뒤에 숨어 하는 짓이란 나에게 **쌍빠큐**를 날려대고 있는 일이었다.

"ㅗㅡㅡㅗ ㅗㅡㅡㅗ"

"-0-"

참으로 기가 차는구나.

어이없고 황당해 어떻게 수습해야할지를 몰라 버둥거리고 있는데 찰나_!! 시은이년이 고개를 돌렸다. >_<

현장에서 딱!! 잡힌 싸가지 넘 _

우하하하하 -v-

"미… 민아. -0-" -시은-
"하핫 시은아." -민-
매우 무안해하며 당황한 표정이 역력한 놈. -v-
너무 기쁘구나. >_< 까르르르르르륵 _
"큭 크크크크 큭 ㅋㅋ 아하하하 -v-"
결국 소리 음량을 조절 못한 나는 그곳에서 꺄르륵 웃어버렸고
내가 웃는 사이 넘은 시은이년을 끌고 미용실에 들어온 지 30분을
채우지 못하고 나가버렸다.

으하하하하하 _
나가는 넘을 향해 나는 잊지 않았던 한 가지를 보여줬지.
"__v"
그래 -_- 나는 의외로 꽤 소심한 아이였다.

랄라 _♬ 라라라라라라~♬

꽤나 기분이 좋아졌다. 히힛 _
아주 10년 묵은 체증이 내려간 것처럼 속이 시원~~~ 하구나.
-ㅁ-

하루종일 -_- 중딩들의 머리만 펴주고 있었더니 허리가 꽤 아프군. -0-

"성연아 ^^ 이만 퇴근해라~"

통쾌함에 젖어 일을 열심히 해서 그런지 오늘은 시간이 빨리 흘렀구나. ㅎㅎㅎ _

주인 아줌마의 이제 퇴근하란 말에~ 즐겁게 가게를 빠져나왔는데 참으로 심심한데 할 일이 없구만.

이게 불쌍한 솔로의 현실이지. ㅠ^ㅠ

"어이~ 웬수~"

-_-;; 뭐냐.

눈을 돌려보니 싸가지 넘이 -_- 나를 향해 손짓을 하며 비틀거리고 있었다.

"-_- 너 뭐냐."

"큭 _ 고맙다 웬수! 니 덕분에 미운 털만 더 박혔네."

"우하하하하 __v__ 니가 잘못해서 그런 거지 그게 어째 내 탓이냐? 미운 털은 무슨… 시은이는 니가 어떤 놈인지도 모르는 거 같더만…. -_-"

"그러냐? ㅋ"

"근데 너랑 나랑 이렇게 길에서 반가운 척 할 만큼 친한 사이는 아닌 듯 한데 왜 나를 불렀냐?"

"기다렸어."

-0-

"날 왜? -0-"

"-_- 쓸데없는 착각하지 말어라. 술친구가 필요했을 뿐이니까…. 가자!!"

"참내 _ 웃기셔~ 하여튼!!"

그러면서 따라가고 있는 나는 도대체 뭘까. —_—ºº

어제 왔던 그곳이다. -_- 이쁜 언니가 일하는 곳 _

어제 앉았던 구석탱이에 앉아 똑같은 술을 주문하는 싸가지 넘. -_-

"-_- 뭔 놈의 구석을 이리도 좋아하냐?"

"처음 왔을 때 그 애랑 앉았던 곳이니까."

"-_- 열부 났다."

술이 나오고 또다시 조금씩 조금씩 테이블에 빈 병이 늘어만 갔다.

269

"너는 안 힘드냐?"

"뭐가?"

"ㅋㅋ 너 그 어리버리 나단인가 조나단인가 그놈 좋아하잖아."

"뭐? -0-"

아닌데…. -0- 이놈이 알 리가 없는데…. 내가 분명 어제 술김에 눈물 한방울 보이기는 했어도 나단이 이름을 꺼낸 적은 없었는데…. ㅜ.,ㅜ

"훗 _ 그리 당황할 필요는 없어. 너 토하면서 그 자식 이름 부르면서 엉엉 울 때부터 나 거기 있었으니까."

오 마이 갓 ㅠ0ㅠ~ 이런 제기랄 맞은 일이 있을 수가!!

"그… 그랬냐. -0- 젠장… 스타일 다 구겼네."

"큭 _ 안 힘드냐?"

"힘들다, 힘들다? 글쎄 힘들지. 앞으로도 또 많이 힘들겠지. 근데… 어쩔 수 없잖아? 그 애를 웃게 해줄 수 있는 건 내가 아니니까."

왜 이 싸가지 놈에게 -_- 이런 이야기를 하는 건지는 잘 모르겠다..

하지만 내 이야기를 듣고 또다시 슬픈 눈이 되어버리는 놈이 갑자기 불쌍해져 버렸다.

"넌?"

"나 뭐??"

"넌 뭐땜에 그렇게 힘드냐고 -_- 그 여자가 너 사랑 안 해준다며~ 그럼 사랑하게 만들면 될 거 아냐. 그 여자가 딴 남자 사랑 안 하는 이상…."

"그 여자가 내 동생을 사랑하거든…."

씨뱅할. -_-;;

말을 잘 못 꺼낸 것 같다. 이럴 줄 알았음 말을 안 할걸!!!

"제길 _"

"여자 입에서 나오는 말하고는? -_-"

"시끄러. -0- 야~! 마셔마셔!! 오늘은 팍팍 _ 마셔도 누나가 봐줄게."

"ㅡ_ㅡ"

넘은 나의 누나란 말이 거슬렸는지 엄청나게 똥씹은 표정을 지었지만 그에 아랑곳하지 않고 난 넘의 잔에 줄줄줄 술을 따라주었다.

원샷도 참으로 잘하는 싸가지 넘. ㅡ_ㅡ

그래 너도 나처럼 힘들겠지, 아프겠지. 그래서 그렇게 차가워 보이는 니 눈빛도 가끔은 많이 슬퍼 보이는 거겠지. 훗 _

"우움. =_="

여기가 어디지? =_= 아~ 내 방이구나. ㅡ_ㅡ;; 근데 어떻게 들어왔지??

필름이 끊겨버렸는지 아무리 생각해봐도 도통 생각이 나질 않는다.

"우움… ㅡㅅㅡ 엄마, 나 머리 깨질 거 같애."

"ㅡ_ㅡ^ 출근 안 하냐?"

"ㅜ_ㅜ 속 쓰린데…."

"머리는 안 울리냐 _"

"아 ~ 엄마 왜 소리는 지르고 그래. ㅜ_ㅜ 머리도 울린단 말야~"

"야이 기집애야 집 앞까지 왔음 계속 걸어들어 올 일이지 대문 앞에서 뻗어서 자긴 왜 자 _"

"ㅡ_ㅡa 내가 그랬어?"

"그래. ㅡ0ㅡ 꼴도 보기 싫으니까 빨랑 준비하고 나가버려!!"

"ㅜ_ㅜ 히잉~"

결국 속은 울렁거리고 머리통은 깨어질 것 같은 내 몸을 겨우
추스린 채 슬금슬금 집을 기어나와 미용실로 향했다.

아우~ -_- 진짜 어떻게 된 거야!! 분명 나는 많이 마시지도 않
았는데…. ㅜ0ㅜ

벨레렐레레레레레레레레 벨레레레레레레레레

그래 나 단순한 벨소리다. 왜 꼽냐? -0-^

"여보슈. -_-"

"기집애가 전화 받는 꼬라지하곤…."

"-_- 누구냐?"

"나."

"누구? -_-"

"나."

"아 글쎄 누구? -0-"

"이민."

"새꺄 -_- 그럼 너라고 말을 하지 왜 나… 나 거리고 지랄이야.
-_-^"

"니 머리는 돌로 만들었냐?"

"왜. -_-^"

"목소리도 기억 못하니까 그렇지!!"

"시끄러. -0-^"

짜식이 전화해선 사람 흥분하게 만들고 있어. 안 그래도 머리 울려서 죽겠건만 _

어랏?? 근데 이놈이 내 번호는 어떻게 알았지??

"-_- 야, 근데 너 내 번호는 어째 알았냐?"

"별로 알고 싶지 않았는데 니가 어제 술 처먹고 내 폰에 억지로 니 번호를 저장시키더라고."

"구라. -_-"

"정말. -_-"

"구라. -_-"

"정말. -_-"

오우~ 말도 안 돼!!

"내가 잠시 미쳤나보군. 참!! 그리고 또···."

"또 뭐. -_-"

"내가 왜 울 집 대문 앞에 쓰러져 있었냐?"

"-_-"

"말을 하렴. -_-"

"몰라. -_- 너 혼자 내 양주 뺏어서 다 처먹고는 술 먹고 꼬장 부리길래 업고 가다가 짜증나서 중간에 버렸는데?"

이런 망할 놈 _

"야 -0-!! 니가 사람이냐?? 어떻게 술 취한 여자를 귀찮다고 길바닥에 그냥 버리고 가냐!!"

"-_-a 뭐래니. 그럼 이만 끊는다, 안녕."

"야야!! -0-"

제기랄 _ 이 새끼 진짜 나쁜 놈이네. ㅠ^ㅠ 지가 사랑하는 여자 아님 인간도 아니라 이거지?

씨뱅할 _ 대체 그 여자 누군지 진!! 짜 얼굴 한번 보고싶다. 쳇!!

에구구 -0- 이 자식 때문에 흥분했더니 또 머리가 울려 _

진짜 나 어제 미쳤었나봐. 술 안 먹고 고이 잘 있다가 왜 그놈 건 뺏어먹어서 이 고생이래. -ㅁ-

아음~ 일찍 조퇴하고 집에 가야지. o_o

"저기 사장님. ㅠ_ㅠ"

"응?? ^o^ 성연이 왜?"

"너무 아파서 그러는데 오늘은…."

"아, 그래~ 그래 어쩐지 오늘 아침부터 영~ 불편해 보이더라. 일찍 가서 쉬어. ^^~"

"흐흑 ㅠ_ㅠ 감사해요."

정말 너무 고마우시고 맘씨도 좋으신 우리 사장님. -0-

나는 돈벌어서 미용실 차리면 꼭 저런 사장님이 될테야!!!

정말정말 -_- 사장님께 감사하는 마음을 가지고 나는 울리는 머리를 부여잡고 집으로 한 걸음 한 걸음 옮겼다.

비틀비틀_

"쿠앙!!"

"아이씹 _ 누구야!!"

"어??"

뭐냐 -_- 문득 고개를 들었는데 내 앞에는 나의 사랑 나단이가 서있었다.

어버버버 -0-

"나단아. -0-"

"어? 성연아!!"

"나단아, 너 지금 학교에 있어야할 시간에 웬일이니? -0-"

"아 그냥 일이 좀. ^^ 넌? 넌 지금 미용실에 있어야 할 시간 아냐??"

"응. 그렇긴 하지. -0-"

"근데 왜? 혹시 어디 아프니??"

"아니!! 아니야. >_< 얘는~ 넌 내가 어디 아픈 거 봤니?"

"아니. -_-"

그리 냉정히 딱 잘라 말해줄 필요까지는 없는데…. -_-;;;

"하하 _ 그래 그나저나 나보다 니가 오히려 더 얼굴이 안 좋아 보인다. ^^ 왜 그래? 무슨 일 있어??"

"성연아 _ 너 시간 있어?"

"시간??"

"응."

"나야 항상 언제나 시간이 철철 흘러 넘치잖아. -0-"

"훗 _ 역시. ^^ 이렇게 착한데 말야~ 왜 다른 애들은 널 보고 무섭다고 하는 걸까?"

그거야 내가 니 앞에서만 어방하고 착한 척하기 때문이쥐이이 ~~ _ _

"에이~ 아냐. 흐흐흐 그나저나 진짜 시간은 왜?"

"나랑 이야기 좀 해줄 수 있니?"

"얘기??"

"응."

움마 움마 웬 횡재야!! 〉_〈 살다보니 이런 일도 다 있구나. 으흐흐흐 _

276

"그럼!!!"

"하하. -0-"

기쁜 나머지 너무 크게 소리질러버렸나. _ _;

나단이는 아주 쪼끔 _ _ 아니 좀 많이 _ _; 놀래버린 듯하다.

"어디 갈까?"

"조용한 곳."

"조용한 곳?"

"응."

"그럼 내가 잘 아는 공원 있는데 거기로 갈래? ^^"

"그래. ^^"

그렇게 나단이와 함께 우리 집 앞의 나름대로 공원이라 할 수 있는 _ _; 놀이터로 향했다.

"여기로 앉아."

앞의 벤치에 나단이를 앉히고 _

"성연아."

"응?"

"나 힘들다."

"무슨 소리야? 왜?? 어떤 새끼들이 너 괴롭혀?? 야!! 다 말해!! 내가 모든 인맥을 총 동원해서라도 반쯤 죽여줄게. -0-"

"피식 _ 진짜 너 좋은 친구야. ^^"

친구… 친구. 그래 ㅠ_ㅠ 너와 난 친구 젠장!!

"피잇 _ 뭐가 ~ 너 힘든데 도움도 안 되는데…. 그나저나 뭐가 진짜 그렇게 힘든 건데?"

"시은이…."

"으응?"

"시은이 말야."

"어, 시은이."

그래. 넌 시은이를 좋아했었지.

"나 방금 시은이한테 고백하고 오는 길이다? ^^"

"응??"

"고백하고 오는 길이라고?"

"너… 갑자기 왜…"

"그냥, 나도 잘 모르겠어. 끝까지 좋은 친구로 평생 지켜보고 싶었는데… 그랬는데 나도 모르게 시은이 약혼한다는 소리 들고… 휴 _ 이제 나 미워할지도 몰라. ^^ 가능하지 않다는 것도 아는데 나 시은이 앞에서 내 걸로 만들겠다고 큰소리 떵떵! 치고 왔다? 나 진짜 우습지?"

기분이 참 찹찹하다.

내가 사랑하는 사람이 내 친구를 사랑하고 그런 내 친구 때문에 내 앞에서 힘들어한다?

나단아… 이렇게 애타게 널 보고있는 나도 있는데 어째서 하필 시은이 인 거니!!

하지만 난 나단이에게 그렇게 말할 수가 없다. 나단이 말대로 나단이가 그럴려고 했었던 것처럼 나 역시 나단이에게 좋은 친구로 남아 이렇게 평생 지켜보고 싶으니까.

278

"나단아, 힘내. ^^뭐 시은이가 원래 생각이 없잖아. -0- 걔도 나중에 후회할지도 몰라. 히히 _ 너같이 잘난 남자를 그냥 친구로 둔걸 말야! 그리고 넌 멋있어서 시은이보다 엄청 베리베리 이쁜 여자가 곧 널 그냥 두지 않을걸? -0-"

"후훗 _ 그래 역시 너다. ^^ 성연이 너 만나면 편해서 좋아."

"응, 나도."

"에후 _ 내가 너 얼굴색도 안 좋아보이는데 너무 오래 붙잡고 있었던 것 같다. 나 이만 가볼게! 학교도 들어가 봐야 하고…. ^^"

"그래."

그렇게 난 나단이를 놀이터에서 보낸 후 집으로 들어왔다. 침대에 누워서 이불을 뒤집어쓰고 눈을 감아버렸는데도 자꾸만 떠오

르는 나단이의 얼굴 _

　아악!! 정말 미치겠네!! 에라이 _ 됐다 한성연! 너 지금 이러고 있는 거 안 어울려.

　그래!! 차라리 술이나 마시러 가자!!

　결국 - _ - 난 그렇게 나름대로의 해장술이라고 칭하고서는 무작정 집 앞에 술집으로 향했다.

　술집에 들어서는 찰나 _

　빌렐레레레레레레레레레레레 빌레레레레레레레레

　"여보슈? - _ -"

　"어디야?"

　"뭐냐? - _ -;"

　"어디야!!"

　"아, 왜 소리는 지르고 지랄이야. -0- 여기 우리 집 옆에 호프."

　"거기서 꼼짝 말고 기다려!!"

　투

　　ㄱ

　버르장머리 없는 녀석 같으니라고. 그나저나 아침에도 전화했던 녀석이 왜 다시 전화질이래??

　당황스럽구나. -ㅁ-

넘은 내게 전화를 한지 5분도 채 되지 않아 모습을 보였다.

참으로 빠르기도 한 놈이로고. -_-

"헉헉… 야 일어나!!!"

"-_-a 왜, 나 니가 어제 나를 고이 버려준 덕분에 온몸이 쑤시고 아프단다. 해장술하고 들어가서 잘거얌. =_="

"빨리 안 일어나!!"

새끼 왜 소리를 지르고 난리래니.

"아~ 알았어, 알았다고!! 근데 무슨 일인지 좀 알고나 일어서 자!!"

"너… 아니다!! 일단 가면서 이야기해!!"

싸가지넘은 -_- 정말 급한 일이 생긴 듯냥 나를 끌고 일어서선 어디론가 재빠르게 향했다.

"헉헉. -0- 야, 꼭 뛰어야만 하냐?"

"시끄러!!"

젠장 _

무슨 일이 생겼어도 니놈의 일일텐데 내가 니넘이랑 뭔 놈의 상관이 그리도 많다고 이리도 뛰고 있어야 하는 게냐. ㅠ0ㅠ

아이고 ㅜ.,ㅜ 머리 울리고 속은 미식거리고 참으로 돌아번지겠구나. -0-

"다 왔다."

넘의 말에 숨을 돌리고 주변을 둘러봤을 때는 화원 앞이었다. -_-

"-_- 혹시 꽃 사러 오는데 나를 급하게 찾았던 거니?"

"잘 들어, 양아치."

"-_-^ 양아치란 말은 빼줬음 한다."

"양아치, 너 시은이 친구 맞지?"

양아치는 빼래도 저 새끼가~!!

그래도 일단은 넘의 얼굴이 심각해 보이니 _

"=_= 그래. 근데 그게 왜. 왜? 내가 니 동생 마누라 될 사람이랑 친구라서 떫냐?"

"시은이 지금 병원에 있다."

"뭐??"

"병원에 있어. 입원했다고."

"왜!! 어디가 아픈데?? 엉?? 왜 입원한 건데!!"

그토록 튼튼한 애가 입원을 하다니…. ㅜ0ㅜ 이건 정말 있을 수 없는 일이다.

너 쇼하는 거지? 응? 김시은 너 그동안 내가 괜히 나단이 일로 니가 미워서… 그래서 너 조금 피했다고 나한테 섭섭해서 쇼하는 거지?? 그런 거지?? 응??

"그 이유가 이 안에 있어. 이은채."

"이은채??

뭐야. 풀이름 같애. -.,- 혹시 우리 시은이 풀독 같은 거 옮아서 입원했니? -0-"

나의 질문에 =_= 싸가지 넘도 꽤 당황스러웠는지 희한한 표정을 지었다.

"너 진짜 돌이지?"

조크였어, 얌마~!!

"-_- 시끄러!! 이은채? 큭 _ 그래 풀 이름이 아니면 사람 이름이겠지? 그것도 여자."

"잘 아는군."

"결론적으로 그년이 우리 시은이 그렇게 만들었단 거네??"

"맞아."

"훗 _ 이민 너 처음으로 맘에 드는 짓 했어. 들어가!!"

내가 생각해도 꽤 멋있는 말을 ___v 내뱉으며 그 화원으로 들

어갔다.

이곳 저곳 한참을 뒤졌다. 이놈의 망할 화원 뭐가 이렇게 넓은 건지. -_-^

그러던 중 _

이은채라고 추정되는 한 년이 -_-^ 꽃들 앞에서 질질 짜고 있는 모습이 보였다.

"야!! -_-^"

"뭐야."

뭐야?? -_-^ 이 씨부랄 년이 내 친구 시은이년을 병원신세 지게 해놓고 뭐야?? 너 땜에 내가 지금 싸가지 넘한테 전날의 숙취가 채 가시기도 전에 끌려왔는데 뭐야라고?? ┳0┳

"이년아, 일어나!!"

결코 내가 한말이 아니었다. -_-;

처음 보았을 때의 무서운 얼굴과 차가운 눈빛 그리고 음성의 높낮이가 없는 목소리 _

그 이름도 찬란하여라 이민이었다. -_-;

아무튼지간에 ㅇ_ㅇ 그런 넘의 말에도 꼼짝 않고 꽃들만 바라보고 있는 은채라는 기집애. -_-^

더 이상의 화를 참지 못한 나는 그녀의 머리채를 휘어잡고 끌어올려 버렸다.

"왜 이래!!"

드디어 -_- 반응을 보이시는군.

"쿡 _ 왜 이래? 왜 이러냔 말이지. 너 김시은이라고 들어봤냐?"

"죽일 년… 알지. 내 행복의 모든 것을 빼앗아간 년 _"

퍽_!!

순간 날아간 펀치였다. 절대 내가 날린 거 아니다. -_-; 이번에도 민이 놈 _

은초 년의 말이 끝나자마자 그년의 얼굴 정 중앙으로 날아간 넘의 펀치 _

역시 넌 내 예상대로 여자도 때릴 넘이었구나. -_-;

이럴 거였음 난 뭣하러 데리고 왔니. =.=

"뭐라고? 다시 한번 말해봐! 내가 여자라고 봐줄 줄 아냐? 씨발 그렇다고 사람 목을 졸라 ?? 아오 _ 진짜 내가 그땐 시은이 병원으로 옮긴다고 정신 없어서 넘겼는데 너 진짜 죽었어!!"

"뭐?? 그럼 목을 조른 거였어??"

대충 상황파악이 된 나 _

그리고 소외감을 느낀 나는 내가 시은이 친구란 생각으로 민이 놈에게 뒤지면 안 된다는 좁쌀 같은 마음에 – – 그년에게 숨 쉴 틈도 주지 않고 소리를 지르며 년을 살짝 손봐주었다. –_–; 아니 정확히 말하자면 아름다운 화원에서 그년을 죽을 만큼 밟아줬다.

이거 정말 나이 들어서까지 이런 짓을 해야하다니···. – –

"아아아아악_!! 왜 이래~!! 니네가 뭔데 이래!! 아파야 할 년은 그년이야. 내가아니라고!! 우리 아빠도 빈이도 그년이 다 데리고 갔어!!! 다 데리고 간 거야!! 흐흐흐흐흑 _"

빈이??

혹시 빈이라면 시은이와 약혼한다던··· 민이의 동생이라던 그놈??

오호라 ~ 그런 거였군. 그런 거였어.

이년 생각할수록 더 웃기는 년이군. 그러니 결론적으로 빈이란 아그를 좋아해서 내 친구를 그렇게 만들었다 이 말이지?

써글년 _

넌 나를 화나게 만들었어.

내게 밟혀 쓰러져있던 은채란 풀때기 같은 년을 들어올렸다.

그리고 _

"잘들어. 이은채라고 했지? 나 니 덕분에 아주 오랜만에 야마가 돌아버렸어. 시은이 약혼자를 사랑해서 시은이를 그렇게 만든 거라 이거지? 그렇게 죽어라고 목을 졸랐다 이거지? 니 그 마음은 사랑이 아냐. 적어도… 적어도 사랑이라면 니가 사랑하는 사람이 사랑하는 사람을 아프게 해선 안 되는 거다. 웬줄 아냐? 그럼 니가 사랑하는 사람이 아플 테니까…"

짝.. 짝.. 짝..

나의 멋있는 말이 끝남과 동시에 -_-v 민이 넘의 박수가 이어졌다. 희미하게 비웃는 듯한 입가의 미소와 함께.

곧 민이 놈은 은채 년-_-^을 휘어잡고 시은이에게 사과를 시킨다며 병원으로 끌고 갔다. 물론 나도 함께 내 친구를 보기 위해 개선장군 마냥 향했지. ㅡvㅡ

그런데 _ 아까는 미처 몰랐는데 뭔가가 조금 이상하다.

"그 여자가 내 동생을 사랑하거든."

갑자기 넘이 나와의 술자리에서 했던 말이 떠올랐다.

내 동생을 사랑해…. 동생을 사랑해….

그럼!!

혹시 민이 놈은 풀때기 년을 사랑한 겐가_??

그래 그래 조크였어~!! 미안해~!!

시은이 _ 이민 _ 이빈.

갑자기 세 사람의 진짜 관계가 궁금해진다. 꼭 자기 동생이 사랑하는 사람이 다쳤다고 해서 민이 놈이 이렇게 흥분해야할 이유가 있는 걸까??

솔직히 이민 너 오버야.

쳇 _

민이 놈이 시은이 좋아하는 게 맞는 거라면 복도 뒤지게 많네.

나단이도 시은이, 빈이 놈도 시은이, 게다가 민이 놈도 시은이를 _

이윽고 병원에 도착해 엄청난 이야기들을 들었으며 은채는 정신을 차린 건지 아님 정신이 아주 맛이 가버린 건지 미친 듯이 뛰쳐나가 버렸다. ;

그리고 오늘 시은이년 약혼자를 봤는데 _ 어쩜 그렇게 지네 형이랑 쏙~!! 빼닮았는지!!

아주 성격까지 빼다 박았더군. ^

쳇~ 그놈을 보고있자니 민이 놈을 보고있는 듯해서 오히려 기분이 더 상해버렸다.

안정을 취하고 싶다는 시은이의 말 덕분에 민이 놈과 난 밖으로 나왔고 병원에서 나오자마자 담배를 꺼내 무는 놈 _

치사하게 혼자 피냐. —..—

"야! ^ 나도."

"뭘?"

"죽을래?"

"뭐??-_-^"

"나도 한 개비 달라고~!! 야이 쪼잖한 놈아 치사하게 혼자 피고 그러냐!!"

"기집애가 어딜 담배를 펴. -_-^"

"쳇~!! 그딴 잔소리할려면 집어치워라. 더러워서 내 돈으로 사 핀다."

더럽고 치사하고 아니꼬운 놈 -.,- 칫 _.

내가 그동안 지놈하고 술친구 해준 정이 있어서라도 니놈이 그렇게 치사하게 나옴 안 되는 거지. ㅠ_ㅠ

혼자 꿍시랑 대며 치사한 민이 놈을 뒤로한 채 집으로 향하려는데 민이 놈은 내 맘까지 저려오게 _

"왜 다 똑같은데…. 얼굴도 똑같고… 키도 똑같고… 목소리마저 똑같은데…. 왜 빈이 일까."

라고 작게 중얼거렸다.

결국 -_- 난 이 불쌍한 놈을 두고 피곤한 몸인데도 불구하고 집으로 가지도 못한 채 또다시 술집으로 오고 말았다.

제길. -_-

#술집 안

"야, 싸가지."

"왜."

"너 시은이 좋아하냐??"

"……."

아무런 미동도 아무런 표정의 변화도 없었지만 이미 민이 놈의 눈빛은 심하게 흔들리고 있었다. -_-

"큭 _ 나한테 숨기고 싶은 것도 있냐?? 속일 사람을 속여라. >_<"

"니가 둔한 거지."

새끼 -_- 하여튼 꼭 산통을 깨네.

"시끄러 _!!"

"그래그래. -_- 양아치 오늘은 내가 쏜다_!! 맘껏 마셔라."

안 그래도 내가 뗄꼬왔을 지언정 돈은 니가 내게 할 생각이었단다. -_.- 으ㅎㅎㅎㅎㅎ _

그렇게 우리는 죽을 듯이 퍼마셨고 그 날 이후 민이 놈은 심심하면 내가 일하는 미용실에 와서 오늘은 시은이랑 빈이랑 장난 치는 걸 봤다느니 둘이 침대에서 이상한 짓을 하드라느니 -_-^ 참으로 희한스러운 상황을 연출시키곤 했다.

그리고 오늘은 시은이의 드레스 보는데 따라가기로 한 날!!

으ㅎㅎㅎ~~ 내가 또 한 안목 하잖아! 그래서 따라가 주기로 했지 _

"야! 너 집에 안가냐?"

"왜? -_-^ 놀아줄 사람도 없으면서 지금 날 내쫓는 거냐?"

"지랄, 나 오늘 시은이 드레스 보는데 따라가기로 했단 말야.

〉_〈

"그러냐."

순식간에 분위기는 물을 끼얹은 듯 쏴_해 졌다. -_-

"갑자기 왜 그렇게 목소리를 내려 깔고 그러니."

"나 간다. ㅋ 우리 시은이 세상에서 제일 이쁜 드레스 골라줘
라!"

"우웩 -ㅠ- 니가 안 그래도 그럴 생각이야!!!"

그렇게 민이 놈은 그냥 휭_하니 가버렸다. -_-

새끼_또 저렇게 나가서 어느 술집에 처박혀 혼자 고독을 씹고
있지는 않을런지. ㅠ_ㅠ

지금 내가 뭘 걱정하는 거지? -_- 에라이! 시은이 한테나 가봐
야지.

시은이년의 웨딩드레스를 입은 모습보고 놀라는 그녀의 약혼
자 겸 민이 녀석의 동생인 이빈. -_-^

참으로 승질이 나서 견딜 수 없었다.

아… 그나저나 드레스 거참 드럽게 이쁘더구나. 나도 결혼하고
싶어. ㅠ_ㅠ

그로부터 얼마 되지 않은 오늘_

시은이와 빈이 놈의 결혼식이다. -_-;

"야이년아 -0-! 나보다 나이도 어린년이 언니를 제치고 먼저
가기냐!!"

"내가 왜 너보다 어려? -0-"

"어쭈?? 너 나보다 생일 빨라?? 응? -0-^"

"시끄려. -0-"

"ㅋㅋ 빈이 놈보고 앞으로 처형이라고 부르라고 전해라~!!" (어느새 빈이 놈과도 꽤 친해짐. -_-; 사실 혼자만의 생각일 수도 있음. =_=)

"가능하다고 생각하니??"

"뭐… 기적이 일어난다면….."

"그래 알면 됐어. ㅋㅋ 그나저나 민이는??"

"그놈의 행방을 왜 나에게 묻니?"

"니네 둘이 자주 붙어 다녔잖아. 너 우리 민이 잘해줘야 해. 알지? ㅠ_ㅠ"

"시끄러. -_- 내가 왜 그놈한테 잘해줘야 해~ 나 그놈 잘 몰라. -.,-"

"에이~~"

"멋대로 생각하렴. 부케는 나한테 던지지 마라. 아직 시집가고 싶진 않다. ㅎㅎ 그나저나 빈이 놈 친구 잘생긴 애들 많이 오냐?? 탐색이나 가봐야지."

"야이 잡년아. ㅠ0ㅠ 가버려라 그래!! 가 ㅠ_ㅠ"

울부짖는 -_- 시은이년을 뒤로하고 신부대기실을 나왔다. 거참 돈 많은 집끼리의 결혼이라 그런지 일류호텔에서 결혼도 하고….

으흐흐흐 -.,- 먹을 것 많겠네!!

아무튼지간에 호텔이라서 그런지 대개 넓어서 민이 놈 찾는 것도 힘들어 죽겠다. -_-

이 자식은 정말 어디로 가버린 거길래 보이질 않는 거야.

그랴 ___^ 나 이런 년이다!!

시은이 한테는 빈이 놈 친구들 본다고 하고 나왔지만 그래도 민이 놈이 은근슬쩍 신경쓰이더라고. -.,-

솔직히 불쌍하잖아_!!

한참을 호텔을 뒤진 후에야 정확히 호텔 지하 3층 주차장 구석탱이에서 민이 놈을 발견할 수 있었다.

"싸가지, 여기서 뭐하냐??"

"……."

말없이 주차장 구석탱이에서 벽에 기댄 채 혼자 똥폼이란 똥폼은 다 잡고 서있는 민이 놈_

지가 무슨 어둠의 자식도 아니고. -_-

"야!!"

"……."

"야이 자식아 사람이 부름 대답을 하란 말이다. -0-"

"시끄러."

무섭게 목소리 깔고 지랄이야.

상황이 상황이니 만큼 심각성을 더하기 위해 나는 민이 넘 옆으로 가 똑같은 포즈를 취해줬다.

"뭐하냐?? -_-"

"더 심각하게 해주려고. -_-"

"훗 _ 하여튼 너란 기집애는 진짜 웃겨."

"시은이는 사랑스럽고?"

"……."

바보새끼 니놈만의 그 잘난 척과 싸가지는 다 어디다 버렸냐.

"임마, 행복한 거라고 생각해. 그래도 평생 옆에서 지켜줄 수 있잖아. 병신 _ 나보단 더 행복하네. 난 그럴 수 없는데…."

"큭 _ 그래. 양아치 니 말이 맞긴 맞다."

"고마우면 양아치란 말은 좀 빼다오."

"고맙다는 말은 안 했어. -_-"

"들어가자 병신. 보내줄 땐 즐겁고 기쁘게 보내주는 거야. 니가 이러고 있음 시은이가 행복한 결혼식을 올리겠냐? 안 그래도 대기실에서도 너 안 보인다고 걱정하던데…."

"시은이가 보내서 왔냐?? 난 또 양아치 니가 나 좋아하게 돼버려서 걱정한답시고 온 건 줄 알았지. ㅋㅋ"

"-_-"

마지막 말이 못내 거슬렸지만 그래도 오늘은 놈이 제일 불행한 날이기에 인내심 강한 내가 꾸욱 참고 놈을 끌고 식장으로 올라갔다.

내 친구지만 시은이년은 오늘 참 이뻤다. 그리고 매우 행복한 표정이었다. 하지만 시은이는 결혼식장에서도 넘어지는 그런 푼수때기였다. -_-;;

잘 살아, 이년아. 내가 사랑하는 사람 아프게 하면서 한 결혼이니까.

그러고 보니 나단이 놈 생각 안 한지도 꽤 됐네. ㅡ_ㅡ; 안 만난지도 꽤 됐고. ㅡ0ㅡ

한성연 너 진짜 대단하구나. ㅡ0ㅡ 어쩜 그럴 수가 있니. ㅡ0ㅡ

이제 마음 접어가는 거냐?

휴=3

결혼식이 끝나고 바로 시은이는 캐나다로 날라버렸다. ㅡ_ㅡ

"엉엉. 성연아 언니 보러 꼭 캐나다 와야해. 알았지? ㅠ_ㅠ 그리고 내가 그렇~~ !! 게 같이 가자고 졸랐는데 민이가 안 간다네. 어쩔 수 없지. 우리 민이 좀 잘 부탁해. ㅠ_ㅠ 구박하지말고 딴 남자애들한테 한 것처럼 막 때리고 그럼 안 돼. ㅠ0ㅠ 우리 민이 약하고 여리단 말야."

미친년 ㅡ_ㅡ 너 같음 달콤한 신혼생활을 즐기는 신혼부부사이에 낙동강 오리알처럼 끼어선 캐나다까지 따라가고 싶겠냐? 그리고 민이 놈이 여리고 약해?? ㅡ_ㅡ^

대체 이년은 눈치가 없는 거야 아님 모른 척 하는 거야!!

"시끄러. ㅡ_ㅡ^ 어여 가버려라~!! 나는 걱정도 안 돼지??"

"에이~ 알면서. ㅎㅎ 언니가~ 조만간 초대할게. 우리 아주버님이랑 꼭~!! 날라 와야해. 알았지? ㅠ0ㅠ"

"생각해보마. ㅡ_ㅡ"

"그러면서 나 가고 나서 너 울려고 그러지?"

"말도 안 되는 소리마, 이년아. -_-"

"내 친구, 정말 사랑해."

시퐁 ㅠ_ㅠ

마지막까지 항상 하던 것처럼 잠시 어디 다녀오는 것처럼 보낼려고 했는데 이년이 왜 갑자기 지랄이야. 눈물나게.

"꾸에엑 ㅠ_ㅠ 그래 알았어. 너 땜에 눈물나잖아, 써글년아."

"이제 욕도 많이 하지말고. 응? 내 친구 한성연 많이 사랑해. 많이 보고싶을 거야. 너도 꼭 와야해. 응? 그리고 이거…."

시은이년은 -_- 갑자기 눈물을 훔치며 쇼를 하더니 내게 웬 봉투하나를 건넸다. 년의 성격으로 보아서 돈은 아닐 건데…. -.,-

"그래 알았어, 이 기집애야. ㅠ_ㅠ 얼른 가."

그렇게 나와의 눈물 신파극을 끝내고 자신의 엄마인 은서 아줌마와 또 한참동안 신파극을 연출하더니 -_- 한 시간 가량이 지나서야 공항으로 출발하는 시은이었다.

친구를 떠나보냈다는 웬지 모를 씁쓸함과 서글픈 마음에 집으로 향하고자 발걸음을 돌렸다.

에이 씨퐁 ㅠ_ㅠ

씁쓸과 섭섭함? 그딴 건 개나 주라고 그래. 나 사실은 졸라게 슬퍼. 슬퍼서 뒈져버릴 거 같애.

결국 가버렸구나 망할년. 외국이 그렇게 좋다던? 꼭 그렇게 이 힘든 친구를 내버려두고 갔어야만 했다더냐? ㅠ0ㅠ

행복한 시은이년을 위해 애써 태연한 척 했던 나는 서러운 마음이 드디어 복받쳐 올랐고 할 수없이 또 술잔을 기울이기 위해 호프집으로 향하여만 하였다.

문득 발걸음이 멈춰서 버린 곳이 민이 놈과 처음 왔던 이쁜 언니가 있는 술집이었다. -.,-

왜 이곳을 온 거냐. ㅡ_ㅡ

내가 생각해도 우스운 일이구나. 호프집에서 일하는 친구 년들이 째고쌘 게 나 한성연인데 왜 이곳에 발이 멈춰섰는 지.

아무래도 나처럼 힘들어하고 있을 불행한 놈이 못내 마음에 걸려서이니라.

아니나 다를까 안으로 들어가자마자 저쪽 구석탱이에 앉아 언제 왔는지 술잔을 기울이고 있는 민이 놈이 보였다.

"어이~~ 싸가지 꼴 조~오타."

"오자마자 시비냐. 나 여기 있는 건 어떻게 알고 찾아왔냐."

아무래도 놈이 나를 맞이하는 상태를 보아서는 조금 취한 듯하다 _ 저렇게 나를 맞이할 놈이 아닌데. -.-;;;

"너 무섭게 왜 그러냐. 본연의 너의 모습으로 돌아오렴. -0-"

"내 모습이 뭔데…."

"王 싸 . 가 . 지 . 같이 술 먹은 여자를 업고 가다가 무겁다고 그냥 버려놓고 가는 천하의 파렴치한 놈. -_-ͣͣ"

↑그때 맺힌 게 많았음. -_-

"훗 _ 그래 그래. 그래서 벌받고 있잖냐."

"쪽팔려 젠장."

"뭐??"

"쪽팔리지도 않냐?? 그렇게 한 사람 앞에서 망가진 모습 보이는 게?"

"너한테 그런 것도 가려야했었냐? ㅋㅋ"

"시꺼. 하여튼 싸가지 -_-^ 오늘 누님도 우울하니 술 한잔 따라보아라."

졸졸졸졸~~~

말없이 민이 놈은 내 술잔에 술을 부었다. 그나저나 어째 이놈이랑은 만날 때마다 하루도 안 빠지고 술을 마시는 건지. -.,-

전생에 이놈과 술친구라도 했던 겐가? -_-

"아파."

"뭐가. -_-"

"마음이… 아파. 마음이 아파서 뒈질 거 같다."

스르르르륵

"-_-;; 저기… 야?? 이민?? =_= 얘야?? 어이?!! 야!!"

"……."

"저기 민아? -0- 싸가지야?? 나 방금 들어와서 한 잔도 제대로 못 마셨거든?? ㅜ_ㅜ"

"……."

하지만 놈은 이미 -_- 만땅으로 꼴아 버렸는지 테이블에 엎어진 채 말이 없었다. 내가 들어왔을 때 조금 취한 게 아니고 벌써 한계에 도달해 있었던 거란 말인가. ㅜ0ㅜ;;

테이블에 쓰러져버린 민이 놈 _

평소엔 커다랗게만 보이던 놈이 오늘따라는 왜 이렇게 작아보는 건지 못내 측은하구나. - -;;

결국 나는 - - 입고있던 코트자락을 벗어서 놈에게 덮어주었다.

젠장 ㅠ_ㅠ 뭐가 바뀐 거 아냐?? 바뀌어도 한참 바뀌었어. 한참!!

코트자락을 넘에게 살짝 덮어주며 본 넘의 얼굴 _

우습게도 넘의 눈가에는 촉촉한 이슬이 번져있었다. 너도 눈물이 있는 놈이냐.

그로부터 1년 후

"- -^ 빨랑 안 뛰어올래??"

"임마 시끄러. -0-^ 또 왜 부르고 지랄이야~!!!"

"미용실에서 또 중삐리들 머리나 펴주고 있을 기집애 구제해주는 이 오빠보고 뭐라고?? - -^"

"오버하네. - -"

시은이가 결혼하고 캐나다로 훌쩍 날라가버린 지 벌써 1년이 지나가 버렸다. - - 곧 초대할 테니 꼭 캐나다로 지네 아주버님과 함께 날라오라던 년은 여지껏 쪽지 한 장이 달랑 들어간 편지 한 통밖에 없다.

그 쪽지의 내용인 즉 _

[내가 떠나고 정확히 1년 후에 그때 준 편지 뜯어봐야 해~]

역시 그때의 내 예상대로 돈 봉투는 아니었던 것이다. 아무튼 오늘은 시은이 기집애가 떠난 지 정확히 1년 되는 날 _

많은 일들이 있었다.

길에서 나단이는 수없이 많이 마주쳤고 그때마다 난 나단이의 수많은 고민들을 들어주었으며 ㅠ_ㅠ 이 망할 민이 놈도 식음을 전폐하고 폐인 짓을 하더니 이제서야 조금은 정신을 차린 듯하고. -_-^;;

"어디 갈 건데 불렀어? -_-^"

"술 마시러."

"그럼 그렇지."

그렇다. -.,- 여전히 우리는 만나면 술밖에 마시질 않는다. 이놈과 알게된지 벌써 1년이 조금 넘었지만 이놈과 만난 날 하루라도 호프집에 안 들려본 적이 없다. -_-

참으로 그렇게 노력하는 것도 힘들 거라도 생각하는 바이다.

아무튼지간에 ㅇ_ㅇ 우린 이쁜 언니가 있는 술집으로 향했다.

"언니 안녕~"

"그래. ^^ 성연이 왔네~ 민이는?"

"당연히! ㅋ"

“누나, 나 왔어~”

“그래~~ 우리 강아지들 왔어~? ㅋㅋ”

그래 -_- 난 하도 녀석과 술을 마시러 다니는 바람에 녀석과 친분이 있던 이곳의 언니와도 친해져버렸던 것이다.

언제나 그래왔듯 민이 녀석과 난 구석으로 자리를 잡고 앉았다. 그리고 변함없이 우리가 시키는 소주 한 병과 넘이 항상 마시던 양주. -_-

그래!! 나는 아직도 소주고 이놈은 맨 날 양주다. ㅠ_ㅠ 제기랄.

그래도 이놈이 돈 없다고 양주 먹지 말래서 안 먹는 건 아니다. 이상하게도 나는 영 ~ 양주가 체질에 안 맞더라고. -.,-

그래 -_-!! 미안하다. 사실은 또 양주 먹고 꼴아서 쓰러졌는데 이놈이 업고 가다 무겁다고 길바닥에 버리고 갈까봐 그러는 거다. ㅠ0ㅠ 니들이 내 맘을 알어? ㅠ0ㅠ 알 턱이 없지. -_- 안 당해본 사람은 모른다. 그 비참함을!!

“한성연.”

한참 술 마시기에 집중하던 놈이 내 이름을 불렀다.

웬일이니~ 양아치가 아닌 이름을 불러주고. -0-

“무섭게 또 왜 그러니.”

“너 그 조나단 놈 다 잊었냐??”

잊었냐. 잊었냐고? 글쎄 잘 모르겠다. 이상스럽게도 그렇게 수 없이 길에서 마주치고 이야기를 하면서도 예전처럼 가슴이 아프지 않았으니까.

이제 내 마음도 바래져서 아물 때가 되어서 그런 거라고 대수롭지 않게 넘겼는데 막상 놈이 잊었냐라고 물으니 심각한 딜레마에 빠진다. –_–;;

"조나단이 아니고 김나단이거든? –_–"

"–_– 시꺼. 잊었냐고."

"글쎄. 그럼 넌 시은이 잊었냐?"

"아니."

너무 당당한 거 아니니.

"=_= 그… 그러니? 그래 근데 나는 나단이 놈을 점점 놓아주고 있는 듯 하구나."

"배신자. –_–"

"쳇 –_– 그러는 너는!!"

"난 안 잊었다니까?"

"그래, 너 잘났다. –_– 치치뿡뿡!"

"안 잊고 가슴에 묻었다. 어떻게 잊냐. 태어나서 지금까지 쭈욱 사랑했는데…."

하여튼 이놈은 가끔씩 이렇게 멋있는 말을 해서 지랄스럽게 짜증날 때가 있다. –_–^

"쳇 –_– 그래 멋있는 건 너 혼자 다 해 먹어라."

"후훗. 진짜 한성연 나 너 딱!! 첨보고 무슨 생각 했는 줄 아냐?"

"뭔 생각을 했는데? –_–"

“이상한 애.”

“뭐?? -_-”

“이.상.한.애.”

“내가 어디가 모자라서 이상하단 거야. -0-”

“첫째로 나의 이 빛나는 외모에 상관 안 했단 거. 둘째로 너 같은 여자애도 사랑을 하고 보내줄 줄 알고 꽤 멋있었다는 거. 셋째로 그러다가 어느 때 보면 정말 멍청하다는 거 _”

“-_- 첫째는 좀 빼주지 그러냐?”

“피식 _”

그러고 보면 이놈과의 인연도 참으로 끈질기다.

첨에는 이놈의 집이자 시은이 년의 집 담벼락에 오바이트 하다가 마주치고는 바로 술 마시러 함께 가고 그리고 알고 보니 시은이를 좋아하는데다가 지금은 시은이 년의 낭군님은 빈이 놈의 형이고. -_-

정말 웃기는 인연이다. -.,- 정말 그 당시에는 다시는 볼일 없을 놈인 줄 알았건만 한참 회상에 잠긴 사이 _

“한성연 우리 그런 의미에서 한번 사겨 볼까??”

“=_=”

내가 지금 뭐 헛것을 들은 건가 아님 술이 좀 들어가서 정신이 몽롱해 그런 건가. -.,-

“무어라고? -_-”

“-_- 죽을래? 한번에 못 알아들어. -0-”

"잘못들은 거 같구나. =_= 다시 한번 말해주지 않으련?"

"씨발."

"깡패냐 욕은. -.,-"

"아_ 글쎄 한번 사겨 보자고!!"

"사귀면 사귀지 왜 한번 사겨봐. -0- 내가 너 따라다니는 년이냐!! 왜 인심쓰든 지랄이야!!"

"어유!! 진짜 내가 너한테 말한 내가 미쳤지~!! 등신이지~!!"

"-_- 알면 됐다."

"젠장 미쳤어. 내가 미쳐가는 거야. 돌았어."

"그렇게 말할 것 까지야 있니. -.,-"

302

"시끄러. -_-^ 할 거야 말 거야?"

"뭘 하고 뭘 안 하는데? =.="

"진짜 죽고 싶냐? 너 내가 집어던져서 캐나다까지 날라가 보고 싶냐?"

"-_- 니 말대로 한번 사겨 봤다가 사람 잡아먹겠다~ 그때 잡초년 때리던 거처럼 나 막 때림 어쩌니. -0-"

"니가 잘도 맞겠다. -_-"

"-.,- 흠흠."

"싫음 말어. -_- 에씨. -///-"

한번 사겨 보자고 말한 넘치고는 귀까지 벌개져버린 민이 놈 꽤 귀여운데??

그래 어쩜 괜찮을 수도 있겠지.

너는 시은이 나는 나단이 그렇게 가슴에 묻고 서로 맞춰서… 어쩌면 새로운 사랑을 찾아서 좋은 일일 수도 있겠지.

한번 해봐?

"빨리빨리 말 안 할래~!!"

"야 임마 -0-!! 무슨 애정결핍증이냐~!! 뭘 그렇게 목말라해. 좀 기다려봐. 기다려."

"젠장."

"싸가지, 꽤 귀여운걸?? 좋아. ^-^ 한번 해보자~!! 내가 너의 그 싸가지 없는 성격을 확 _ 뜯어 고쳐주마. -0-"

"-_- 나야말로 너의 그 양아치 근성을 다 뜯어 고쳐주겠다~!"

"시끄러. -0-"

"이게 어디서 서방님보고. -0-^^"

"뭐시라고? -0- 서방님? 지랄한다."

"뭐?? 지랄!!"

암튼 우리는 이렇게 서로 알게된 지 꼭 1년이 지나서야 커플이 되었다. 아직은 많이 부족하고 서로에 대해 확실한 사랑도 없지만 아마 이놈과는 웬지 잘해나갈 것 같은 느낌이 든다.

"아! 맞다. -0-"

"딴청 하지마."

"아니아니. 시은이가 결혼식 날 주고 간 편지봉투가 있었는데!! 오늘 뜯어보는 날이거든~ 가만있자 내가 아까 나올 때 주머니에 넣었는데…."

"뭐?? 정말?? 빨리 펴봐. 빨리!!"

이 자식 가슴에 묻긴 개뿔 -_-^;; 아직 못 잊었구만. 내가 마음이 넓어서 봐주는거다. 흥 -0-!!

옆에서 자꾸 빨리 열어보라고 지랄을 하는 민이 넘을 정정한다. -_- 나의 서방님을 -ㅠ- 우웩 뒤로하고 편지봉투를 슬슬 뜯었다.

"-_-;;;"

"-_-;;;"

편지의 내용을 보고 할말을 잃어버린 우리 둘. -.,-

내용인즉 _

"난 분명히 니들이 이걸 뜯어볼 때쯤에는 사귀고 있을 거라고 짐작해!! 흐흐흐 _ 내 친구들~ 축하해용. ^o^ 난 니들이 그렇게 될 줄 아주 오래 전부터 알고있었어.

으하하하하하하 -0- 한성연, 이민 니들은 천생연분이야. 나랑 빈이처럼.

이걸 보는 즉시 전화하세요. 행복이 찾아갈 거예요."

어찌 이년은 1년 전에 우리가 사귈 거란 사실을 알고있었단 말인가. -_- 참으로 신기한 일이 아닐 수 없는 지고.

놀라움에 경악을 금치 못하는 우리 둘 _.

"야 -0- 혹시 얘 신기있는 거 아닐까?"

"그… 그러게. -_-;; 무섭네."

"나도. -0-"

아무튼 그렇게 우리는 사귀는 사이가 되었습니다 _♡

서로의 가슴에 각자 다른 사람을 묻고 평생을 살아갈 테지만 그래도 이것 하나만은 자신 있다!

가슴에 묻는 대신 슬프게는 안 할게! 그건 자신한다!

그로부터 석 달 후 _

꼬옥 우리가 사귄 지 100일째 되는 날 시은이년에게서 소포 하나가 도착했다. - _ -

망할년 보낼려면 명품이나 보낼 것이지 이런 비디오테이프 쪼가리나 보내고 지랄이야. - _ -^;;

민이와 함께 방에 들어앉아 비디오를 틀었다.

지잉… 징… 징

"뭐야. 좀 더 자자."

"안 돼. 오늘 민이랑 성연이 한테 비디오 보내기로 한 거 다 찍어야한단 말야."

"어휴~ 진짜. - _ -^^"

눈을 비비며 새하얀 침대에서 일어나는 빈이 _

그리고 그런 빈이를 캠코더 가지고 연신 찍어대고 있는 시은 _

"꺄아아아아악!! 야 왜 그래_!! 아직 아침!! 읍…."

"이씽 ㅠ_ㅠ 아침부터 갑자기 그럼 어떡해."

"후훗… 내 맘이지. ^-^"

"웃지마, 이 바보야!!"

"뭐?? 이게~~ 서방보고 바보라니!!!"

"쳇쳇 >.< 메롱이다!!"

"어쭈?"

"히히 _"

"야, 시은아."

"응??"

"너 그거 생각 나냐?"

"뭐~어~ -0-"

"메쉬 메리골드."

"메쉬… 메리골드??

아~ 예전에 -_- 니가 나 괴롭힐 때 맨 날 물주라고 시키던 그거??"

"이야~~ 우리 마누라 머리 좋은데?"

"내가 또 한머리 하잖아. >_<)b"

"또 금세 우쭐해 하긴. -_-"

"야!!"

"큭 _ 그래 알았어, 알았어. 그럼 그것도 생각나? 니가 그때 나보고 그거 왜 키우냐고 물었을 때 내가 그 꽃의 꽃말이 '언젠가는 꼭 찾아올 행복'이라서 그래서 키운다고 그랬잖아."

"그랬지. -_-"

"난 행복이란 건 꼭 언젠가는 믿는 사람에겐 찾아온다고 생각 해. 난 니가 내게 행복을 꼭 가지고 찾아와 줄 거라고 언제나 믿었 어. 그리고 앞으로도 영원히 그럴 거라고 믿어. 사랑해, 김시은."

"으… 으응. -/////////-"

지지지지지지지지지지지지지직

이런 쓰글년 -0-!!

대체 뭘 보여주고 싶었던 게냐. 니네 궁합 좋은 거 자랑 할려고 이딴 걸 보냈느냐, 된장할. -_ㅠ

이것들 너무 이쁘잖아. ㅜ_ㅜ 보고있는 사람이 행복해질 정도 로_

오늘은 우리 사귄 지 백일이란 말이다. -0-

"뭐냐 -_- 이것들."

역시 나와 같은 반응을 보이는 민이_

하지만_

"이쁘잖아. 정말 이쁘다. -ㅜ-"

"야!! 한성연."

"왜. -ㅠ-"

"침 좀 닦어. -_-"

"그래도 ㅠ_ㅠ 너무 이뻐 보이잖아."

"큭 _ 너도 저렇게 되고 싶냐??"

"으… 으으으응?? ㅇ_ㅇ??"

"저렇게 되고 싶냐고!!"

"으응….'

"사랑한다."

"-////////-"

잠시 그럼 뭐해?

"야 --^ 넌 사랑한다고 안 하냐?"

"-.,- 쪽팔리게….'

"죽을래?

"-_- 그냥 대충 좀 넘겨라. 한참 분위기 좋은데 진짜."

"빨랑 해!!"

"못해. -_- 누가 그런걸 강요로 하냐."

"야, 양아치!!"

"내가 양아치 하지 말랬잖아. -0-"

"웃기고 있네. 니가 양아치지 그럼 뭐라고!!!"

"죽는다!!"

"죽여죽여!!"

"진짜 유치해!! 야이 싸갈탱이 없는 자식아! -0- 진짜 지랄이
야!!"

"뭐?? 뭐?? 시발??!!"

308

지지지지지지지지지지지직

"빈아, 애들은 대체 우리에게 뭘 보여주고 싶었던 걸까?"

100일 이벤트랍시고 캠코더로 영상편지를 찍어 캐나다의 시은과 빈에게 보내려고 했던 그들 _

하지만 그들은 미처 끄지 않고 방안에 그대로 놓아둔 캠코더에 이후의 모습이 찍혔을 거란 생각은 하지도 못한 채 멀리멀리 캐나다로 테이프를 보냈다.

그리고 그런 장면들을 보면서 황당해 하고있는 시은과 빈

" 민이 저놈이 원래 저렇게 유치한 놈이야."

"그러게. =_= 성연이야 원래 저렇다지만 민이는 항상 새로운 모습을 보여주는구나."

"큭 _ 뭐 그래도 나름대로 행복해 보이네. "

"그러게 다행이야. ^-^"

"그래 다행이지."

"응. 민이도 행복해져서 다행이고 성연이도 행복해져서 다행이야. 둘 다 한테 내내 미안했는데…. 근데 왠지 좀 섭섭하다. -.,-"

"뭐… 라… 고? -_-^"

"아하하하하허 -0-;; 그… 그게 -0- 아니 우리 모두 행복하다고!! 히히."

그렇게 애정결핍증에 걸렸던 두 쌍둥이 형제는 두 여자에 의해 완치되었다. ^-^

애정결핍증은

누구나 조금씩 가지고 있기 마련이죠.

그 병은 오직 사랑으로만 고칠 수 있는 병. ^-^

지금 당신 옆에 있는 그 사람도 혹시 애정결핍증이 아닐까요??

한번 당신이 치료해 보는 게 어떨까요?

이 세상에서 단 하나 _

오직 당신만이 치료해줄 수 있는 병. ^-^

그.놈.은.애.정.결.핍.증

시은♡빈, 성연♡민

언제나 행복하길….

끝 ^-^

그놈은 ♥
애정결핍증

초판 1쇄 인쇄 2003년 9월 8일 / 초판 1쇄 발행 2003년 9월 9일
지은이 야.내.꺼.자.까 (박신영)
펴낸이 박대용 / 편집, 기획 최선영 · 임혜란
인쇄 대정인쇄 / 출력 프레스파크

펴낸곳 도서출판 징검다리 / 등록 1998년 4월 3일 (제10-1574)
주소 서울시 마포구 합정동 426-1, 3층   (우) 121-886
전화 3143-1966 · 332-3880 / 팩스 3143-2757
e-mail zinggumdari@hanmail.net

ISBN 89-88246-62-4 (03810)